Der Preis dieses Bandes versteht sich einschließlich
der gesetzlichen Mehrwertsteuer.

Umwelthinweis:
Dieses Buch wurde auf chlor- und säurefreiem Papier gedruckt.

Kathleen O'Brien

Wie Inseln im Strom

Roman

Aus dem Amerikanischen von
Patrick Hansen

MIRA®

MIRA® TASCHENBUCH
Band 95008
2. Auflage: Januar 2008

MIRA® TASCHENBÜCHER
erscheinen in der Cora Verlag GmbH & Co. KG,
Valentinskamp 24, 20350 Hamburg
Deutsche Taschenbucherstausgabe

Titel der nordamerikanischen Originalausgabe:
A Self-Made Man

erschienen bei: Harlequin Enterprises Ltd, Toronto
Published by arrangement with
HARLEQUIN ENTERPRISES II B.V./S.àr.l.

Konzeption/Reihengestaltung: fredebold&partner gmbh, Köln
Umschlaggestaltung: pecher und soiron, Köln
Redaktion: Ivonne Senn
Autorenfoto: © by Harlequin Enterprise S.A., Schweiz
Titelabbildung: Getty Images, München
Satz: Buch-Werkstatt GmbH, Bad Aibling
Druck und Bindearbeiten: CPI – Ebner & Spiegel, Ulm
Printed in Germany
ISBN 978-3-89941-389-2

www.mira-taschenbuch.de

1. KAPITEL

„Oh, mein Gott, was ist denn mit dem Baby?“ Der entsetzte Aufschrei war in der ganzen Halle zu hören. „Lacy! Wo steckst du? Das Baby ist verkehrt herum!“

Das angeregte Geplauder in der überfüllten Reithalle verstummte für einen Moment. Über hundert Gäste hatten sich in den umgebauten Stallungen des Barnhardt-Anwesens versammelt, um sich festlich bewirten zu lassen. Es war eine Spendenveranstaltung zugunsten der geplanten Neugeborenenstation im Krankenhaus von Pringle Island.

„Lacy! Komm her!“

Zwei Dutzend Gesichter wandten sich mit diskreter Neugier Lacy Morgan zu. Andere Gäste streckten die Köpfe aus den Boxen, die einst die acht Pferde der Barnhardts beherbergt hatten. Heute Abend waren dort die Gegenstände ausgestellt, die später versteigert werden sollten.

„Lacy, komm schnell!“ Die aufgeregte Stimme klang immer schriller. „Um Himmels willen, sieh dir dieses Baby an!“

Lacy seufzte stumm. Niemand außer Tilly Barnhardt konnte diese Tonlage treffen – und so lange halten! Und außer der exzentrischen alten Lady hätte niemand hier gewagt, in so einer hochkarätigen Gesellschaft zu kreischen.

„Entschuldigen Sie mich. Ich glaube, man ruft nach mir.“ Lacy lächelte dem Gentleman zu, der sie seit einer halben Stunde mit allem langweilte, was es über Warentermingeschäfte zu wissen gab. Sie nahm sich ein Glas Champagner vom Tablett eines Kellners, hob ihren langen blauen Seidenrock leicht an und glitt über das polierte Parkett.

Tilly Barnhardt, ihre mütterliche Freundin, stand in der ehemaligen Sattelkammer vor einem riesigen Ölgemälde und starrte es mit gerunzelter Stirn an.

„Tilly, meine Liebe, bitte nicht so laut.“ Lacy reichte ihr das Glas. „Die Hälfte deiner Gäste denkt bereits, dass hier jemand umgebracht wird.“

„Aber sieh doch! Sieh dir an, was diese Trottel gemacht haben!“ Mit dramatischer Geste zeigte Tilly auf das Gemälde. „Das ist der Verengeti! Unser Knüller! Das Highlight der gesamten Versteigerung – und irgend so ein Idiot hat ihn verkehrt herum aufgehängt! Ist das zu fassen?“

Lacy strich ihr liebevoll über die Schulter und fühlte dabei den abgewetzten Samt. In diesem alten Kleid hatte Tilly zwei US-Präsidenten getroffen, drei Ehemänner geheiratet und Spenden in Höhe von rund fünf Millionen Dollar für das Krankenhaus eingetrieben. Als reiche Witwe des beliebtesten Frauenarztes von Pringle Island könnte sie es sich eigentlich leisten, für jeden Tag der Woche ein neues Kleid zu kaufen. Aber wie Tilly immer zu sagen pflegte, sie konnte sich auch leisten, es eben nicht zu tun. Ihr fehlender Snobismus war das, was Lacy am meisten an ihr gefiel.

„Er ist nicht verkehrt herum“, erklärte Lacy und betrachtete das wilde Durcheinander aus blauen und pinkfarbenen Flecken, das Verengetis Markenzeichen war. In der Mitte bildeten sie ein Baby in den Armen einer Frau, die unverkennbar auf dem Kopf stand. Vermutlich wollte der Künstler damit etwas über die kosmische Bedeutung der Mutterschaft aussagen, aber Lacy ahnte, dass Tilly dafür wenig Verständnis aufbringen würde. „Das soll so sein, Tilly.“

Tilly schnaubte. „Blödsinn.“ Sie studierte das Gemälde und legte dabei den Kopf so schräg, dass Lacy schon um den Sitz ihrer steifen weißen Perücke fürchtete. „Wirklich?“ Sie sah Lacy an. „So?“

Lacy nickte. „Ich fürchte, ja.“ Sie hob das Champagnerglas, und dieses Mal nahm Tilly es ihr ab.

„Nun ja.“ Mit einem einzigen Schluck leerte die alte Lady das Glas. „Nun ja.“ Sie warf Lacy einen belustigten Blick zu. „Du hast ja Kunst studiert, da kennst du dich wohl aus.“

Lacy lächelte versöhnlich. „Stimmt.“

Es war ein alter Scherz zwischen ihnen. Tilly war

die einzige Frau in der Stadt, die sich von Lacys akademischen Lorbeeren nicht beeindrucken ließ. Und Lacys verstorbener Ehemann hatte sich darüber immer geärgert. Malcolm Morgan war es ungemein wichtig gewesen, dass jeder ihn dafür bewunderte, was für eine kultivierte und gebildete Frau er aus der armen kleinen Lacy gemacht hatte.

Lacy selbst war es vollkommen gleichgültig, wie die Leute über ihre Verwandlung dachten. Was hatte akademisches Wissen damit zu tun, ob man Kunst und Schönheit zu schätzen wusste? Noch heute erinnerte sie sich daran, wie sie vor zehn Jahren auf einem Schulausflug zum ersten Mal ein richtiges Gemälde gesehen hatte. Keine Universität konnte einem das ehrfürchtige andächtige Gefühl vermitteln, das das geniale Talent des Künstlers damals in ihr ausgelöst hatte.

Aber jetzt, da Kunstwerke für sie zu etwas Alltäglichem geworden waren, ging ihr der Anblick nicht mehr so unter die Haut wie damals. Ja, sie war wirklich Malcolms Geschöpf, nicht wahr? Lacy Morgan, elegant in blauer Seide, mochte viel Wissen angehäuft haben. Doch eins hatte sie darüber vergessen – wie man fühlte.

Und es waren nicht nur Gemälde, die sie inzwischen kaltließen. Nach all den Jahren unter Malcolms Obhut brauchte sie nur einen Takt zu hören, um zu wissen, aus welcher Oper er stammte. Aber keine Arie hatte jemals so auf sie gewirkt wie jene Rock-'n'-Roll-Ballade, nach der sie einst im Regen mit Adam Kendall getanzt hatte …

Adam Kendall. Vielleicht musste sie heute Abend an ihn denken, weil sie sich auf den Tag genau vor zehn Jahren hier mit ihm getroffen hatte, um allein zu sein. Wenn sie wollte, könnte sie das frische Heu riechen und den Mondschein in den neugierig blinzelnden dunklen Augen der Pferde sehen – wie damals.

Lacy hakte sich bei Tilly ein und zog sie mit sich aus der Sattelkammer. „Lass uns zurückgehen", sagte sie. „Es wird der Neugeborenenstation nicht helfen, wenn die Leute darüber tuscheln, dass wir Babys verkehrt herum aufhängen. Außerdem kann Howard Whitehead es nicht abwarten, dir alles über Warentermingeschäfte zu erzählen."

Tilly rümpfte die Nase. „Der alte Knabe wird zehntausend Dollar spenden, da bin ich sicher – aber erst, nachdem er uns zu Tode gelangweilt hat." Sie lächelte Lacy zu. „Ehrlich, mir ist schleierhaft, wie du es schaffst, so ruhig zu bleiben. Das ist übermenschlich. Verlierst du denn nie die Fassung?"

Lacy lachte. „Bei einem Mann, der zehntausend Dollar spenden will? Nein."

Arm in Arm schlenderten sie zurück in die einstige

Reithalle, begrüßten Freunde und Bekannte und beantworteten Fragen zu den ausgestellten Kunstwerken, als Karla Karlin, die im Verwaltungsrat des Krankenhauses saß, auf sie zugeeilt kam. „Oh, da seid ihr ja", begann sie atemlos. „Lacy, du wirst nicht glauben, wer hier ist! Und er hat nach dir gefragt!"

Tilly stöhnte auf. „Wenn es Howard Whitehead ist, sag ihm, dass du uns nicht gefunden hast."

Karas Augen glitzerten aufgeregt. „Nein, nein. Es ist jemand Neues. Na ja, ganz neu ist er nicht, aber …" Sie zerrte Lacy in die Mitte der Gästeschar. „Oh, du wirst gleich sehen. Du wirst es nicht glauben. Er ist absolut … Ich meine, er ist wirklich … Komm schon, Lacy. Beeil dich!"

„Ich komme ja", versicherte Lacy ihr belustigt und ein wenig neugierig. Hoffentlich war es nicht schon wieder so ein zweitklassiger Schauspieler. Mit seinen malerischen Straßen zog Pringle Island viele Fernsehteams an. Im vergangenen Jahr hatte ein Seifenopernstar für Aufsehen gesorgt, als er an einer Tankstelle Kondome kaufte. „Also wirklich, Kara, wenn du nicht willst, dass ich über meinen Rock stolpere und deinen Sensationsgast auf allen vieren begrüße, musst du langsamer gehen."

Kara holte tief Luft und drückte Lacys Hand. „Na gut. Aber sieh selbst!", sagte sie und blieb stehen.

Lacy ließ ihren Blick über die Menge wandern und hielt nach dem rätselhaften Neuankömmling Ausschau. Falls es sich mal wieder um einen Prominenten handelte, würde sie Begeisterung heucheln müssen. Schauspieler beeindruckten sie nicht besonders. Nicht mehr. Eigentlich beeindruckte sie kaum etwas.

Die meisten Gesichter hier waren ihr vertraut. Howard Whitehead hatte sich ein neues Opfer gesucht. Der Krankenhausdirektor redete jetzt auf den Bürgermeister ein. Die jungen Frauen, die ehrenamtlich bei der Betreuung der Patienten halfen, standen zusammen und flirteten mit einem attraktiven Kellner. In einer Ecke hatten sich die Künstler, deren Werke für die Auktion gespendet worden waren, versammelt, um über ihre Arbeit zu diskutieren.

Und dann war da die Gruppe von Frauen an der Bühne. Mit glitzerndem Brillantschmuck und verführerischem Lächeln umringten sie einen großen dunkelhaarigen …

Oh nein. Das konnte doch nicht sein.

Aber er war es. Selbst aus der Entfernung konnte sie erkennen, dass seine Augen blau waren. So blau wie ihr Kleid. Und urplötzlich wurde ihr bewusst, warum sie dieses Kleid so liebte, warum sie es überhaupt gekauft hatte, warum sie es so oft wie möglich trug. Nervös tastete Lacy nach dem Ausschnitt. Die Seide war kühl unter ihren zitternden Fingern. Niemand im Raum konnte wissen, warum sie sich selbst nach zehn Jahren noch in Seide hüllte, die genau die Farbe seiner Augen hatte.

„Ich …" Kara wartete auf eine Antwort, doch Lacy brachte keinen vollständigen Satz heraus. Ihre Lippen schienen ihr nicht mehr zu gehorchen. „Er …"

„Genau." Kara schmunzelte triumphierend. „Siehst du, was ich meine?"

Ja, Lacy sah es. Sie war unfähig, sich abzuwenden. Reglos stand sie da und starrte ihn an.

Ihre Hilflosigkeit schien ihn zu amüsieren. Sein Blick richtete sich auf ihr dunkelbraunes Haar, das sie zu einem lockeren Nackenknoten hochgesteckt hatte. Für ihn hatte sie es früher immer offen tragen müssen … Er betrachtete das blaue Kleid mit dem engen Oberteil und dem weiten fließenden Rock. Er hatte geschworen, ihr irgendwann genau so ein Kleid zu kaufen … Und dann wanderte der Blick wieder nach oben, zu dem protzigen quadratischen Brillanten an ihrer Hand. Damals hatte er sich nicht einmal einen kleinen silbernen Ring leisten können. Aber … eines Tages, Lacy. Eines Tages.

Doch dieser Tag war nie gekommen. Und jetzt trug sie den Ring eines anderen Mannes. Sie sah, wie sein

Blick sich verhärtete, ließ die Hand sinken und bereute es sofort. Es war ein Zeichen von Schwäche, von Scham, und er schien darauf gewartet zu haben. Er beobachtete, wie sie ihre zitternde Hand in einer Falte des Rocks verbarg. Und dann lächelte er. Es war ein wunderschönes Lächeln. Ein grausames, nichts verzeihendes, teuflisch schönes Lächeln.

Er hasst mich, dachte Lacy.

Es traf sie wie ein Schlag in die Magengrube, und ihre Knie wurden weich. Würde sie etwa in Ohnmacht fallen? Nein, den Erfolg gönnte sie ihm nicht. Wie konnte er es wagen, sie zu hassen? Unauffällig legte sie eine Hand an die raue Holzwand.

War sie nicht überzeugt gewesen, nichts mehr fühlen zu können? Woher kam dann dieser Ansturm von Empfindungen? Lippen, Freudenfeuer, Regen, Hände, Musik, Zauber, Tränen, Schmerz, Blut, Schmerz, Schmerz – die Erinnerungen durchzuckten sie wie Blitze.

„Wenn das nicht Adam Kendall ist!" Tilly war hinter Lacy aufgetaucht, und ihr freudiger Ausruf hallte durch den ganzen Raum. „Kommen Sie her, junger Mann, und geben Sie Ihrer alten Freundin einen Kuss!"

Adams Miene erhellte sich, als er Tilly erkannte, und gehorsam kam er auf sie zu. Dass er einige enttäuschte Schönheiten zurückließ, schien ihm nichts auszumachen. Lacy entging nicht, wie sie ihm hinterherschauten. Seine Figur war noch immer perfekt.

Lacy wusste besser als jede von ihnen, wie perfekt er gebaut war. Kräftige Muskeln an einem langen schmalen Oberkörper, der von den Sommern in der Betonfabrik gebräunt war, bis hinab zu blasseren, aber umso erregenderen Rundungen …

Sie hörte, wie sie einen leisen Laut von sich gab, und fühlte Tillys stützende Hand an ihrem Ellbogen. Es war wirklich erstaunlich, wie viel Kraft in den dünnen alten Fingern steckten. Lacy war ihr sehr dankbar dafür.

„Nur Mut, Kind“, flüsterte ihre Freundin.

Lacy atmete tief durch, hob das Kinn und spürte, wie sie langsam ihr inneres Gleichgewicht wiederfand. Sie zwang sich, ruhig mit anzusehen, wie Adam Kendall, der begehrenswerteste, aber auch gefährlichste Mann, den sie kannte, mit langsamen, hochmütigen Schritten in ihr Leben zurückkehrte.

„Mrs. Barnhardt“, sagte er, und diesmal war sein Lächeln ohne jede Spitze. Er ergriff Tillys Hand und küsste sie auf die Wange. „Es ist schön, Sie wiederzusehen. *La he echado de menos.*“

Tilly schnalzte tadelnd mit der Zunge, aber Lacy sah ihr an, dass sie sich geschmeichelt fühlte. Früher hatte sie ihm Spanischunterricht gegeben, wenn er in ihrem Haus kleinere Arbeiten erledigt oder die Pferde gestriegelt hatte. Heute war seine Aussprache makellos.

„Unsinn“, erwiderte Tilly und versuchte, sich ihre Freude nicht anmerken zu lassen. „Schneidige junge Männer vermissen klapprige alte Frauen nicht, wenn sie in die Welt hinausziehen. Nicht einmal für den Bruchteil einer Sekunde.“

Adam lachte. „Die Welt kann ganz schön rau sein, Mrs. Barnhardt, selbst für schneidige junge Männer. Ich erinnere mich an einen besonders harten Winter, in dem ich den ganzen verdammten Globus für ein einziges Stück Ihrer Blaubeertorte eingetauscht hätte.“

Errötend legte Tilly die Stirn in Falten. „Achten Sie auf Ihre Ausdrucksweise, junger Mann. Ich habe immer versucht, Ihnen außer Spanisch auch ein paar Manieren beizubringen, aber offenbar hat es nicht gefruchtet. Sie haben noch nicht einmal meine Freunde begrüßt“, sagte sie mit gespielter Strenge und zog Kara zu sich. „Ich glaube, Sie kennen Mrs. Karlin noch nicht. Sie ist die Vorsitzende der ehrenamtlichen Helfer im Krankenhaus.“

Karas Augen wurden groß, als Adam ihr zulächelte, und sie tarnte ihre Befangenheit, indem sie ihm unglaublich heftig die Hand schüttelte. Er protestierte nicht, sondern hob lediglich eine Augenbraue. Irgendwann wurde Kara bewusst, dass sie seine Hand noch immer festhielt. Abrupt gab sie sie frei und murmelte etwas Unverständliches, das vermutlich eine Entschuldigung sein sollte.

Schmunzelnd wandte Tilly sich Lacy zu und legte fürsorglich einen Arm um ihre Schultern. „Und natürlich erinnern Sie sich an unsere kleine Lacy."

Lacy zwang sich, ihm ins Gesicht zu schauen, und machte sich auf den Schmerz gefasst. Sie hatte seine Augen immer geliebt. Ein atemberaubendes Blau, umrahmt von schwarzen Brauen und seidigen Wimpern. Klar, intelligent, verwegen, sexy. Mit einem verborgenen Lachen darin, das einst nur sie gesehen hatte.

Und das Feuer! Wie hatte sie nur glauben können, dass die zehn Jahre ihrer Trennung es zum Erlöschen gebracht hätten? Es war noch da, das Feuer, das sie selbst in den kältesten Nächten ihres Lebens gewärmt hatte …

Offenbar brauchte es mehr als zehn Jahre, um Adam Kendall in einen Eisblock zu verwandeln. Sie konnte sich gut vorstellen, wie viele Frauen Schlange gestanden hatten, um sein Feuer zu schüren, nachdem er Pringle Island und Lacy Mayfair hinter sich gelassen hatte.

Mit Tillys Hilfe schaffte sie es, die Fassung zu bewahren. Lächelnd streckte sie ihm die kalten blassen

Finger entgegen. „Hallo, Adam“, sagte sie höflich. „Willkommen daheim.“

Er ergriff ihre Hand. Seine war warm, ihr Griff kräftig. Lacy nahm es kaum wahr.

Adam kam es vor, als würde er einer Schaufensterpuppe die Hand schütteln.

„Hallo, Mrs. Morgan“, erwiderte er, und sie fragte sich, ob außer ihr noch jemand die leise Schärfe hörte, mit der er ihren Namen aussprach. „Es ist mir ein Vergnügen. Sie sehen gut aus.“

„Sie sieht gut aus? Unsinn!“, rief Tilly. „Sie sieht fantastisch aus, und Sie wissen es.“

Adam musterte Lacy. „Ja“, sagte er schließlich. „Sie hat recht, Mrs. Morgan. Sie sehen ... wohlhabend aus. Die Ehe scheint Ihnen gutgetan zu haben.“

Tilly runzelte die Stirn. „Adam ...“

Aber Lacy brauchte ihre Hilfe nicht. Selbst Schaufensterpuppen fanden die Sprache wieder, wenn man sie genug provozierte.

„Und dir scheint das Reisen gutgetan zu haben, Adam“, entgegnete sie mit einem demonstrativen Blick auf seinen zweifellos maßgeschneiderten Smoking. „Auch du bist auf Hochglanz poliert.“

Lächelnd zuckte er mit den Schultern. „Nur äußerlich.“ Er legte den Kopf schief und war plötzlich nicht mehr der gepflegte Gentleman, sondern ein verwegener Pirat. „Offenbar haben wir beide gelernt, die richtige Uniform zu tragen."

Lacy kniff die Augen zusammen. „Uniform?" Sein Lächeln war unangenehm. Warum ließ es ihr Herz noch immer schneller schlagen?

„Ja." Sein Lächeln wurde breiter, reichte jedoch nicht bis zu den Augen. „Ohne die korrekte Garderobe gehört man nicht dazu, oder?"

Sie atmete tief durch und wehrte sich gegen den Zorn, der in ihr aufstieg. Wie konnte er es wagen? Vielleicht war sein Outfit nur eine Maskerade, hinter der sich der respektlose Rebell verbarg, der er immer gewesen war. Aber ihre Verwandlung ging tiefer. Sie war nicht mehr das ungezähmte Kind, das er gekannt hatte. Fast mager von der Armut, ein wenig schäbig von der Vernachlässigung und voller Sehnsucht nach Liebe. Seiner Liebe.

Nein, sie hatte sich nicht kostümiert, um die selbstsichere junge Witwe zu spielen. Sie hatte mehr gewechselt als nur die Garderobe. Sie war nicht mehr naiv, verzweifelt oder dumm. Und sie hatte gelernt, ohne Liebe zu leben.

„Ich kenne mich da nicht so aus", antwortete sie kühl. „Und jetzt entschuldige mich, ich muss zurück zu den anderen Gästen."

Sie ignorierte Karas schockiertes Luftschnappen.

Wie sollte die Frau sie auch verstehen? Kara Karlin, die Tochter des Bürgermeisters, wusste nichts von ihrer Vergangenheit. Für die feinen Kreise von Pringle Island hatte Lacy Mayfair früher gar nicht existiert. Für die war sie erst an dem Tag ‚geboren' worden, an dem sie Malcolm Morgan geheiratet hatte.

Lacy sah Tilly an. „Vielleicht solltest du Adam einige der teureren Bilder zeigen", sagte sie mit grimmiger Miene. „Jetzt, da er sich als reicher Menschenfreund verkleidet hat, wollen wir ihm doch nicht die Chance verweigern, zur besseren Gesellschaft zu gehören, nicht wahr?"

Oben auf dem alten Heuboden, direkt neben dem auf die Bühne gerichteten Scheinwerfer, saß Gwen Morgan und schaute auf ihre Mutter hinunter, die gerade mit irgendeinem reichen Knaben im Smoking plauderte. Widerwillig gab sie zu, dass Lacy heute Abend atemberaubend aussah. Das strahlende Blau stand ihr, und die Entscheidung, keine Ohrringe zu tragen, war mutig, aber richtig gewesen. Verglichen mit Malcolm Morgans eleganter Witwe wirkten alle anderen Frauen fast ordinär.

Aber wann sah Lacy Morgan nicht perfekt aus? Seit zehn Jahren gab sie Gwen das Gefühl, ein hässliches Entlein zu sein, das nie richtig angezogen war. Manchmal war Gwen sich geradezu unsichtbar vorgekommen. Jetzt drehte sie den Scheinwerfer ein wenig nach links, bis der Lichtstrahl auf Lacys exquisit frisiertes Haar fiel. Makellos wie immer, dachte sie und strich sich über ihre widerspenstigen, ewig zerzausten Locken. Vor Jahren hatte sie einmal versucht, sie glatt zu bügeln, und sich dabei die Kopfhaut verbrannt.

Die Nonnen des Nobelinternats, in dem Gwen damals eingekerkert war, hatten ihren Vater angerufen. Er war wütend gewesen, dass man einen so viel beschäftigten Mann wie ihn mit einer solchen Lappalie behelligte. „Lass diese Experimente", hatte er gebellt. „Du bist schon problematisch genug. Also verschone wenigstens deine Haare."

Problematisch. Selbst mit dreizehn hatte sie gewusst, dass das nur eine Umschreibung für ‚enttäuschend' war. Alles an ihr enttäuschte ihn – vom Haar bis zu den Schulnoten, vom miserablen Aufschlag beim Tennis bis zu ihrer hartnäckigen Akne. Und besonders problematisch war ihre Angewohnheit, immer dann im Weg zu sein, wenn ihr Vater mit der schönen Lacy allein sein wollte.

Lacy Mayfair Morgan. Ihre Stiefmutter. Die junge Braut ihres Vaters. Ein Braut, die nur fünf Jahre älter als Gwen war. Eine Braut, die zwar auf der falschen Seite der Stadt geboren worden war, an der jedoch nichts an ihre unfeine Herkunft erinnerte.

Gwen beobachtete, wie Lacy sich von dem Typen im Smoking abwandte, um mit einem der anderen Geldsäcke im Pinguin-Look zu reden. Plötzlich bekam sie große Lust, den eleganten Nackenknoten ihrer Stiefmutter mit etwas zu bewerfen – einem mit Wasser gefüllten Luftballon, zum Beispiel.

Ach, nein. Wozu? Lacy würde selbst so eine Szene selbstsicher überstehen. Gwen sah, wie ihre Stiefmutter außer Reichweite schlenderte, und seufzte gereizt. Ausgerechnet jetzt musste Teddy Kilgore an ihrem Nabelring herumfummeln. Sie packte seinen Daumen und drückte kräftig zu.

„Wenn du das nicht sofort lässt, breche ich dir jeden Finger einzeln“, flüsterte sie scharf.

Hier oben war es zu dunkel, als dass er ihren drohenden Blick hätte sehen können, aber sie funkelte ihn trotzdem an. Mit einundzwanzig war Teddy Kilgore zwei Jahre jünger als sie, ein Musterstudent, der Arzt werden wollte und der Augapfel seiner snobistischen Mutter war. Und unglaublich langweilig. Aber seit Gwen zum ersten Mal mit einem BH aus dem Internat nach Hause gekommen war, versuchte Teddy, bei ihr zu landen.

Manchmal gefiel es ihr, manchmal nicht. Im Moment wünschte sie, er würde sich noch ein Bier holen.

Dann würde er vielleicht einschlafen, und sie könnte sich endlich darauf konzentrieren, die Stiefhexe zu beobachten.

Außer Teddy wusste niemand, dass Gwen wieder in der Stadt war. Irgendwann würde sie sich natürlich zeigen müssen. Schließlich brauchte sie einen Platz zum Schlafen. Und einen Vorschuss auf ihren monatlichen Scheck, den nur Lacy ihr geben konnte. Aber erst wollte sie diese wenigen Minuten genießen, in denen sie sich ihrer Stiefmutter überlegen fühlen konnte.

„Verdammt, Teddy", wisperte sie. Der junge Mann hatte ihren kleinen goldenen Nabelring zwischen die Zähne genommen. Wenn sie ihn wegstieß, würde es sie einen Streifen Haut kosten, also griff sie in sein seidiges schwarzes Haar und ballte die Hand zur Faust. „Das tut weh."

Er hob den Kopf und machte einen Schmollmund, den er wahrscheinlich für sexy hielt. „Ach, komm schon. Wenn du nicht willst, dass Männer damit spielen, warum trägst du ihn dann?"

„Du sagst es, Teddy", erwiderte sie, ohne ihren Griff zu lockern. „Männer. Leider fällst du nicht in diese Kategorie."

„Schade." Er versuchte, die Enttäuschung zu überspielen, drehte sich auf den Bauch und wedelte mit den Fingern vor dem Scheinwerfer herum. „Schau mal", sagte er. „Ich kann Schattenfiguren auf den Vorhang werfen.“

Gwen folgte seinem Blick und kniff die Augen zusammen. Auf den Stoffbahnen hinter dem Podium tanzte etwas, das aussah wie eine Kreuzung aus dem Osterhasen und einem Tyrannosaurus Rex.

Teddy schmunzelte zufrieden. „Sieh hin. Das hier habe ich aus der Schule. Es sind zwei Leute mit …“

„Psst!“ Gwen hielt seine Finger fest und presste sie an ihr pinkfarbenes, mit Strass besetztes T-Shirt. Lacy war wieder in der Nähe und unterhielt sich mit jemandem, den Gwen nicht erkennen konnte. Ihr war, als hätte sie gerade ihren Namen gehört.

„Was?“

„Sei still!“, fauchte sie Teddy an.

„… lebt sie in Boston, nicht wahr?“, fragte die unbekannte Stimme und klang, als wäre Boston ein wahrer Sündenpfuhl. Offenbar ein typischer Pringle-Island-Snob. Gwen kannte die Sorte. Ihr Vater war der schlimmste gewesen. „Wir konnten es kaum glauben, als wir erfuhren, dass Gwen im Haushalt eines Arztes wohnt … als Au-pair-Mädchen!“

„Ja“, erwiderte Lacy ruhig. „Ich glaube, das stimmt.“

„Oh, Lacy, meine Liebe.“ Jetzt erkannte Gwen die Stimme, in der gekünsteltes Mitgefühl lag. Sie gehörte

Jennifer Lansing, der größten Klatschtante der Stadt. „Ich weiß, wie du dich fühlen musst. Ein Kindermädchen! Nach allem, was du und Malcolm für sie getan habt, arbeitet sie als … eigentlich nur ein besserer Babysitter, nicht? Bestimmt dreht Malcolm sich im Grab um."

Lacy lachte. „Er hätte sicher Verständnis dafür. Sie ist doch noch jung und hat viel Zeit, sich einen richtigen Beruf zu suchen."

Jennifer schnalzte mit der Zunge. „Sie ist nur ein paar Jahre jünger als du, Lacy, und … Nun ja, natürlich ist der Vergleich unfair, nicht wahr? Wenigstens jobbt sie nicht mehr als Kellnerin im Honeydew Café. Wenn ich an diese hautengen Tops denke … Besser Babys als lüsterne alte Männer, die ihre Hände nicht bei sich behalten können, nehme ich an."

Lacy neigte den Kopf. „Ja, da hast du sicher recht. Aber da wir gerade von Babys reden, hast du den hübschen Verengeti gesehen, der für die Auktion gespendet wurde? Ich könnte ihn mir sehr gut in deinem Wintergarten vorstellen. Nicht jeder hat einen so stilvollen Raum, um ein solches Gemälde zur Geltung zu bringen, aber …"

Mühsam unterdrückte Gwen ihren Zorn, als Lacy Jennifer davonführte. Diese selbstgerechten Snobs! Was war daran schlecht, als Kindermädchen zu arbeiten? Nur weil keine von beiden eigene Kinder hatte … Und was das Honeydew Café anging – na ja, Jennifer Lansing war so dürr und knochig, dass man sie dafür bezahlen würde, *kein* enges Top zu tragen.

Erst als Teddy protestierte, merkte Gwen, dass sie seine Finger noch immer festhielt. „He! Entspann dich!"

Sie sah ihn an. „Entschuldigung", murmelte sie und wahrte nur mühsam die Fassung. Am liebsten hätte sie ihre Wut hinausgeschrien. Ihr Vater mochte aus Lacy einen gehorsamen kleinen Robotersnob gemacht haben, aber bei seiner Tochter war ihm das nicht gelungen.

Teddy musste ihren Blick falsch gedeutet haben, denn seine Augen wurden groß, und er beugte sich mit kussbereit gespitzten Lippen zu ihr. Seine unbeholfene Umarmung beförderte sie beide direkt vor den Scheinwerfer. Geblendet vom grellen Licht schloss Gwen die Augen. Plötzlich wurde ihr klar, dass ihre und Teddys Umrisse sich auf dem Vorhang hinter dem Podium abzeichneten – wie ein nicht jugendfreies Schattenspiel.

Eine ziemlich drastische Art, ihre Ankunft auf Pringle Island bekannt zu geben. Aber plötzlich fand Gwen Gefallen an der Vorstellung, ihre Stiefmutter vor allen Leuten zu blamieren. Also hörte sie auf, sich zu wehren, und ließ zu, dass Teddy seine Lippen auf ihre presste.

Mal sehen, wie die Stiefhexe damit fertig wird, dachte sie hämisch. Eins hatte sie in all den Jahren immer wieder festgestellt – wenn es etwas gab, das ihre frigide kleine Stiefmutter nervös machte, dann war das Sex.

Während sie Teddy, der sein Glück gar nicht fassen konnte, ihren Hals darbot, erinnerte sie sich daran, was für eine kalte, passive und widerwillige Ehefrau Lacy Mayfair ihrem Vater gewesen war.

Vermutlich kannte sie so etwas wie Leidenschaft nur aus dem Kino – wenn überhaupt.

Sie strich immer wieder über Teddys Rücken und wand sich unter ihm. Um unten Aufsehen zu erregen, bedurfte es schon einiger Übertreibung. Teddy reagierte begeistert. „Na, endlich", murmelte er atemlos und nutzte die lang ersehnte Gelegenheit.

Eigentlich küsste er gar nicht mal so schlecht. Wenn sie nicht mit den Gedanken woanders gewesen wäre, hätte sie es vielleicht sogar genossen. Ihre Mühe wurde bald belohnt. Kaum eine Minute später drangen erstaunte Ausrufe nach oben. Immer mehr Gäste bemerkten das seltene Schauspiel auf dem Vorhang, und aus dem höflichen Partygeplauder wurde ein halb amüsiertes, halb entrüstetes Getuschel.

Gwen schob die Finger in Teddys Haar, drehte seinen Kopf ein wenig zur Seite und schaute über seine

Schulter nach unten. Die meisten Leute starrten gebannt auf die Leinwand hinter der Bühne. Manche lächelten heimlich, andere pressten reich beringte, tadellos manikürte Finger auf offene Münder.

Nur eine Frau schien zu ahnen, was hier vor sich ging. Sie war die Einzige, die nicht zur Bühne starrte, sondern nach oben, zum Scheinwerfer schaute. Direkt zu den beiden Schattenspielern hinauf.

Natürlich war es Lacy. Ihr anmutiges Gesicht war blass und so ausdruckslos wie immer, aber Gwen wusste, wie schockiert sie sein musste.

Gwen schob Teddys Schulter zur Seite und grinste ihrer Stiefmutter zu. Dann zwinkerte sie spöttisch.

Reiß dich zusammen, um Himmels willen, hatte ihr Vater immer gesagt. Ist dir noch nie aufgefallen, dass Lacy sich niemals zum Gespött der Leute macht?

Ja, dachte sie boshaft, bis jetzt.

2. KAPITEL

Zwei Stunden später war Lacy mit den Nerven am Ende. Die Versteigerung lief hervorragend, und die Band spielte noch immer Songs, in denen das Wort ‚Baby' vorkam. Vor einem Monat bei der Planung dieser Veranstaltung hatte sie das noch für eine lustige Idee gehalten.

„Baby, I'm Yours." „Be My Baby." „Baby, Come Back." „Walking My Baby Back Home." Wie war sie nur auf diesen idiotischen Einfall gekommen? Und dann noch all diese gemalten Babys – schlafende Babys, Babys beim Stillen, weinende Babys, Babys in den Armen liebevoller Mütter. Plötzlich fand Lacy die ganze Sache ermüdend.

Vielleicht lag es an Gwens provozierendem Auftritt. Lacy konnte nur vermuten, wie groß Gwens Hass sein musste, um sie derart zu brüskieren. Einen Moment lang war Lacy wie gelähmt gewesen. Wie reagierte man auf eine derartige Unverschämtheit? Aber dann hatte sie kurz geschmunzelt und laut verkündet, dass ihre Stieftochter sich offensichtlich einer Theatergruppe angeschlossen hatte. Danach hatte sie leise applaudiert. Auch andere Gäste hatten geschmunzelt und sich dem Applaus angeschlossen, den die beiden jungen Leute mit verlegenen Gesichtern entgegennahmen.

Die Katastrophe war abgewendet.

Trotzdem, es hatte sie viel Kraft gekostet. Gwen war ihr für den Rest des Abends aus dem Weg gegangen, aber sie wusste, dass die Konfrontation unausweichlich war. Gwen kehrte nur auf die Insel zurück, wenn sie etwas wollte. Lacy konnte es ihr nicht verdenken.

Aber für einen Abend war das einfach zu viel: Adams Auftauchen und Gwens ewige Verbitterung. Lacy hatte Kopfschmerzen und wünschte, sie könnte nach Hause gehen, unter die Bettdecke kriechen und eine Woche lang schlafen.

Doch als Vorsitzende des für die Spendensammlung zuständigen Komitees musste sie bleiben, bis der letzte Zuschlag erteilt, das letzte Champagnerglas geleert und der letzte Spender aus der Tür war.

Aber Lacy brauchte jetzt unbedingt ein paar Minuten für sich allein. Verstohlen schaute sie sich um, ob sie jemand beobachtete. Doch die Gäste verfolgten die Auktion mit großem Interesse – niemand würde bemerken, wenn sie kurz verschwand. Mit angehaltenem Atem huschte sie in eine kleine Kammer am Ende des Gangs, deren Tür halb hinter einer Reihe von Farnen verborgen lag. Für einen richtigen Ausstellungsraum war sie zu schmal, deshalb hingen hier nur zwei Bilder. Die meisten Gäste wussten vermutlich gar nicht, dass es sie gab.

Lacy tat so, als würde sie das größere der beiden Gemälde betrachten. Es hatte ihrem verstorbenen Mann gehört. Sie war nicht sicher gewesen, ob sie es für die Auktion stiften sollte. Ein Bild wegzugeben, das man hässlich fand, war nicht besonders wohltätig. Sie fragte sich, ob jemand es ersteigern würde. Es stammte von einem recht angesehenen Künstler aus den Südstaaten, aber sie hasste es.

Samstagmorgen: Nach dem Paradies hatte der Maler es genannt. Es zeigte einen sonnigen Sommertag an einem Flussufer. Im Vordergrund lag ein Liebespaar in erotischer Umarmung auf einer blau karierten Picknickdecke. Im Hintergrund, am Rand der Decke und dicht am Wasser, lag vergessen ein schlafendes Baby.

Malcolm hatte das Bild ein Jahr nach ihrer Heirat gekauft und es so aufgehängt, wo es nicht zu übersehen war. Lacy hatte ihm nie gesagt, was sie davon hielt. Warum auch? Er hatte sie nie nach ihrer Meinung gefragt.

„Falls du dich unsichtbar machen willst, empfehle ich dir ein anderes Kleid." Die Farne raschelten, und plötzlich stand Adam Kendall in dem kleinen Raum direkt hinter ihr. Er berührte ihren Arm. „Etwas weniger Auffälliges. Diese blaue Seide leuchtet ja geradezu."

Sie drehte sich um. Seine breiten Schultern blockierten die Tür. Schlagartig erinnerte sie sich daran, dass dieser Raum deshalb so eng war, weil hier früher Stuten gedeckt worden waren. Hier konnten sie dem Hengst nicht ausweichen.

Sie wehrte sich gegen die aufsteigende Panik. Adam hatte sie gefunden. Sie hatte immer gewusst, dass es geschehen würde. Früher hatte sie sich danach gesehnt, davon geträumt und es sich bis ins kleinste Detail ausgemalt. Jetzt wollte sie es nur so schnell wie möglich hinter sich bringen.

„Zehn Jahre“, sagte sie halb zu sich selbst. „Zehn Jahre, seit wir uns zuletzt gesehen haben, und wir reden über Kleidung.“

Ein Lächeln umspielte seinen Mundwinkel, während er über die Seide strich. „Ich finde das keineswegs so belanglos. Zwischen den Zeilen zu lesen ist eine aussterbende Kunst, findest du nicht auch?“

Wie konnte sie vorgeben, ihn nicht zu verstehen? Und in gewisser Weise hatte er ja recht. Ihre Kleidung war wirklich symbolisch, oder? Seine alten Jeans mit den abgewetzten Knien und das mit Rostflecken übersäte T-Shirt hatten Armut, Hunger und Ehrgeiz verraten. Der nagelneue Smoking signalisierte Luxus, Erfolg, Zufriedenheit. Aber das schäbige T-Shirt hatte so herrlich nach Seife und Sonnenschein gerochen. Und nach ihm. Jedes Mal, wenn sie es ihm damals über die Schultern und den Kopf zog, presste sie es sich gegen das Gesicht und atmete seinen Duft tief ein, bevor sie es zur Seite warf.

Vor zehn Jahren war sein zerzaustes, aber seidiges schwarzes Haar ein Ausdruck von Rebellion, Trotz und Eigensinn gewesen. Jetzt strahlte diese elegante, sorgfältig arrangierte Frisur Sex, Macht und Selbstbewusstsein aus. Die ungebändigten Wellen waren ihm immer in die Augen gefallen, wenn er über sie glitt und den Kopf auf ihre Brüste senkte. Und wenn er sie küsste, streichelten sie ihre Haut.

Lacy musterte ihn, von den gestrafften Schultern bis zu den glänzenden Manschettenknöpfen, von der perfekt gebundenen Krawatte bis zur arrogant hochgezogenen Augenbraue.

Aber was war das? Eine Narbe? Unterhalb seines rechten Auges glitzerte ein schmaler Strich, der aussah, als hätte jemand den Wangenknochen mit einem dünnen Silberstift nachgezogen. Oder mit einer Messerklinge. Sie starrte auf die Narbe, den einzigen Makel an seiner perfekten Erscheinung. Den einzigen Beweis dafür, dass die zehn Jahre ohne sie nicht nur voller Erfolg und Lachen, Wohlstand und Frauen und Luxus gewesen waren.

„Woher hast du diese Narbe?“ Sie sah ihm in die Augen. Warum stellte sie ihm nach all den Fragen, die sich in einem Jahrzehnt des Schweigens in ihr aufgestaut hatten, ausgerechnet diese?

„Das ist vor vielen Jahren passiert. Eine Explosion. Etwa einhundert fingerlange Glassplitter wollten sich unbedingt in meinem Gesicht verewigen." Seine Stimme klang so beiläufig, als würde er über das Wetter reden. „Einer davon hat es auch geschafft."

„War es ein Arbeitsunfall?" Sie widerstand der Versuchung, die Narbe zu berühren. „In der Raffinerie? Ich erinnere mich, dass es ein gefährlicher Job war …"

Er lächelte matt. „Sie zahlen einem keine Gefahrenzulage, wenn man am Schreibtisch sitzt. Und genau deshalb habe ich den Job gemacht, oder? Wenn ich mich recht erinnere, wollte ich so schnell wie möglich reich werden, um nach Hause kommen zu können." Er zuckte mit den Schultern. „Damals war mir das ziemlich wichtig."

Sie schluckte schwer, denn sie erinnerte sich nur zu gut. „Aber eine Explosion … Du hättest …"

„Was? Getötet werden können? Eine zu unästhetische Vorstellung für Sie, Mrs. Morgan? Vielleicht findest du ja, ich hätte mein Vermögen lieber heiraten sollen." Seine Stimme war leise, sein Blick fragend, als würde er tatsächlich darüber nachdenken. „Ja, das wäre sicher einfacher gewesen. Aber halt mich ruhig für altmodisch. Ich finde immer noch, dass selbst erarbeitetes Geld sich einfach leichter ausgibt."

Sie spürte, wie sie errötete. „Adam …“ Sie wich seinem Blick aus. „Adam, hör auf …“

Er lachte leise. „Arme Lacy. Das Thema gefällt dir nicht, was? Okay, suchen wir uns ein anderes. Mal sehen … Unsere Kleidung kommt nicht mehr in Frage. Die Vergangenheit ist tabu. Die Wahrheit ist verboten.“ Er lehnte sich gegen die Wand und schaute sich kurz um. „Wie ich höre, bist du eine Kunstexpertin. Wir könnten über dieses grauenhafte Gemälde reden.“

„Adam.“ Sie schüttelte den Kopf und holte tief Luft. Sie wollte die Kammer verlassen, aber er stand in der Tür. An der Vorderseite gab es eine Fluchtklappe, die man öffnen konnte, wenn eine Stute zu unruhig wurde. Ein Pferd kann flüchten, dachte Lacy, aber eine in die Enge getriebene Frau nicht.

Adam stand jetzt dicht hinter ihr und betrachtete über ihre Schulter hinweg das Bild. „*Nach dem Paradies* … Interessanter Titel“, sagte er und legte die Hände auf ihre Schultern, um sie zu sich herumzudrehen, als wäre sie eine willenlose Puppe. „Erzähl mir bitte nicht, dass es dir gefällt. Ich würde es dir nicht glauben.“

Sie befahl sich, nicht darauf zu achten, wie seine Finger sich an ihren Schultern anfühlten. Sie würde sich nicht lächerlich machen. Und er durfte ihr nicht vorschreiben, was sie dachte. Was sie fühlte.

„Eigentlich ist es ein sehr gelungenes Bild", hörte sie sich mit ihrer besten Kunsthochschulstimme sagen und sprach weiter, als würde sie Besucher durch eine Ausstellung führen. „Es handelt sich um eine von Franklins besten Arbeiten. Die Komposition ist geprägt durch strenge Linienführung. Der Fluss verläuft von links nach rechts, die Körper sind im rechten Winkel angeordnet. Dennoch wirkt die Symmetrie unruhig. Das vermittelt Konflikt, Verwirrung, Zorn."

„Blödsinn. Absoluter Lehrbuchschwachsinn", stellte Adam völlig unbeeindruckt fest. „Es tut mir leid, Lacy, aber ich kenne deinen Geschmack zu gut. Ich kenne *dich* einfach zu gut. Du findest dieses Bild sicher abscheulich. Sicher, technisch gesehen, mag es perfekt sein, aber das interessiert dich nicht. Nicht in der Kunst und nicht im Leben. Du willst Lebendigkeit, Leidenschaft, Gefühl – und dieser Schrott hier hat nichts davon. Du würdest es niemals dort aufhängen, wo du es ansehen müsstest."

Wütend schüttelte sie seine Hände ab, wirbelte herum und hob das Kinn. „Vielleicht kennst du mich nicht so gut, wie du es dir einbildest, Adam. In zehn Jahren verändert sich so manches. Menschen, zum Beispiel."

Er schüttelte den Kopf. „Nicht so sehr."

Sie lachte. „Oh doch, Adam. So sehr und noch viel mehr. Weißt du, das Bild hat meinem Mann gehört. Es hing über dem Kamin in unserer Bibliothek, an einem Ehrenplatz. Seit meiner Heirat habe ich es täglich gesehen. An jedem Tag in den letzten zehn Jahren."

Er antwortete nicht, und sie drängte sich an ihm vorbei. Sie war schon fast aus der Kammer, als er ihr Handgelenk packte.

Sie drehte sich um und warf ihm einen eisigen Blick zu, der schon so manchen allzu hartnäckigen Verehrer abgeschreckt hatte.

Aber natürlich wirkte er diesmal nicht. Nicht bei Adam.

„So langsam frage ich mich", begann er leise, den Blick auf ihrem Gesicht, „ob ich mich geirrt habe."

„Inwiefern? Ob ich mich verändert habe? Ja, Adam, du hast dich geirrt. Gründlich. Wenn du mich jetzt bitte entschuldigen würdest ..."

„Nein", sagte er mit dem Anflug eines Lächelns und hochgezogener Augenbraue. „Ich meine, dass ich mich geirrt habe, was das geheiratete Geld angeht." Er starrte auf den riesigen Brillanten an ihrer Hand und drehte sie, bis der Stein im Licht aufblitzte. „Gut möglich, dass du für dein Einkommen schwerer arbeiten musstest als ich."

Gwen kam nach der Versteigerung nicht nach Hause. Lacy wusste, dass sie froh darüber sein sollte. Doch je länger die Nacht dauerte, desto mehr wünschte sie, sie könnte sich mit ihrer Stieftochter streiten, anstatt mit ihren Gedanken allein zu sein.

Stundenlang klopfte sie ihr Kissen zurecht und malte sich aus, wie sie Adam Kendall wortgewandt aufforderte, sie in Ruhe zu lassen und sich um seine eigenen Angelegenheiten zu kümmern. Aber was brachte das jetzt noch, da nur Hamlet, der silbergraue Perserkater, ihren wütenden Tiraden lauschte, zusammengerollt in ihrer Kniebeuge? Und er schlief auch noch ausgerechnet dann ein, als sie gerade zu ihrer Höchstform auflief.

Sie streichelte sein weiches Fell und beneidete ihn um seinen friedlichen Schlaf, während sie verzweifelt mit ihrer Angst kämpfte. Wie lange wollte Adam auf Pringle Island bleiben? Und wie sehr konnte er ihren mühsam errungenen Seelenfrieden gefährden, bevor er die Lust an diesem Spielchen verlor und wieder in die weite Welt hinausjettete?

Lacy presste das Gesicht ins Kissen. Was sollte sie nur tun?

Als endlich der Morgen graute, strampelte sie sich aus den zerknüllten Laken frei. Sie hasste dieses Gefühl der Hilflosigkeit und den Anblick, der sich ihr im Spiegel bot – verquollene Augen und zerzaustes Haar.

Plötzlich, unerwartet und viel zu spät meldete sich

ihr Stolz zurück. Das hier war nicht Lacy Morgan. Das hier sah eher nach der bemitleidenswerten Lacy Mayfair aus. Und die wollte sie nicht mehr sein – sie hatte zu sehr kämpfen müssen, um das einsame kleine Mädchen endgültig hinter sich zu lassen. Gestern Abend hatte Lacy Mayfair Adam Kendall das letzte Wort gelassen, aber dieser neue Tag gehörte Mrs. Malcolm Morgan.

Und … was würde sie daraus machen? Sie würde tun, was sie immer getan hatte. Sie würde ihre eigene Haut retten, was sonst? Sie würde die Lektionen beherzigen, die sie in den vergangenen zehn Jahren gelernt hatte. Lektionen über Mut, über Verdrängung, über Durchhalten. Sie würde sich einen Eispanzer zulegen, den selbst Adam Kendalls blaue Augen und warme Finger nicht durchdringen konnten.

Zum ersten Mal seit zehn Jahren war sie wirklich frei. Das Gewitter, das so lange am Horizont gedroht hatte, war endlich über sie hereingebrochen. Nachdem sie Adam so lange nur in ihren Träumen gesehen hatte, war sie gezwungen gewesen, mit ihm zu sprechen, ihm in die Augen zu schauen und seine Finger an ihrer Haut zu fühlen.

Es hatte geschmerzt, aber sie hatte überlebt. Das Schicksal hatte seine letzte Kugel auf sie abgefeuert – und sie verfehlt. Sie brauchte nun endlich keine Angst mehr zu haben.

Zwei Stunden später hatte eine Creme ihre geröteten Augen beruhigt. Ein kleiner silberner Clip hielt ihr Haar in dem üblichen Nackenknoten, und ein elegantes blaues Kostüm vervollständigte das Bild der souveränen Karrierefrau, als sie im Krankenhaus eintraf.

Keine Angst mehr. Jetzt konnte sie sich ganz auf die Arbeit konzentrieren. Spenden sammeln, Krisen im Büro bewältigen, mit glücklichen Eltern für Fotos posieren. All das konnte Lacy Morgan, PR-Chefin des Allgemeinen Krankenhauses von Pringle Island, im Schlaf.

Lacy lächelte der Familie zu, die sie gerade fotografiert hatte – stolzer Vater, strahlende Mutter, zappelndes Baby. Sie gab dem Mann den Fotoapparat zurück. Ja, dachte sie, das ist es. Mein Leben.

„Würden Sie das Baby halten, Mrs. Morgan? Wir möchten unbedingt ein Foto von Ihnen beiden. Ohne Sie hätten wir das alles nicht durchgestanden."

Natürlich tat Lacy ihnen den Gefallen. Das Baby hatte drei Wochen lang im Brutkasten gelegen. Die Kleine war eine Kämpfernatur, und jetzt durfte sie endlich nach Hause. Lacy flüsterte ihr Koseworte zu, als die winzigen Finger sich um ihren Daumen krümmten.

Wenn das Krankenhaus erst über eine eigene Station für Neu- und Frühgeborene verfügte, würde eine solche Erfolgsgeschichte nichts Besonderes mehr sein.

Jeden Tag ein kleines Wunder, und sie würde daran teilhaben. Keine Frage, es war ein sinnvolles und erfülltes Leben. Auch wenn keins der kleinen Wunder ihr gehören würde …

Das Baby begann zu weinen, und langsam taten Lacy die Augen vom vielen Blitzlicht weh.

„Mr. Rosterman, vielleicht sollten Sie …"

„Lacy?", ertönte plötzlich Kara Karlins besorgte Stimme. „Kann ich dich einen Moment sprechen?"

Lacy drehte sich zu ihrer Kollegin um. Karas Stirn lag in tiefen Falten, und ihre Lippen waren gespitzt. Irgendetwas stimmte nicht. Die Eltern des Babys waren damit beschäftigt, einen neuen Film einzulegen, also strich sie dem Kind beruhigend über den Kopf und ging zu Karla.

„Lacy, ich störe dich nur ungern, aber gerade ist das Allerschlimmste passiert."

Lacy lächelte. Kara war fast fünfzig und eine erfahrene Mutter von vier Kindern, aber sie neigte zur Übertreibung wie ein Teenager. Alles, was ihr widerfuhr, war entweder das Allerschönste oder das Allerschrecklichste. Dazwischen gab es nichts. Nur Höhen und Tiefen. Für Lacy dagegen gab es immer nur das Mittelmaß ohne allzu große Ausschläge nach unten oder oben. Vielleicht lag es daran, dass sie sich insgeheim über Kara und ihre psychische Achterbahn amüsierte.

„Das Allerschlimmste?“, wiederholte sie lächelnd. „Das Allerschlimmste ist doch schon gestern passiert, als der Partyservice die falschen Häppchen zur Versteigerung brachte, oder etwa nicht? Und trotzdem haben wir es irgendwie überlebt.“ Während sie sprach, wiegte sie das Baby sanft hin und her, bis es zufrieden an seinen Fingern nuckelte. Die Stille war einfach herrlich. „Wir haben es sogar geschafft, eine Viertelmillion Dollar für die Neugeborenenstation zu sammeln.“

Kara runzelte die Stirn. „Lach du nur, aber wenn die alte Mrs. Terwilligan in eines dieser Meeresfrüchtehäppchen gebissen hätte, wäre ihr Hals angeschwollen wie ein Kugelfisch.“ Sie strich sich das ergrauende Haar aus den Schläfen. „Außerdem ist das hier noch schlimmer. Du wirst es nicht glauben, Lacy. Der Geburtstagsclown hat gerade angerufen. Er ist krank und kann nicht kommen.“

Das war wirklich ein großes Problem. Die ganze Kinderstation hielt praktisch den Atem an und freute sich riesig auf den Besuch des Clowns und die vielen Geschenke und Süßigkeiten aus seinem grünen Korb. Die kleinen Patienten zu enttäuschen war undenkbar.

Deshalb durfte Lacy es auch nicht zulassen. „Wir werden einen Ersatz finden müssen“, sagte sie ruhig und ging alle Möglichkeiten durch. „Arbeitet Leo heute?“ Betrübt schüttelte Kara den Kopf. „Bart?“

Auch der war nicht da. „Roger?“

„Heute arbeitet in der PR-Abteilung kein einziger Mann. Oh, was sollen wir nur tun? Die Kinder sind schon so aufgeregt. Ronny Harbaugh hat die ganze Nacht nicht geschlafen.“ Kara war den Tränen nahe.

„Keine Panik.“ Lacy atmete tief durch und senkte die Stimme, um weder das plötzlich wieder zappelnde Baby noch ihre hektische Kollegin unnötig aufzuregen.

Sie legte sich das Baby an die andere Schulter und überlegte. „Keine Männer. Dann werden wir eben eine Frau nehmen müssen.“

„Aber wir nehmen immer einen Mann. Das Kostüm ist riesig. Die Augen liegen so hoch, dass …“

„Dann brauchen wir eine große Frau.“ Prüfend musterte Lacy ihre etwa einsachtzig große Kollegin. „Was ist mit dir?“

Voller Entsetzen sah Kara sie an. „Oh nein! Ich habe noch nie … Wir haben noch nie … Das könnte ich nicht.“ Aber sie würde gern, das spürte Lacy. „Oder doch?“

„Natürlich kannst du es“, sagte Lacy voller Überzeugung. „Die Kinder lieben dich. Du wirst ein wundervoller Clown sein.“

„Aber ich habe keine Zeit. Die Pressemitteilung! Ich muss sie doch noch …“

„Ich helfe dir dabei. Alles andere kann warten.“

„Nein, nicht alles." Unglücklich knabberte Kara an einem Fingernagel. „Es ist so schade! Ich wollte gerade eine Führung ..."

„Die kann ich übernehmen", unterbrach Lacy sie scharf, aber mit einem aufmunternden Lächeln. „Jetzt hör auf, dir Sorgen zu machen, und verteil die Geschenke, bevor Ronny Harbaugh einen Aufstand entfacht."

„Also gut." Kara eilte davon. In der Tür drehte sie sich noch einmal um. „Wahrscheinlich ist es sowieso besser, wenn du die Führung übernimmst. Schließlich bist du die Chefin. Er ist nämlich kein gewöhnlicher Besucher, sondern jemand, der einen roten Teppich erwartet."

Lacy erstarrte und hielt das Baby fest, als der Boden unter ihr plötzlich zu schwanken schien.

„Er?" Zum Glück klang ihre Stimme recht normal. „Wer ist es?", fragte sie, obwohl sie die Antwort bereits kannte.

„Du bist zu beneiden, Lacy. Du darfst den tollsten Mann auf Pringle Island durch unser Krankenhaus führen", erwiderte Kara. „Adam Kendall."

Eins musste er ihr lassen. Die Lady war nicht feige.

Adam zog eine Augenbraue hoch, als Lacy auf ihn zukam. Ihre Haltung war selbstbewusst, das Kinn erhoben, die Schultern gestrafft. Kara Karlin hatte ihm zwar vor einer halben Stunde versprochen, dass Lacy sich um ihn kümmern würde, aber er hätte seinen linken Manschettenknopf darauf verwettet, dass sie die Führung einem Mitarbeiter überlassen würde.

Er hatte angenommen, dass sie ihn nur deshalb so lange warten ließ, weil sie eine Vertretung finden musste. Nicht, dass das Warten ihm etwas ausgemacht hatte. Der Empfangsraum der PR-Abteilung war modern, aber behaglich eingerichtet. Polster und Kissen waren pfirsichfarben, und an den Wänden hingen Bilder mit fröhlichen Motiven. Das Arrangement strahlte eine einladende Wärme aus.

Ganz im Gegensatz zu Lacy Morgan, die in der Tür stehen blieb und tief durchatmete.

Sie trug ein schmal geschnittenes blaues Kostüm und hatte ihr Haar zu einem strengen Nackenknoten gesteckt. Ihr Auftritt glich einem kalten Windhauch, der die Temperatur im Raum schlagartig abzusenken schien. Sie ließ sich Zeit – selbst als sie ihn bemerkte. Sorgfältig strich sie einen Ärmel glatt und tastete nach dem hohen Kragen, obwohl er perfekt an ihrem schlanken Hals saß. Dann trat sie mit anmutigen Schritten an den Schreibtisch. Das Geräusch, das ihre Absätze auf dem Parkett machten, erinnerte Adam an Eiswürfel, die in ein leeres Glas fielen.

Sie rückte einige Unterlagen zurecht, bevor sie den Blick hob und ihn ruhig und kühl ansah. „Kara hat mir erzählt, dass sie dir eine Führung versprochen hat. Es tut mir leid, dass du warten musstest."

Er lächelte. „Wirklich?"

Damit hatte sie offenbar nicht gerechnet. Eine winzige Falte erschien auf ihrer makellos glatten Stirn. „Wirklich was?"

„Tut es dir wirklich leid, dass ich warten musste?" Er schlug ein Bein über das andere. „Nach dem gestrigen Abend dachte ich, du würdest die Gelegenheit nutzen, um mich … in meine Schranken zu weisen."

„Deine Schranken, Adam?" Sie schüttelte den Kopf. „Ich maße mir nicht an zu wissen, wo deine Schranken sind."

„Nun ja", murmelte er. „In deiner Hand vielleicht?"

Sie lachte, und wieder erinnerte der Laut ihn an klirrende Eiswürfel. „Der letzte Ort, an den ich dich gewünscht habe, liegt ziemlich tief und ist recht warm."

„So?" Lächelnd ließ er den Blick an ihr hinabwandern. Natürlich wusste er, was sie meinte. Sie hatte ihn zur Hölle gewünscht.

Es dauerte etwa zwei Sekunden, bis sie begriff, wie zweideutig sie sich ausgedrückt hatte. Ihre Augen weiteten sich, und sie packte die Unterlagen in ihrer Hand fester als nötig.

Er sagte nichts. Das brauchte er auch nicht. Er wartete auf die kleinen kirschroten Flecken an ihren Wangen. Sie war immer schnell errötet. Wenn Mrs. Bickens sie in der Mathematikstunde an die Tafel holte. Wenn sie ihn nach der Spätschicht von der Baustelle abholte und die anderen Arbeiter anerkennende Pfiffe ausstießen. Wenn ihre Tante sie tadelte, weil sie erst kurz nach Mitternacht heimkam …

Und wenn er sie auszog. Obwohl es dunkel und sie beide in der sommerlichen Schwüle allein waren, musste er sie ein Dutzend Mal küssen, bis sie endlich die Hände von den brennenden Wangen nahm.

Doch zu seiner Überraschung errötete sie jetzt nicht. Ihr seltsam regloses Gesicht wurde unter dem dunklen Haar noch blasser. Sie starrte ihn einen Moment lang an, bevor sie um den Schreibtisch herumkam und sich gegen die Kante lehnte. Als sie an ihrem Rock zupfte, blitzte am Handgelenk kurz etwas Silbriges auf, und die vorwitzige weiße Spitze zog sich gehorsam unter den Saum zurück.

Sie war Adam so nahe, dass ihre Knie sich fast berührten. Das war Absicht – er sah es an ihrem Blick. Sie wollte ihm beweisen, dass weder seine Worte noch sein Körper sie aus der Fassung brachten.

„Vielleicht sollte ich etwas klarstellen", begann sie mit unnatürlich ruhiger Stimme. „Es gehört zu meinem Job, potenzielle Investoren herumzuführen. Bilde dir also bitte nicht ein, dass irgendetwas, was du gestern Abend oder vor zehn Jahren getan hast, mich davon abhalten könnte, für dieses Krankenhaus Geld zu sammeln."

Er starrte sie an, und plötzlich wurde ihm bewusst, dass er wütend war. Wütend auf ihr Gesicht, das dem einer Marmorstatue glich, auf ihre Stimme, die sich wie die eines Computers anhörte, und auf ihre schmalen Hände, die nicht mehr zitterten.

Was zum Teufel war aus ihr geworden? Und vor allem, warum war es ihm so wichtig?

„Keine Angst, Lacy", sagte er mit einem Grinsen, das schon fast unverschämt war. „Ich kenne dich gut genug, um zu wissen, dass dich an einem Mann nur seine Brieftasche interessiert."

Hatte er gehofft, sie provozieren zu können? Falls ja, so enttäuschte sie ihn schon wieder. Sie nickte nur und erwiderte sein Lächeln.

„Vor allem, wenn sie so dick ist wie deine", bestätigte sie und stand auf, ohne seine Antwort abzuwarten. „Fangen wir an?"

Von da an lief alles ganz sachlich und geschäftsmäßig ab. Ohne über eine einzige Silbe oder eine einzige Türschwelle zu stolpern, führte sie ihn über blitzsaubere sterile Korridore und in aufgeräumte, gut organisierte Büros. Lacy lieferte eine der besten Führungen ab, die er je erlebt hatte. Von exotischen medizinischen Fachausdrücken bis zu den Raten der Säuglingssterblichkeit in verschiedenen Bundesstaaten, von geschätzten Quadratmeterzahlen bis zu möglichen Finanzierungsmodellen hatte sie sämtliche Fakten parat, sodass ihm keine Frage einfiel, wenn sie ihn höflich lächelnd anschaute.

Nur eine brannte ihm die ganze Zeit auf der Seele. Wann bist du so geworden, Lacy? Erinnerst du dich daran, dass du damals im Warenhaus des alten Morgan zu schüchtern warst, um den Kunden ins Gesicht zu sehen, wenn du ihnen ihr Wechselgeld zurückgabst?

Aber natürlich fragte er sie das nicht. Er kannte die Antwort. Nein. Sie erinnerte sich nicht daran.

Sie machte ihn mit Ärzten und Verwaltungsdirektoren bekannt. Und sogar mit einigen Patienten. Jedes Mal entschuldigte sie sich dafür, dass sie sie störte. Aber das war gar nicht nötig, denn Mrs. Malcolm Morgan war ganz offensichtlich überall willkommen. Adam entging nicht, wie zwei besonders attraktive Gynäkologen fast eine Schwester umrannten, um Lacy ‚zufällig' über den Weg zu laufen.

Fünfundvierzig Minuten später endete die Führung in einem großen Konferenzraum, an dessen getäfelten Wänden edel gerahmte Bauzeichnungen hingen. Auf dem riesigen Mahagonitisch stand ein Modell des geplanten Anbaus.

„So soll es aussehen", erklärte Lacy. „Entworfen von Prescher und Osteen. Vielleicht erinnerst du dich – sie sind seit Generationen die besten Architekten von Pringle Island."

„Ich erinnere mich." Er trat an den Tisch und schnippte eine tote Fliege aus der Miniatur-Gartenanlage. „Wie geht es dem guten alten Biff? Hat sein Daddy ihn zu einem Schönheitschirurgen geschickt, damit er die Delle in seiner Nase loswird?"

Selbst das brachte sie nicht aus der Fassung. Sie war gut. Aber vielleicht war es gar nicht gespielt. Vielleicht wusste sie wirklich nicht mehr, warum er Biff Prescher nach dem Basketballtraining die Nase gebrochen hatte – hinter der Sporthalle und vor den Augen des kompletten Teams.

„Biff geht es gut", antwortete sie. „Er lebt in Seattle, mit seiner Frau und vier Kindern. Seine Nase habe ich seit Jahren nicht mehr gesehen. Biffs Vater hat das Krankenhaus gebaut. Du erinnerst dich sicher an Mr. Prescher?"

Adams Finger zuckten unmerklich, als er die geschwungenen Linien des winzigen Parkplatzes nachzog. „Nein. Irgendwie sind wir uns im Country Club nie begegnet. Und er ist auch nie in mein Büro hinter der Sporthalle gekommen, um sich die Nase richten zu lassen."

Sie zog die Augenbrauen hoch, nicht ruckartig, sondern langsam. Und dann streckte sie den Arm aus und berührte seinen Handrücken mit einer Fingerspitze. Für ihn war das nur ein weiterer Beweis dafür, wie gefühllos sie geworden war. Er wartete.

„Wirklich, Adam", sagte sie tadelnd, ganz die distanzierte Freundin oder mitfühlende Fremde und nicht die Frau, die er einmal geliebt hatte.

„Wirklich was, Lacy?" Er sah ihr in die Augen.

„Es ist nur ... Ich finde deine Böse-Buben-Nummer etwas übertrieben." Sie klopfte auf seine Knöchel. „Siehst du? Keine Spuren von Gewalt. Ich würde sagen, diese Hände haben schon sehr lange keine Nase mehr gebrochen."

Er lächelte. „Vielleicht habe ich nur meine Technik verbessert."

Sie schüttelte den Kopf. „In dem Anzug? Wohl kaum. Das alles haben wir hinter uns, Adam, und ..."

Er drehte seine Hand um und hielt ihre fest. Sie sah so schockiert aus, als hätte sie nach einem Ast gegriffen, der sich als Schlange entpuppte.

„Mach dir nichts vor, Lacy", sagte er und beugte sich über das Werk des alten Prescher, ohne darauf zu achten, ob er einen oder zwei Türme umstieß. „Wir haben nichts hinter uns. Ich habe es dir gesagt – das hier ist nur Maskerade. Ob die Taschen nun voll oder leer sind, ich bin noch immer der Mann, der ich war, und ich mag keine Snobs. Oder Heuchler, auch wenn sie noch so aalglatt und hübsch sind."

Sie hielt seinem Blick stand, aber es kostete sie einige Mühe. Er sah, wie sie schluckte.

„Du meine Güte", begann sie mit sanfter Stimme. „Wie erschreckend machohaft … Muss ich mir einen Helm kaufen, um meine Nase zu schützen?"

Er betrachtete ihre makellosen Züge. „Nicht nötig", sagte er schließlich und gab seiner Stimme einen vertraulichen Tonfall. „Bei dir interessieren mich ganz andere Körperteile."

Gleich würde sie ihn ohrfeigen. Er sah, wie ihre Augen aufblitzten, und griff nach ihrer freien Hand, als sie damit ausholte. Er stoppte sie mitten im Schlag, drückte sie kurz und führte sie an ihre Brust.

Sie wehrte sich bis zum letzten Moment, doch dann gab sie auf und ließ zu, dass er ihre Finger auf die blaue Seide drückte.

„Genau dort", erklärte er leise, seine Hand noch immer auf ihrer. „Würde ich dich begehren, Lacy, würde ich dort angreifen. Dort, wo früher einmal dein Herz gesessen hat."

3. KAPITEL

Nach Adams Besuch war Lacys Arbeitstag praktisch zu Ende. Selbst die einfachsten Aufgaben fielen ihr schwer. Sie probierte alle bewährten Tricks, um ihre Gedanken an Adam auszublenden, aber keiner davon funktionierte. Immer wieder, selbst bei einem Arbeitsessen, selbst mit Babys auf dem Arm oder während sie mit Tilly die Einnahmen der Auktion durchging, musste sie an diesen Mann denken.

Daran, wie seine Hand sich an ihrer Brust angefühlt hatte. Wie er sie eine Heuchlerin genannt hatte. Wie bei einer kaputten Schallplatte hörte sie andauernd die Verachtung in seiner Stimme, als er ihr vorwarf, kein Herz mehr zu haben.

Vielleicht hatte er sogar recht. Sie hoffte es. Herzen taten weh. Herzen brachen, und die Splitter schnitten einen von innen in Stücke.

„Lacy, würdest du bitte auf die Erde zurückkehren und für mich diese Beträge zusammenzählen. Du weißt doch, dass ich Zahlen hasse."

Lacy lächelte Tilly zu. „Entschuldige", sagte sie und nahm ihr den Computer-Ausdruck aus der Hand. Für richtige Ergebnisse konnte sie allerdings nicht garantieren. Aber sie würde es versuchen.

Tilly trommelte mit den Fingern auf dem Schreibtisch, während Lacy die Ziffern in den Taschenrechner tippte. Nach etwa einer Minute stand die alte Lady auf, stellte sich vor den Spiegel und rückte ihre weiße Perücke zurecht. Dann murmelte sie etwas Unverständliches, ließ sich auf die Couch sinken und blätterte geräuschvoll in einer Zeitschrift.

Lacy tippte schneller, denn sie wusste, dass ihre Freundin bald die Geduld verlieren würde.

„Ich habe Hunger", verkündete Tilly keine fünf Minuten später und setzte sich wieder in den Sessel vor Lacys Schreibtisch. „Heute Abend haben wir das Bankett mit den potenziellen Spendern, also wird es spät werden, bis wir wieder etwas zu essen bekommen." Vorwurfsvoll zeigte sie auf den Taschenrechner. „Können wir diesen Unsinn nicht auf morgen verschieben? Lass uns in die Cafeteria gehen. Kara hat mir erzählt, dass es heute sündhaft leckere Schokoladentorte gibt."

Lacy sah nicht auf. „Du darfst keine Schokoladentorte essen", sagte sie. „Denk an deinen Blutzucker." Sie machte sich keine Sorgen. Tilly hatte nicht vor, die Torte zu essen. Sie tat nur so. Das war ihre Art, sich gegen die Krankheit zu wehren, die vor sechzig Jahren bei ihr festgestellt worden war. Damals war sie dreiundzwanzig gewesen, eine wilde Schönheit, die gerade den Pilotenschein gemacht hatte – etwas, das junge Frauen in ihren Kreisen zu der Zeit einfach nicht taten. Seitdem hatte sie nur als Passagier fliegen dürfen. Das Schicksal mag es nicht, wenn jemand zu viel Spaß hat, pflegte sie immer zu sagen.

„Ich finde, sie sollten zuckerfreie Schokoladentorten backen", meinte Tilly und klopfte verärgert mit einem Bleistift gegen Lacys Schreibtischkante. „Die können doch nicht so tun, als würden nur junge Menschen zählen! Es gibt viele Leute, die keinen Zucker essen dürfen! Weißt du, wie viele Diabetiker es derzeit in diesem Land gibt?"

„Nein. Und du auch nicht. Du hasst Zahlen, schon vergessen?" Seufzend schaltete Lacy den Taschenrechner aus und sah ihre Freundin an. Jetzt, da die Spendenkampagne auf vollen Touren lief, hatten Tilly und sie nur selten einen ruhigen Moment zusammen. Daher beschloss sie, die Gelegenheit zu nutzen.

Sie musterte ihre Freundin aufmerksam, denn sie wollte nicht riskieren, dass Tilly explodierte. Tilly hatte ein Leben lang ihr Image als Exzentrikerin kultiviert und dabei die Fähigkeit verloren, ihre Gefühle im Zaum zu halten – wenn sie diese Fähigkeit überhaupt jemals besessen hatte.

„Weißt du, Tilly", begann sie vorsichtig. „Früher oder später werden wir beide über den Privatdetektiv reden müssen."

Tilly warf ihr einen trotzigen Blick zu, wie sie es jedes Mal tat, wenn Lacy es wagte, dieses brisante Thema anzusprechen. „Nein, das werden wir nicht."

„Doch, das werden wir. Er wartet seit einem Monat darauf, dass ich ihm sage, wie er weitermachen soll."

„Na, dann lass ihn warten." Gereizt zupfte Tilly an ihrer Perücke. „Ich bezahle ihn dafür. Und ich habe mich eben noch nicht entschieden. Vielleicht blase ich die ganze Sache ab."

„Tilly." Lacy beugte sich vor. „Du weißt, dass das nicht wahr ist. Vor einem Monat hast du mir gesagt, dass es für dich nichts Wichtigeres auf der Welt gibt, als deine Tochter zu finden."

Tilly knurrte und machte eine abwehrende Handbewegung. „Aber nur weil mein Blutzucker an dem Tag so hoch war und ich dachte, ich müsste sterben. Jetzt glaube ich, dass ich wohl doch noch eine Weile leben werde. Also ist es nicht nötig, dass ich einem Privatdetektiv meine alte schmutzige Wäsche auftische, oder?"

Lacy schloss kurz die Augen, atmete tief durch und befahl sich, nicht die Geduld zu verlieren. Es war wirklich nicht einfach, auf ein so unlogisches, unsinniges Argument etwas zu erwidern.

„Erstens, Tilly, du musst nicht auf dem Sterbebett liegen, um mit deiner Tochter Verbindung aufnehmen zu wollen. Es ist ein vollkommen natürlicher Wunsch. Ich habe es nachgelesen, und glaub mir, die Statistiken sind überzeugend. Fast jede Frau, die ein Kind zur Adoption freigegeben hat, verspürt irgendwann das Bedürfnis, es zu finden und wieder zu sehen. Und zweitens, allein stehend und schwanger zu sein, war vielleicht vor sechzig Jahren ‚schmutzige Wäsche', Tilly, aber heutzutage ganz bestimmt nicht mehr."

„Das mag schon sein, aber hier auf Pringle Island …"

„Zur Hölle mit Pringle Island", unterbrach Lacy sie mit ungewohntem Nachdruck. „Du bist die Königin der feinen Gesellschaft dieser Insel. Du sagst den Leuten, was sie denken sollen. Und seit wann interessiert dich, was sie von dir halten?"

Tilly lächelte widerwillig. „Nun ja, wenn du mich schon fragst, würde ich sagen, seit ungefähr sechzig Jahren nicht mehr."

Lacy nickte. „Genau. Also, was ist? Soll ich dem Detektiv sagen, dass er mit der Suche beginnen soll?"

„Nein. Ja. Ich meine, ich …" Tilly zögerte. Der Trotz fiel von ihr ab, und zurück blieb nur eine Unsicherheit, die Lacy an ihr nicht kannte. „Lacy, ich …"

Zum ersten Mal, seit Lacy sich erinnern konnte, schienen Tilly die Worte zu fehlen. In ihren Augen glitzerten Tränen, und plötzlich wirkte sie vollkommen kraftlos. Ihr Anblick ging Lacy ans Herz. Sie musterte ihre beste Freundin und sah etwas, das sie noch nie zuvor gesehen hatte – eine alte Frau.

„Schon gut, Tilly", sagte sie rasch. „Wir müssen nichts tun, das dir …"

„Ich habe Angst", gestand Tilly und legte eine schmale, von blauen Äderchen durchzogene Hand an die Brust, als würde ihr dort etwas wehtun. „So einfach ist das. Ich habe Angst vor dem, was wir herausfinden. Vielleicht sollte ich mich mit meinen Träumen begnügen." Seufzend legte sie die Hand wieder in den Schoß. „Aber dann denke ich wieder … was, wenn diese verdammte Diabetes mich doch noch umbringt und ich ihr nicht mehr sagen kann, dass …" Sie verstummte.

Lacy schob den Stuhl zurück, ging um den Schreibtisch herum und kniete sich vor sie. „Nicht", beschwor sie Tilly und nahm ihre Hände. „Reg dich nicht auf. Wir können später darüber reden. Wir müssen jetzt keine Entscheidung treffen."

„Wer weiß, wie viel Zeit ich noch …"

„Und hör endlich mit diesem Unsinn vom Sterben auf, ja?", unterbrach Lacy sie scharf und stellte entsetzt fest, dass ihre Stimme zitterte. Sie rang sich ein zuversichtliches Lächeln ab. „Du wirst nicht sterben, denn Dr. Blexrud und ich haben beschlossen, dass wir es einfach nicht zulassen werden."

Tilly starrte sie an. Ihre Augen waren feucht. Dann

hob sie eine Hand und berührte mit den Fingerspitzen Lacys Schläfe.

„Ich danke dir", flüsterte sie. Ein zaghaftes Lächeln breitete sich auf ihrem Gesicht aus und machte es wieder schön. „Du bist ein liebes Mädchen, weißt du das?"

Lacy erwiderte ihr Lächeln. „Heute vielleicht. Trotzdem freue ich mich, dass du es so siehst."

Tilly schmunzelte, und erleichtert sah Lacy, wie endlich das vertraute Funkeln in ihre Augen zurückkehrte.

„Ja, das bist du. Ein sehr liebes Mädchen. Aber wenn du glaubst, dass du mich daran hindern kannst, Schokoladentorte zu essen, irrst du dich gewaltig. Warte nur ab."

Wie immer war die Krankenhaus-Cafeteria gut besucht. Tilly und Lacy holten sich Obst und Kaffee und steuerten ihren Lieblingsplatz an, eine kleine Gruppe von Picknicktischen in der Nähe des Spielplatzes, der zur Kinderstation gehörte. Tilly murrte zwar ein wenig, aber es war ein milder Frühsommernachmittag, und Lacy sehnte sich nach frischer Luft.

Ganz offensichtlich war sie nicht die Einzige, denn auf der Terrasse war es fast so voll wie im Inneren der Cafeteria. Sie hatten Glück, nach kurzer Suche fanden sie einen freien Tisch. Kurz darauf entdeckte Tilly eine alte Freundin und ging hinüber, um mit ihr zu plaudern. Lacy blieb sitzen, schloss die Augen und hielt das Gesicht in die Sonne.

Sie hoffte inständig, dass niemand sie ansprechen würde. Das Bankett am Abend würde anstrengend werden, und sie brauchte ein wenig Ruhe. Wie es aussah, würde Adam Kendall wohl kein Geld für den Anbau spenden, deshalb würde sie sich bei den Gästen des heutigen Abends besonders viel Mühe geben müssen. Ein kleines Nickerchen wäre einfach herrlich …

Das Glück meinte es nicht gut mit ihr. Kaum hatte sie in ihre Birne gebissen, da fiel ein Schatten auf den Teller. Sie presste die Serviette auf den Mund, hob den Kopf und brachte ein höfliches Lächeln zustande, ohne die Lippen zu öffnen.

Großartig. Ausgerechnet Jennifer Lansing, die Vorsitzende des Geschichtsvereins von Pringle Island, die sich am liebsten lang und breit über die Stammbäume sämtlicher Familien ausließ – was Lacy naturgemäß immer nervös machte. Denn Lacys Stammbaum war nach Jennifers Maßstäben kaum mehr als ein Strauch, noch dazu ein ziemlich struppiger.

Im Moment war das Verhältnis zwischen den beiden Frauen besonders angespannt. Der Geschichtsverein wollte ein Museum bauen, und Jennifer warb bei genau den Leuten um Spenden, deren Unterstützung Lacy für den Ausbau des Krankenhauses brauchte. Sie gingen höflich miteinander um, aber ihre Rivalität war Thema bei jedem Abendessen in der Stadt.

„Lacy, meine Liebe." Jennifer wartete, bis Lacy sich den Mund abgewischt hatte, und küsste die Luft neben ihrer Wange. „Was für ein wunderbarer Zufall, dass wir uns treffen! Es gibt da etwas, das ich unbedingt wissen muss!"

Lacy lächelte. Aha, dachte sie. Jennifer wollte etwas von ihr. Das war nichts Neues. Sie zog die Augenbrauen zu einem höflich fragenden Ausdruck hoch, kaute jedoch nicht schneller.

„Es geht um Adam Kendall", begann Jennifer mit gesenkter Stimme und Verschwörermiene. „Er ist dort drüben und spielt mit Jason Basketball. Du meine Güte, sieh nicht hin, Lacy!"

Aber es war zu spät. Wie von selbst war Lacys Blick dorthin gezuckt, wo der Basketballkorb für die jungen Patienten und ihre Besucher hing. Adam? Hier?

Sie schluckte ein viel zu großes Stück Birne herunter. Ja. Genau hier. Er hatte sein Jackett und das Hemd ausgezogen, trug nur ein T-Shirt über den feinen Hosen und hatte Jennifers fünfzehnjährigem Sohn gerade den orangefarbenen Ball abgejagt. Geschmeidig bog er sich nach hinten, hob die Arme über den Kopf und beförderte seine Beute in den Korb. Die Flugbahn war perfekt, und der Ball berührte kaum das Netz, als er hindurchfiel. Selbst Jason jubelte bewundernd, und die beiden klatschten einander in die Hand.

Einen atemlosen Moment lang fragte Lacy sich, ob sie einen Zeitsprung gemacht hatte. Früher hatte sie viele Stunden damit verbracht, ihm bei dem Sport zuzusehen, den er so sehr liebte. Dass der Coach ihn nicht in die Schulmannschaft aufgenommen hatte, war grausam gewesen – aber mit einsfünfundachtzig war Adam einfach nicht groß genug, um den Nachteil seiner armen Herkunft auszugleichen. Wäre er einsneunzig gewesen, hätte die Schule ihm den Sportdress gestellt und geflissentlich ignoriert, dass er keine Eltern besaß, die einen finanziellen Beitrag leisten konnten.

Es war hart für ihn gewesen – eine von zahllosen bitteren Pillen, die er als einziges Kind eines arbeitslosen Alkoholikers schlucken musste.

Aber von der alten Verbitterung war jetzt bei ihm nichts mehr zu merken, auch wenn der mit einem goldenen Löffel im Mund geborene Jason Lansing das blauweiße Trikot trug, das Adam sich damals so gern übergestreift hätte. Lachend kämpften die beiden athletischen Männer um den Ball und genossen jede Sekunde.

Adam. Lacy spürte, wie ihr Herz immer schneller

schlug. Er sah so jung, so lebendig ... so glücklich aus. Sein Körper war so durchtrainiert wie vor zehn Jahren. Unter dem T-Shirt zeichneten sich die Muskeln ab, und die schmalen Hüften kreisten locker, als er nach links antäuschte, sich wegduckte und seinen Gegner auf der rechten Seite umspielte. Seine Augen leuchteten vor Vergnügen. Das Lachen nahm seinem markanten Gesicht die Härte.

Er wirkte kaum älter als Jason, und sein Anblick ging Lacy unter die Haut.

Sie schluckte noch einmal, als würde sie die Birne nicht herunterbekommen, und zwang sich, Jennifer anzuschauen. „Ja, ich sehe ihn. Was ist mit ihm?"

Jennifer strich sich über den tadellos frisierten blonden Pagenkopf und warf einen langen Blick auf Adam – wie eine Nikotinabhängige, die zum allerletzten Mal an einer Zigarette zog. Ihre Augen wurden schmal, und sie leckte sich unbewusst die Lippen. Gleich schnurrt sie, dachte Lacy verächtlich.

„Na ja, ich habe gehört, dass du ihn heute Vormittag durchs Krankenhaus geführt hast." Jennifer musterte Lacy aufmerksam. In den gehobenen Kreisen von Pringle Island wussten nur wenige Leute, dass Lacy und Adam auf der Highschool ein Paar gewesen waren, aber natürlich gehörte Jennifer zu ihnen. Sie war ein Profi – über jeden alles zu wissen war der Sinn ihres Lebens. „Und? Ist die Besichtigung gut gelaufen?“

Lacy schmunzelte, bevor sie einen Schluck Kaffee nahm. „Er hat mir keine Spende für die Neugeborenenstation versprochen, falls du das meinst“, sagte sie lächelnd, denn sie wusste genau, wie man mit den Jennifer Lansings dieser Welt umgehen musste. Man ließ sie wissen, dass man sie durchschaut hatte, tat es jedoch mit einem höflichen Lächeln. „Also kannst du ihn gern wegen des Museums ansprechen. Er ist ein reicher Mann, aber das weißt du sicher längst.“

Jennifer strich ihren Rock glatt, um ein wenig Zeit zu gewinnen. Das wunderte Lacy. Seit wann ließ die Frau sich bei einem ihrer alltäglichen Duelle zu derartig niveaulosen Tricks hinreißen?

„Ja. Ich meine, nein …“

Aus den Augenwinkeln sah Lacy, wie Tilly an ihren Tisch zurückkehrte. Jennifer bemerkte es ebenfalls und wirkte verärgert.

Die Blondine holte tief Luft, lächelte und beschloss offenbar, nicht länger um den heißen Brei herumzureden. „Hör zu, Lacy. Ich habe schon mit ihm über das Museum gesprochen. Er war durchaus angetan – so sehr, dass wir heute Abend essen gehen“, verkündete sie stolz. „Aber darum geht es nicht. Ich … Nun ja, sagen wir, Adam Kendall interessiert mich auch privat, und ich dachte, du würdest vielleicht … Also, ich möchte nicht, dass du … dir auf die Zehen getreten fühlst. Deshalb wollte ich es dir nur sagen – nur für den Fall, dass du eigene Pläne hast."

Ihr anmutiges Lächeln war voller geheuchelten Mitgefühls für das arme Mädchen, das nicht einmal im Traum mit der atemberaubenden Jennifer Lansing konkurrieren konnte. „Was ich dich fragen will, ist … worauf hast du es abgesehen, Lacy? Auf das Geld? Oder den Mann?"

Lacy schmeckte etwas Bitteres auf der Zunge, als wäre die Birne überreif. Aber so leicht war sie nicht zu verunsichern. Sie tat überrascht und setzte ein Lächeln auf, das ebenso künstlich war wie Jennifers.

„Auf das Geld natürlich", sagte sie mit zuckersüßer Stimme. „Wie du sicher weißt, hatte ich den Mann ja schon."

Gwen fragte sich, ob es wirklich eine so tolle Idee gewesen war, sich ein Motorrad zu kaufen.

Manches daran war gar nicht schlecht. Die schwarze Lederkluft sah gut aus. Irgendwie nach James Dean. Und wenn sie den bedrohlich wirkenden schwarzen Helm abnahm und die langen blonden Locken sich auf ihre Schultern ergossen, waren ihr jedes Mal bewundernde Männerblicke sicher. „Also", hatte ein toll aussehender Typ mit einem anerkennenden Lächeln gesagt, „wenn das mal kein Hell's Angel ist."

In dem Moment hatte es ihr nichts ausgemacht, dass sie so wildes Haar hatte. Motorradbräute durften nicht aussehen, als wären sie gerade beim Friseur gewesen.

Aber sie hatte die Maschine erst seit einigen Tagen, und schon waren die Flitterwochen vorbei. Denn inzwischen war ihr das Leder-Outfit zu heiß. Nicht heiß wie sexy, sondern heiß wie schweißtreibend und unbequem. Und das Motorrad war unglaublich laut. Zu Anfang hatte sie das cool gefunden, jetzt bekam sie davon nur dröhnende Kopfschmerzen.

Und ehrlich gesagt, es fiel ihr ein wenig schwer, auf dem verdammten Ding die Balance zu halten. Besonders beim Anfahren.

Im Moment hatte sie sogar Mühe, die Maschine überhaupt zu starten. Zum zehnten Mal trat sie auf den Starthebel und stieß ein zotiges Schimpfwort nach dem anderen aus. Ihre verklemmte Stiefmutter wäre vermutlich in Ohnmacht gefallen.

Der Motor sprang kurz an, und das Ding machte einen Satz nach vorn, direkt auf einen schnittigen roten Austin Healy Sprite zu, der gerade auf den Hotelparkplatz gefahren war.

Und dann setzte der dämliche Motor wieder aus. Gwen kippte zur Seite. Nur knapp verfehlte ihr behelmter Kopf den Asphalt, aber sie konnte nicht verhindern, dass der Lenker die Fahrertür des Sportwagens streifte.

„Oh, verflucht“, murmelte sie. Das würde Ärger geben. Sie wusste nur zu gut, wie die Kerle sich mit ihren Autos anstellten. Darian, ihr Exfreund, dem sie keine Träne nachweinte, hatte seine Radkappen mit einer Zahnbürste poliert. Zweimal täglich. Und ihr Vater – nun ja, einmal hatte er seinen Chauffeur fast umgebracht, weil der einen Fingerabdruck auf der Windschutzscheibe hinterlassen hatte.

Sie machte sich auf eine Schimpfkanonade gefasst, während sie das Motorrad mühsam aufrichtete. Dann sah sie dem Typen entgegen, der sich langsam aus seinem Flitzer faltete. Ende zwanzig, schätzte sie. Blond. Locker sitzendes Hawaii-Shirt, das in der Sommerbrise flatterte und dadurch den Blick auf eine Khakihose freigab, in der ein knackiger Po steckte. Wow! Durch das Visier ihres Helms waren keine Einzelheiten zu erkennen, aber verdammt noch mal, der Typ war süß, das stand fest.

Er kam auf sie zu – lächelnd. Kaum zu glauben. „Sind Sie okay?“

Ob sie okay war? Das fragte er, bevor er sich seinen Wagen ansah? Gwen legte den Kopf schief und musterte ihn neugierig. War er etwa schwul? Das wäre wirklich Pech.

Sie nahm den Helm ab, um ihn genauer zu betrachten. Als ihre Locken auf die Schultern fielen, wurden seine Augen groß. Den Gesichtsausdruck kannte sie. Nein, schwul war er ganz bestimmt nicht.

„Ja“, sagte sie. „Ich bin okay. Das mit der Delle tut mir wirklich leid.“

Er drehte sich nicht einmal danach um. „He, kein Problem. Ein Wagen ohne Dellen ist wie ein Gesicht ohne Lachfalten. Hat nicht richtig gelebt, wissen Sie?“

Verblüfft starrte sie ihn an. Er war nicht schwul, aber dafür vielleicht verrückt? „Kann schon sein“, sagte sie. „Aber trotzdem – selbstverständlich komme ich für den Schaden auf.“ Sobald mein nächster Scheck eingelöst ist, fügte sie in Gedanken hinzu.

Er schüttelte den Kopf. „Ich denke nicht im Traum daran, das reparieren zu lassen. Ich werde jedem erzählen, wie eines Tages diese tolle Frau angeröhrt kam und meinen Wagen für immer gezeichnet hat.“ Er streckte eine gebräunte Hand aus. „Travis Rourke“, sagte er grinsend. „Nette Maschine.“

Sie ergriff die Hand. „Gwen Morgan“, erwiderte sie, und ihr Mund verzog sich zu einem Lächeln, noch bevor das Gehirn ihm die Erlaubnis dazu gab. „Netter Wagen.“ Sie zog eine Augenbraue hoch. „Bis auf die Delle.“

Das gefiel ihm. Er lachte. Makellose weiße Zähne

blitzten auf. Es klang, als würde er sehr oft lachen. Einen Moment lang beneidete sie ihn um seine Unbeschwertheit. Es war höllisch anstrengend, vierundzwanzig Stunden am Tag auf sein Image zu achten.

„Wohnen Sie auch hier?“ Er zeigte auf das Hotel – Pringle Islands Viersternestolz mit rustikalem grauen Schieferdach und eigenem Golfplatz direkt am Wasser.

„Vorübergehend“, erwiderte sie. Eigentlich sollte sie sich bei der Stiefhexe einquartieren. Ihre Kreditkarte war nicht mal mehr für zwei Stunden in dieser Nobelherberge gut, erst recht nicht für zwei Nächte. Aber sie war noch nicht bereit, sich Lacys Herablassung zu stellen. Vielleicht würde sie es morgen schaffen.

Travis Rourke sah erfreut aus. „Das ist ja großartig. Ich würde gern mal auf Ihrem Motorrad mitfahren – wenn Sie herausgefunden haben, wie es funktioniert, meine ich.“

Sie reckte das Kinn. Er war wirklich nett, aber das gab ihm noch lange nicht das Recht, sich über sie lustig zu machen.

„Ehrlich gesagt, ich habe sie gerade erst gekauft“, gestand sie. „Das Ding ist ganz schön anstrengend. Vielleicht behalte ich sie nicht.“

„Oh, Sie werden sie behalten“, entgegnete er. „Ich wette fünfzig Dollar, dass Sie viel zu stolz sind, um sich von einem Haufen Metall unterkriegen zu lassen."

„Also wirklich!" Sie bedachte ihn mit ihrem hochnäsigsten Blick. „Ich finde nicht, dass eine fünfminütige Bekanntschaft Sie dazu berechtigt, mir eine solche Wette anzubieten. Ich kann und werde dieses Motorrad loswerden, wann immer ich will."

Er lächelte nachsichtig. „Ja, das habe ich auch mal gesagt – über meine Zigaretten. Aber als ich es endlich schaffte, mit dem Rauchen aufzuhören, mussten sie mich in eine Zwangsjacke stecken."

„Na, da unterscheiden wir uns eben."

„Fünfzig Dollar." Er hielt ihr die Hand hin, aber sie schlug nicht ein. „Also gut, hundert."

Vom anderen Ende des Parkplatzes näherte sich ein großer Mann in einem teuren Anzug. Er kam direkt auf sie zu – vermutlich ein Anwalt, der eine einträgliche Schadensersatzklage witterte.

Gwen kniff die Augen zusammen und ergriff Rourkes Hand. Sie konnte es sich nicht leisen, hundert Dollar zu verlieren. Aber sie konnte sich erst recht nicht leisten, das Gesicht zu verlieren. „Abgemacht. Ich weiß zwar nicht, wie wir es überprüfen sollen, aber die Wette gilt."

Der andere Mann war inzwischen so nahe, dass Gwen sehen konnte, dass er kein Anwalt war. Jedenfalls keiner, der sich seine Mandanten auf der Straße suchte. Höchstens einer, der eine Rolex trug und Zigarren rauchte. Ihr war es egal, sie hasste beide Sorten.

„Meine Güte, Travis, keine Stunde in der Stadt, und schon belästigst du Leute auf dem Parkplatz?“ Lächelnd wandte der Neuankömmling sich Gwen zu. Falls er doch ein Anwalt war, würde sie vielleicht ihre Meinung über diesen Berufsstand ändern müssen. „Sie müssen Travis entschuldigen“, fuhr er fort und legte die Hand auf die Schulter des Sportwagenfahrers. „Er hat sechs Schwestern, die ihn vergöttern, deshalb hält er sich für unwiderstehlich.“

Gwen betrachtete die beiden Männer. Sie waren also befreundet. Travis Rourke war süß, aber auf den anderen traf dieses Wort nicht zu. Auf den traf überhaupt kein Wort zu. Eher ein Laut. Etwas Animalisches vielleicht.

Sie schenkte ihm ihr reizvollstes Lächeln und hoffte, dass es Travis nicht entging.

„Hi“, begrüßte sie ihn. „Ich bin Gwen Morgan.“

„Aha.“ Er zog die Augenbrauen hoch. „Irgendwie kamen Sie mir gleich bekannt vor. Ihr Profil jedenfalls“, fügte er mit einem zuckenden Mundwinkel hinzu.

Also war er gestern Abend im Reitstall gewesen, als Teddy und sie … Entsetzt fühlte sie, wie sie errötete. Sie schämte sich nicht für ihren Auftritt. Der blasierte Haufen hatte es nicht besser verdient. Aber irgendwie hatte Lacy es offenbar mal wieder geschafft, ihren rebellischen Akt wie eine alberne und unreife Kinderei aussehen zu lassen.

Gwen atmete tief durch, streckte sich und legte beide Hände ins Kreuz. Das war eine Haltung, die keinen Zweifel daran ließ, wie reif ihre Figur war.

„Oh, Sie waren bei der Versteigerung? Seltsam. Sie sehen gar nicht aus wie jemand, der auf überteuerte kitschige Babybilder steht“, sagte sie.

Er schmunzelte. „Nun ja, ich habe gleich drei davon gekauft.“

„Entschuldigung. Hatten Sie zu viel getrunken?“

„Babybilder?“ Travis wirkte vollkommen entgeistert. Gwen fragte sich, ob es daran lag, dass seine Freund ihm die Show gestohlen hatte, oder daran, dass er Babybilder wirklich nicht mochte. „Du investierst jetzt in Kunst, Adam? Ich dachte, wir sind hier, um Immobilien zu kaufen.“

Sein Freund ignorierte ihn. „Ich bin Adam Kendall“, sagte er zu Gwen und schenkte ihr erneut sein atemberaubendes Lächeln. „Ich freue mich, Sie kennenzulernen. Ihre Stiefmutter und ich sind … alte Freunde.“

Alte Freunde? Was für eine durchsichtige Umschreibung, dachte sie.

Also war die Stiefhexe nicht immer aus Eis gewesen? Das war eine interessante Information, die sich eines Tages als nützlich erweisen konnte.

Vielleicht sogar jetzt schon. Sie hatte sich nicht entscheiden können, welchen dieser beiden großartig aussehenden Männer sie zu ihrer nächsten Eroberung machen sollte, und auf irgendein Zeichen gewartet. Und hier war es. Langsam rieb sie mit den Daumen über den Lenker des Motorrads und befeuchtete sich die Lippen. Ein ‚alter Freund' von Lacy. Mehr Glück konnte ein Mädchen nicht haben.

„Nun, in dem Fall, Mr. Kendall", sagte sie und klopfte auf den Ledersitz hinter ihr. „Steigen Sie auf."

4. KAPITEL

Lacys Gäste gingen um halb elf, und obwohl sie erschöpft war, zwang sie sich, die Cognacschwenker zu spülen. Sie ging nie ins Bett, wenn in der Küche auch nur ein einziger benutzter Löffel herumlag – Malcolm hätte das nicht geduldet, und nach all den Jahren war es ihr zu einer angenehmen Gewohnheit geworden. Und sie würde sich auch heute daran halten, und wenn sie sich noch so sehr nach ihrem Bett sehnte. Adam Kendall würde es nicht schaffen, außer ihrem Seelenleben auch noch ihren Tagesablauf durcheinanderzubringen.

Es waren noch zwei Gläser übrig, als Lacy bemerkte, dass Hamlet nicht wie sonst auf der Fensterbank am Frühstückstresen darauf wartete, mit ihr schlafen zu gehen. Sie zuckte zusammen, als sie sah, dass die Hintertür offen war. Evelyn, ihre Haushälterin, die länger geblieben war, um bei der Party zu helfen, musste vergessen haben, sie zu verriegeln.

Lacy trocknete sich die Hände an der weißen Schürze ab und eilte auf die westliche Veranda. Auch das noch, dachte sie verärgert. Der Tag war hart genug gewesen. Erst die Begegnung mit Adam und dann das geschmacklose Gespräch mit Jennifer Lansing – sie fühlte sich so ausgelaugt, dass sie bei Tisch Mühe gehabt hatte, ein halbwegs anständiges Gespräch zu führen, und nicht gerade die perfekte Gastgeberin gewesen war. Dummerweise hatte sie zwei Gläser Champagner getrunken, um ihre Stimmung zu heben. Daher war sie zu allem Überdruss auch noch etwas beschwipst – einschließlich drohender Kopfschmerzen.

Und jetzt das. Es sollte ein Gesetz geben, dachte sie. Wer das Wiedersehen mit einem Exfreund überlebt hatte, bleibt für den Rest des Tages von Katastrophen verschont.

Zum Glück kannte sie Hamlet. Wenn der Kater aus dem Haus schlüpfte, kletterte er stets in die große alte Eiche neben dem Haus und jaulte dann herzzerreißend um Hilfe, als wäre das Ganze nicht seine eigene Idee gewesen.

Sie beugte sich über das Geländer und starrte zur Krone des hundert Jahre alten Baums hinauf. Oh … Hastig schloss sie die Augen, als ihr schwindlig wurde, und hielt sich an einer Säule des Vorbaus fest. Sie holte tief Luft. Vielleicht hätte sie sich mit einem Glas Champagner begnügen sollen …

Selbst als der Boden unter ihr nicht mehr zu schwanken schien und sie die Augen vorsichtig wieder öffnete, konnte sie im dichten Geäst des Baums nichts erkennen. Für die Nacht war Regen angekündigt, und der Mond war hinter tiefschwarzen Wolken verborgen.

„Hamlet?“ Sie schickte leise Schnalzlaute nach oben. Der Wind ließ die Blätter wie Seide rascheln, aber kein verängstigter Kater tauchte dazwischen auf.

Warum miaute er nicht? Besorgt beugte Lacy sich noch weiter über das Geländer, ohne darauf zu achten, ob Holzsplitter ihr aufwendig besticktes Oberteil beschädigten. Die Stille machte ihr Angst, und sie versuchte, sich einzureden, dass der Champagner schuld an ihrer wachsenden Panik war. In nüchternem Zustand würde sie gelassen abwarten, bis Hamlet sich meldete. Aber jetzt ging ihr Atem zu schnell, und ihre Finger krampften sich um das Geländer.

Genau deshalb hatte sie nie ein Haustier haben wollen und war lieber allein geblieben. Zehn Jahre lang hatte sie den tollpatschigen Welpen und den fröhlich zwitschernden Kanarienvögeln widerstanden, die wohlmeinende Freunde ihr aufdrängen wollten. Selbst einen Goldfisch hatte sie dankend abgelehnt. Wie um alles in der Welt hatte sie sich dazu hinreißen lassen, das herrenlose Perserkätzchen bei sich aufzunehmen?

Wieder schnalzte sie in die Luft. Bitte, antworte mir, dachte sie flehentlich. Nichts. Nur der Wind war zu hören. Befand Hamlet sich etwa gar nicht mehr im Garten? Bitte, nein ... Die Nacht war so schwarz und konnte einen kleinen Kater mühelos verschlucken.

„Hamlet, Hamlet.“ Der Kopfschmerz hatte eingesetzt. Erneut beugte sie sich über das Geländer und wartete darauf, dass die Veranda zu schwanken aufhörte. „Wo bist du, Hamlet?“

„Ich bin zwar kein Shakespeare-Kenner“, ertönte irgendwo hinter ihrer linken Schulter eine belustigte Stimme. „Aber müsste es nicht eher ‚Romeo‘ heißen?“

Lacy fuhr herum, die Hand am Hals. „Adam“, rief sie, und die Atemlosigkeit ließ ihre Stimme schrill klingen. Wie erniedrigend, dachte sie und suchte Zuflucht im Zorn. „Was fällt dir ein, dich so anzuschleichen? Du hast mich zu Tode erschreckt.“

Er zog die Augenbrauen hoch. Offenbar fand er ihre Reaktion übertrieben.

„Das tut mir leid“, sagte er höflich. „Ich dachte, du hättest mich gehört. Und ich habe mich nicht angeschlichen. Im Gegenteil – ich hatte eine ziemlich lautstarke Begegnung mit deinem Nachbarn.“

„Silas?“ Oh nein. Schlagartig verflog ihre Verärgerung, während sie in Adams Gesicht nach Schwellungen oder Blutspuren suchte. „Du bist Silas Jared über den Weg gelaufen?“

„Er hat sich mir nicht vorgestellt. Netter Kerl? Silbergraues Haar? Ziemlich großes Gewehr?“

Sie nickte nervös. Silas hatte sein Gewehr aus dem Schrank geholt. Das klang nicht gut.

„Ein bemerkenswerter alter Knabe, nicht wahr?“

Adam lächelte. „Er hält große Stücke auf dich und mag es gar nicht, wenn sich fremde Männer auf deinem Grundstück herumtreiben."

Jetzt musste auch Lacy lächeln. Vielleicht lag es nur am vielen Champagner, aber die Vorstellung, dass Adam in die Mündung von Silas Jareds uralter Flinte gestarrt hatte, war einfach zu komisch.

„Nimm es nicht persönlich", sagte sie und hoffte inständig, dass er ihr den Alkohol nicht anhörte. Adam durfte auf keinen Fall wissen, dass sie einen Schwips hatte. „Es ist nur ... Na ja, seit Malcolms Tod ist Silas so etwas wie mein selbst ernannter Beschützer. Manchmal übertreibt er es ein wenig. Aber keine Angst, das Gewehr ist seit dem Bürgerkrieg nicht mehr geladen worden."

„Das hat er erwähnt." Adam schmunzelte. „Aber offenbar hat er noch ein Bowiemesser, das er liebend gern benutzen würde." Er stellte einen Fuß auf die erste Stufe und legte die Arme auf das Geländer. „Und wer ist denn nun dieser Hamlet?"

„Wer ist ..." Erst jetzt fiel ihr wieder ein, dass sie Hamlet noch immer nicht gefunden hatte. „Mein Kater. Ich glaubte, er steckte oben im Baum fest. Er ist erst vier Monate alt und schafft es nicht allein runter."

„Ist er einer dieser flachnasigen, reinrassigen und hoffnungslos verwöhnten Perser? Mit einem Fell, das aussieht wie Silas Jareds Haar?“

Die Beschreibung gefiel Lacy nicht – Hamlets Eleganz und Charme kamen darin nicht vor. Aber sie musste zugeben, dass sie im Großen und Ganzen auf ihren abtrünnigen Kater zutraf. „Ja, das ist er“, erwiderte sie, zu müde und besorgt, um ihn zurechtzuweisen. „Warum fragst du? Hast du ihn gesehen? Wann? Wo?“

„Gerade eben. Durch dein Küchenfenster. Er hatte die Schnauze in einem Cognacglas.“

„Hamlet!“, rief sie erleichtert und eilte ins Haus. Wie Adam gesagt hatte, stand Hamlet auf dem Küchentresen, bis zu den Schnurrhaaren in einem halb leeren Cognacschwenker. „Hamlet, nein!“

Schuldbewusst hob der Kater seine triefende Schnauze aus dem Glas, als er Lacys Stimme hörte. Er war zwar noch jung, wusste jedoch, wann er etwas Verbotenes getan hatte. Er wollte davon flitzen, aber auf der Marmorplatte fanden seine Pfoten keinen Halt. Also geriet er ins Schleudern und landete zusammen mit dem Schwenker auf dem Küchenboden. Das Glas zersplitterte, der Kater miaute, und Lacy schrie auf.

Sie eilte hinüber, aber der völlig verängstigte und nach Cognac riechende Kater wich ihren ausgestreckten Händen aus und raste zur offenen Tür.

„Adam!“

Zum Glück war er ihr gefolgt. Er schloss die Tür, bückte sich blitzschnell und fing den vierbeinigen Sünder scheinbar mühelos ein.

Hamlet leistete keinen Widerstand, sondern hing schlapp und unschuldig blinzelnd in seiner Hand. Cognac rann zwischen Adams Fingern hindurch, als er Lacy ihr plötzlich lammfrommes Haustier reichte.

„Hamlet, du Rabauke", sagte Lacy streng, obwohl ihr eher zum Lachen zumute war. Ihr Kater sah aus wie ein klitschnasses Toupet – und er roch entsetzlich. Dennoch drückte sie ihn voller Erleichterung an sich und suchte in seinem Fell nach gefährlichen Glassplittern. Zum Glück fand sie keine.

„Danke, Adam", sagte sie und hob den Blick. Verblüfft stellte sie fest, dass er sie aufmerksam und mit mildem Erstaunen betrachtete. „Vielen Dank."

Er nickte, ohne sie aus den Augen zu lassen, als wäre er irgendwie … fasziniert. Dann lächelte er.

„Was ist?", fragte sie verunsichert. Hatte sie etwa nasse Katzenhaare am Kinn? „Was ist denn?"

Vielleicht war es kein Katzenhaar. Vielleicht war es etwas viel Schlimmeres. Jetzt, da ihre Sorge um Hamlet sich legte, wurde ihr bewusst, dass sie sich gerade ziemlich lächerlich gemacht hatte. Sie war den Tränen nahe, vollkommen durcheinander und außer Fassung gewesen. Wegen eines Katers!

Fast hätte sie einen nicht sehr feinen Fluch ausgestoßen. Genau deshalb hätte sie den kleinen Kater ins Tierheim bringen sollen, anstatt ihn bei sich aufzunehmen, als er abgemagert und mit bettelnden Augen an ihrer Hintertür aufgetaucht war. Jemanden zu sehr zu lieben brachte einen dazu, verrückte Sachen zu machen. Es machte einen schwach – selbst wenn es nur ein Tier war.

Außerdem würde sie ab sofort zum Abendessen nie mehr als ein Glas Champagner trinken. Nie mehr!

Sie setzte eine ernste Miene auf und straffte die Schultern, obwohl sie ahnte, dass es vermutlich sinnlos war. Denn das schnurrende nasse Bündel in ihren Armen, das gerade an den aufgestickten Perlen ihres Abendkleids kaute, machte jeden Versuch zunichte, würdevoll zu wirken. Natürlich, Adam lächelte.

„Was ist?“, wiederholte sie ein wenig schärfer.

Er schaute von ihr zum Kater und wieder zurück. „Nichts“, erwiderte er ruhig. „Es ist nur … Ich persönlich ziehe Hunde vor. Sie vertragen den Alkohol nämlich besser.“

Sie widerstand der Versuchung, sein Lächeln zu erwidern. „Adam, ich bin dir für deine Hilfe dankbar, aber was genau tust du hier?“

„Du meinst, abgesehen davon, dass ich betrunkene Kater einfange? Ich glaube, ich wische gleich verschütteten Cognac und ein zerbrochenes Glas auf.“ Er schlenderte zur Spüle und nahm ein Geschirrtuch vom Haken.

„Nein, wirklich“, sagte sie und folgte ihm mit einem Anflug von Verzweiflung. Wie war sie nur in diese unmögliche Situation geraten? Mit einem nach Cognac riechenden Kater, einer halb verwüsteten Küche … und Adam Kendall darin, der sich noch dazu so benahm, als wäre er hier zu Hause? „Lass nur. Ich kann das morgen …“

„Bleib, wo du bist“, warnte er. „Du bist barfuß.“

Tatsächlich, das war sie. Sie starrte auf ihre Füße. Auch das noch. Vermutlich sah sie aus wie eine Geisteskranke. Eine mit Cognac getränkte Schürze über dem Abendkleid, eine zerzauste Frisur, keine Schuhe und überall klebrige Katzenhaare …

„Lacy.“ Er hatte sich schon das Jackett ausgezogen und kniete auf dem Boden, Küchenpapier in der Hand. Mit den Fingern sammelte er Glasscherben aus der Pfütze. „Steck deinen Kater in die Badewanne.“ Er sah auf. „Man kann Katzen doch waschen, oder?“

„Natürlich“, antwortete sie beleidigt. Warum war sie beleidigt? Sie hatte nicht die leiseste Ahnung. Ihr war vollkommen egal, ob er Katzen mochte oder nicht. Und war er heute Abend nicht mit Jennifer Lansing verabredet? Warum war er dann hier und machte sich über sie und ihr Haustier lustig? „Natürlich kann man Katzen waschen."

„Dann tu es", erwiderte er und konzentrierte sich wieder auf seine Arbeit. „Und wenn du schon dabei bist, steig einfach zu ihm in die Wanne. Cognac ist nämlich kein sehr dezentes Parfüm, vor allem nach ein paar Stunden."

Sie schnüffelte. Er hatte recht. Trotzdem blieb sie im Durchgang stehen. Irgendwie fiel es ihr schwer, ihn allein hier zurückzulassen. In ihrer Küche. In Malcolms Küche, genauer gesagt. Es kam ihr so … so intim vor.

Hamlet war an ihrer Brust eingeschlafen, und sie fühlte sein zufriedenes Schnurren an der Haut.

„Adam", begann sie. „Ich weiß deine Hilfe wirklich zu schätzen." Es war leichter, mit ihm zu reden, wenn sie sein Gesicht nicht sah. „Es ist nur … Nun ja, du sollst wissen, dass es hier sonst nicht so … chaotisch zugeht. Ich bin heute Abend ein wenig müde und war in großer Sorge um Hamlet. Das findest du vielleicht kindisch, aber er ist noch jung und …"

Er sah auf. „Entschuldige dich nicht dafür, dass du menschlich bist, Lacy", entgegnete er trocken. „Es gibt Leute, die das sympathisch finden."

„Aber ich …" Hilflos tastete sie über ihr zerzaustes Haar und versuchte, unbeschwert zu lachen. „Weißt du, ich habe beim Abendessen etwas zu viel getrunken. Tilly hatte diesen Investor mitgebracht, und dann konnte sie ihn plötzlich nicht mehr ausstehen und widersprach ihm dauernd, und mir war das peinlich, also schenkte ich dauernd Champagner nach, und …“ Sie verstummte. Warum erzählte sie ihm das alles? „Nicht, dass man sagen könnte, ich sei betrunken oder …“

Lächelnd drehte er eine große Scherbe in den Fingern. „Nein, das könnte man nicht. Du hattest höchstens … zwei Gläser? Nicht mehr als drei?“

Sie starrte ihn an. „Woher …“

Er legte den Kopf schräg und betrachtete sie. „Wenn ich mich recht erinnere, hängt dein linkes Augenlid nach dem vierten Glas etwa drei Millimeter herab. Nach dem fünften fällt es dir schwer, Worte wie ‚konzeptionell‘ auszusprechen, und du musst dauernd gähnen. Nach dem sechsten schläfst du auf der Stelle ein.“

Natürlich. Sie hätte sich denken können, dass er das nicht vergessen hatte. Damals war sie ein Teenager gewesen, der erwachsen sein wollte und zu viel billiges Dosenbier getrunken hatte. Adam dagegen hatte nie auch nur einen Tropfen Alkohol angerührt. Als Sohn eines Alkoholikers wollte er nicht in die Fußstapfen seines Vaters treten, weil er nur zu gut wusste, wohin sie führten.

Aber er hatte bei ihr gesessen, damals in Tilly Barnhardts Pferdestall, während sie sich langsam, aber sicher betrank. Nach dem ersten Bier tanzte sie von Box zu Box. Nach dem dritten sang sie die Lovesongs aus dem Radio mit, bis die Pferde unruhig wurden. Nach dem fünften legte sie auch die letzte Hemmung ab und presste sich an Adam. Und dann, nach der sechsten Dose und bevor sie ihn dazu bringen konnte, sie zu verführen, schlief sie wie ein Baby in seinen Armen ein.

„Ich …“ Zum ersten Mal seit Jahren verlor sie den Kampf gegen das Erröten. „Ich …“

Er lachte leise. Es war ein tiefes kehliges Lachen, das sie atemlos werden ließ. Oh, wie hatte sie dieses Lachen einmal geliebt!

„Na los, Lacy, geh baden.“ Seine Augen funkelten. „Oder möchtest du, dass ich dir dabei helfe?“

Mit brennenden Wangen floh sie aus der Küche.

Sie wusste nicht, ob er noch da sein würde, wenn sie wieder nach unten ging. Sie wusste nicht einmal, ob sie es wollte. Obwohl sie sich beeilte, dauerte es zwanzig Minuten, bis sie sich sauber und frisch fühlte. Es war fast halb zwölf. Ziemlich spät für … was? Warum war Adam vorbeigekommen?

Vielleicht war er schon gegangen. Während sie graue Leggings und ein großes T-Shirt anzog, wurde ihr bewusst, dass sie halb hoffte, er wäre noch da.

Plötzlich war sie neugierig, warum er sie ausgerechnet heute Abend besuchte. Und sie gestand sich ein, dass sie auch wissen wollte, warum seine Verabredung mit Jennifer Lansing so früh zu Ende gewesen war. Wie sie Jennifer kannte, hatte die bestimmt vorgehabt, das Abendessen bis zu einem gemütlichen Frühstück im Bett auszudehnen.

Außerdem war der Champagnernebel in ihrem Kopf verflogen, und sie wollte ihm beweisen, dass sie sich wieder unter Kontrolle hatte.

Hamlet hatte sich in einem flauschigen Handtuch zusammengerollt und schlief seinen Rausch aus, als sie nach unten ging.

Adam war noch da. Er hatte es sich in der Bibliothek bequem gemacht, in Malcolms goldfarben gepolstertem Queen-Anne-Ohrensessel. Der Anblick schockierte Lacy so sehr, dass sie wie angewurzelt auf der untersten Treppenstufe stehen blieb. In den fünf Jahren seit Malcolms Tod hatte sie nur wenige Rendezvous gehabt, aber alle mit Männern aus Pringle Island, die es niemals gewagt hätten, sich in Malcolm Morgans Sessel zu setzen.

Mehr noch, sie hatten sich alle so benommen, als wäre das ganze Haus eine Gedenkstätte – und Lacy die Wärterin.

Das konnte Adam natürlich nicht wissen. Aber

selbst wenn, hätte er demonstrativ in dem Sessel Platz genommen. Er hatte Malcolm nie gemocht. Warum sollte ein armer, aber stolzer Teenager einen arroganten Millionär mittleren Alters auch mögen? Malcolm hatte Adam bei jeder sich bietenden Gelegenheit erniedrigt und Lacy immer wieder geraten, sich von ihm zu trennen.

Nein. Adam hatte Malcolm nicht nur nicht gemocht, er hatte ihn regelrecht gehasst. Sie konnte nicht erwarten, dass er dessen Andenken respektierte. Zu ihrer Überraschung freute sie sich sogar, dass das alberne Tabu endlich gebrochen worden war.

Solange Adam in dem Sessel saß, war kein Platz mehr für Malcolms Geist.

Lacy stieß den angehaltenen Atem aus, strich sich über den Pferdeschwanz, zupfte den Kragen des T-Shirts gerade und eilte durchs Foyer in die Bibliothek.

„Tut mir leid, dass du warten musstest“, sagte sie fröhlich. „Es hat länger gedauert, als ich dachte. Hamlet war nicht sehr kooperativ.“

„Kann ich mir vorstellen.“ Er hob den Blick von der Zeitschrift, in der er gelesen hatte. „Aber das macht nichts. Ich habe einen interessanten Artikel gefunden. ‚Siebenunddreißig Methoden, Ihre Küche unfallsicher zu machen.‘“ Er zog eine Augenbraue hoch. „Über Katzen stand nichts darin.“

„Nein, vermutlich nicht."

Er schlug die Zeitschrift zu, aber Lacy wusste nicht mehr, was sie sagen sollte. Wie Adam gestern Abend so treffend festgestellt hatte, kamen viele Themen für sie beide nicht in Frage. Aber mit einem Mann wie ihm über Tipps aus einer Kochzeitschrift zu reden wäre völlig absurd.

Er kam ihr nicht zu Hilfe, sondern sah sie einfach nur lächelnd an.

Lacy blieb an dem dunklen Walnusstisch stehen, auf dem Malcolm seine Sammlung von Buddelschiffen zur Schau gestellt hatte. Jetzt betrachtete sie die winzigen Viermaster in ihren gläsernen Behältnissen, als hätte sie sie nie zuvor gesehen.

„Kann ich dir etwas holen?", fragte sie nach einer Weile. „Kaffee?"

Er schüttelte den Kopf. „Nein, danke."

„Cognac? Oder ... Ich glaube, vom Abendessen ist noch Obst übrig."

„Auch nicht, danke." Sein Lächeln wurde breiter, bis an seiner Wange ein Grübchen erschien. „Entspann dich, Lacy. Du brauchst mich nicht zu bewirten. Ich bin sicher, dass du eine perfekte Gastgeberin bist."

„So?"

„Ja. Offenbar genießt du auf der Insel einen legendären Ruf. Seit ich in der Stadt bin, erzählt man mir andauernd Geschichten über die elegante Mrs. Malcolm Morgan."

Der neue, nie gehörte Unterton in seiner Stimme verwirrte sie. Nervös strich sie über den Hals einer Flasche. Das war etwas, das sie nur selten tat, denn Malcolm hatte ihr Fingerabdrücke auf dem Glas strikt verboten.

Aber seit sie nach oben gegangen war, hatte sich die Atmosphäre irgendwie verändert. Vorhin war Adam … nun ja, nicht gerade freundlich, aber immerhin höflich gewesen. Jetzt blickten seine schönen blauen Augen kühl, und er klang förmlich. Und sie ahnte, dass er sie nur dann Mrs. Morgan nannte, wenn ihm etwas nicht gefiel.

„Das ist zwar sehr schmeichelhaft, aber maßlos übertrieben."

„Sei nicht so bescheiden", entgegnete Adam. „Du solltest stolz darauf sein. Jeder, dem ich hier begegne, singt ein Loblied auf dich. Wie ich höre, bist du eine hervorragende Köchin, eine tadellose Hausfrau und eine charmante Gastgeberin. Und natürlich eine gehorsame und fürsorgliche Partnerin. Kurz gesagt, die ideale Ehefrau für einen viel beschäftigten Millionär."

Ihr Atem ging schneller, als wäre jede Eigenschaft in seiner Aufzählung ein Angriff gewesen, den sie parieren musste. „Adam …"

„Nein, es ist wahr. Das habe ich in den letzten zwei Tagen mindestens ein Dutzend Mal gehört. Glücklicher Malcolm, sagen sie alle. Für einen Mann wie ihn war sie die ideale Ehefrau."

„Ich …"

Adam unterbrach sie mit einer knappen Handbewegung, die dem Gemälde galt, das ihm gegenüber an der Wand hing. Es zeigte Lacy und Morgan. „Ja. Ideal. Das Bild dort ist der Beweis, nicht wahr? Wie selbstzufrieden dein verstorbener Mann darauf wirkt. Er sieht aus wie eine Katze, die den Kanarienvogel gefressen hat, findest du nicht? Und was für ein hübscher Kanarienvogel du bist."

Lacy schloss kurz die Augen.

Kein Wunder, dass Adams Laune sich verschlechtert hatte. Es war ein riesiges, protziges und unnatürliches Porträt. Der Maler hatte seinen Auftraggeber genau verstanden – und Malcolms Vorstellung bis ins kleinste Detail auf die Leinwand gebannt. Lacy war damals gerade mal neunzehn gewesen. Sie trug ein gelbes Kleid und saß mit züchtig gefalteten Händen auf einem Stuhl. Malcolm stand neben ihr und hatte eine Hand auf ihre Schulter gelegt, als wäre sie ein abgerichtetes Haustier, das auf jeden stummen Wink reagierte.

Abgesehen von der Hand auf ihrer Schulter schien sie für Malcolm gar nicht zu existieren. Sein selbstgefälliges Lächeln war nach vorn gerichtet. Lacys Gesicht wurde im Profil gezeigt, sie schaute zu ihrem Mann auf, als wäre er geradezu anbetungswürdig. So hatte sie ihn in Wirklichkeit nie angesehen.

Malcolm hatte das Bild über alles geliebt. Er hatte es gegenüber seinem goldenen Sessel aufgehängt, damit er es so oft wie möglich bewundern konnte. Und offenbar hatte Adam die letzten zwanzig Minuten damit verbracht, es anzustarren.

Oh nein ... Warum hatte sie es nicht abgenommen? So oft hatte sie sich dazu durchgerungen – und dann doch nicht den Mut aufgebracht. Seit zehn Jahren hing es dort. Jeder, der im Haus zu Gast war, ob vor oder nach Malcolms Tod, lobte es und meinte, Lacy könne sich glücklich schätzen, es zu besitzen. Hätte sie den verdammten Ölschinken abgehängt, wäre das wie ein Lauffeuer durch die feine Gesellschaft von Pringle Island gegangen.

Langsam schüttelte Adam den Kopf. „Der Herr des Hauses“, sagte er leise. „Und seine perfekte Gattin.“

Die letzten beiden Worte sprach er aus, als wären sie ein Schimpfwort – als würde er sie dafür verachten, dass sie geheiratet hatte, um Sicherheit und Ansehen zu erlangen.

Aber ... hatte sie denn eine andere Wahl gehabt? Adam war nicht bei ihr geblieben, hatte sie nicht heiraten wollen. Er hatte nicht einmal abgewartet, ob sie …

Malcolm hatte es getan. Wenigstens dafür hatte sie ihm Dankbarkeit geschuldet.

Und dafür würde sie sich jetzt nicht rechtfertigen. So kühl wie möglich sah sie Adam an.

„Ich war nicht perfekt“, sagte sie sanft. „Aber ich habe mir die größte Mühe gegeben.“

„Ja“, erwiderte er. „Das glaube ich.“

Er sah sie noch einen Moment lang an, dann ließ er den Blick umherschweifen. Über die dunkel getäfelten Wände, die Bilder von Segelschiffen, den Globus in der Ecke, das schwere Tintenfass und den silbernen Aschenbecher auf dem Schreibtisch.

„Während ich auf dich wartete, habe ich mich hier umgesehen. Und weißt du was? Außer der Küche habe ich nichts gefunden, was deine Anwesenheit hier verrät. Das hier ist das Haus eines Mannes, Malcolms Haus. Kein Stuhl, kein Kerzenleuchter, nichts zeigt, dass du hier lebst.“

Er hatte recht. Aber er verstand nicht. Malcolm hätte ihr erlaubt, alles neu einzurichten. Nachdem sie ihr Studium abgeschlossen hatte, war er bereit gewesen, ihrem Geschmack zu vertrauen – jedenfalls in einigen ausgewählten Zimmern. Nein, es war etwas anderes, das sie daran gehindert hatte. Eine tief sitzende

Gleichgültigkeit gegenüber ihrer Umgebung. Sie hatte sich hier nie zu Hause gefühlt.

„Ja, es ist Malcolms Haus“, bestätigte sie achselzuckend. Das Einzige, das ihr in diesem Raum gehörte, war die Kochzeitschrift in Adams Hand. „Na und?“

„Das ist es also, was es ausmacht, die perfekte Ehefrau zu sein? Ein Wesen ohne eigene Meinung? Ein gehorsamer Geist?“

„Mach nicht mehr daraus, als es war, Adam“, sagte sie, obwohl seine Worte sie getroffen hatten. „Malcolms Haus war seit Generationen so eingerichtet, lange vor unserer Hochzeit. Ich habe mich einfach nur entschieden, alles so zu lassen.“

Er stand auf und ging über den dicken Orientteppich zu Lacy.

Erst jetzt wurde ihr bewusst, wie fest sie die Hand um eins der Buddelschiffe gelegt hatte. Abrupt ließ sie es los. Das Schiff schwankte nun bedrohlich in seinem engen Behältnis. Lächelnd starrte Adam auf die Sammlung.

„Unberührt. Ja, so mochte Malcolm seine Schätze, nicht wahr? Gefangen, hinter Glas und unberührbar.“

„Hör zu“, sagte sie scharf. „Du ziehst jede Menge Schlüsse ...“

„Verdammt richtig. Genau das tue ich.“ Er stellte sich so dicht vor sie, dass sie sein After Shave riechen konnte. „Und ich sage dir auch, was ich vermute. Dass du nur ein weiteres Stück in Malcolms Sammlung warst. Dass er dich hinter Glas gesperrt hat und du auch jetzt nicht auszubrechen wagst, obwohl er seit Jahren tot ist.“

„Du irrst dich.“

„Oh nein, keineswegs.“ Adam nahm ihren Pferdeschwanz zwischen Daumen und Zeigefinger und strich langsam daran herunter. „Vermutlich hat er dir beigebracht, dein Haar gebunden, geknotet, hochgesteckt und gefesselt zu tragen. Er wollte deine Röcke maßgeschneidert und eng, dein Make-up dezent, deine Stimme leise und melodisch, deine Bildung klassisch.“ Er berührte ihre Hand, wo Malcolms gewaltiger Brillant am Finger saß. „Nur dein Schmuck durfte vulgär sein.“

Sie hielt den Atem an. Er hatte ja so recht. Woher wusste er das alles?

Er legte die Hände auf ihre Schultern. „Ich nehme an, du musstest immer seiner Meinung sein. Seine Freunde mussten auch deine Freunde, seine Feinde auch deine Feinde sein. Wahrscheinlich hat er dir sogar gesagt, welche Partei du wählen sollst.“

Sie spürte, wie ihr die Tränen kamen, und kämpfte verzweifelt dagegen an. Sie würde nicht weinen, nicht vor Adam. Vor niemandem.

Seine Stimme wurde noch leiser, während seine Hände über ihre Schultern strichen. „Und vermutlich hat er darauf bestanden, dass du still bist, wenn er mit dir schläft. Dass du dich nicht bewegst. Passiv bist. Gefügig. Vermutlich hat er verlangt, dass du dich hinterher bei ihm bedankst."

„Wie kannst du es wagen, Adam?" Sie erkannte ihre Stimme kaum wieder. „Wieso glaubst du, du wüsstest etwas darüber, wie ... wie Malcolm und ich ..."

Er ließ seine Hand an ihrem Hals hinaufgleiten. Als er das Kinn erreichte, neigte er behutsam ihren Kopf, bis sie auf den Kamin starrte. Erst jetzt sah sie, dass das Bild, das sie für die Auktion gestiftet hatte, auf dem Sims stand, zurück an seinem Ehrenplatz. *Samstagmorgen: Nach dem Paradies.*

Endlich begriff sie, warum Adam gekommen war. Er hatte das Bild ersteigert und es ihr zurückgebracht. Er wusste, dass sie es hasste, auch wenn sie das heftig bestritten hatte.

„Das dort hat es mir verraten", flüsterte er ihr ins Ohr. „So langsam lerne ich eine ganze Menge von den Bildern, die Malcolm hier aufgehängt hat, findest du nicht?"

„Was? Was lernst du?"

„Du bist die Kunstexpertin, Lacy – du weißt, wovon ich spreche." Er legte die Hand um ihr Kinn. „Sieh dir das Paar auf dem Bild an. Sie schlafen miteinander. Aber sie geben keinen Laut von sich – das Baby wacht nicht auf. Und siehst du, wie reglos die Frau daliegt. Der Mann berührt ihre Brüste, trotzdem hat sie die Augen auf. Ihr Mund dagegen ist fest geschlossen. Sie scheint nichts zu fühlen."

„Aber …" Sie schluckte. „Ich … Sie …"

Sie wollte ihn auffordern, sich um seine eigenen Angelegenheiten zu kümmern, ihr Haus zu verlassen, zum Teufel zu gehen … Aber sie brachte kein Wort heraus, denn seine Hand wanderte wieder abwärts. Mit den Fingern strich er über die empfindliche Haut am Halsansatz und dann noch weiter nach unten, Zentimeter um Zentimeter, als ließe er sich von ihrem immer heftiger klopfenden Herzen führen.

Das T-Shirt bot keinen Schutz – und sie trug nichts darunter. Sie war ihm ausgeliefert, als wäre sie nackt. Ihr wurde schwindlig, und sie holte tief Luft, als er ihre Brüste mit beiden Händen umschloss.

„Du siehst nicht so aus, wenn du mit einem Mann schläfst, Lacy", wisperte er und bewegte die Fingerspitzen, ganz sanft, bis ihre Knospen fest wurden. Sie schloss die Augen, als die Erregung sich in ihr ausbreitete. „Du liegst nicht still. Du windest dich, weil du Angst hast, in deinem eigenen Verlangen zu ertrinken. Du bäumst dich vor Lust auf, stößt leise Laute aus, die einen Mann um den Verstand bringen."

Nein, das tue ich nicht, dachte sie. Nicht mehr.

„Hast du geglaubt, ich hätte es vergessen, Lacy?", fragte er und senkte den Kopf.

Das T-Shirt war ihr von der Schulter gerutscht, und sein Atem strich heiß über die entblößte Haut. „Hast du wirklich geglaubt, ich könnte es jemals vergessen?"

Die Frage ernüchterte sie schlagartig. Natürlich hatte sie das geglaubt. Adam hatte sich zehn Jahre lang nicht gemeldet. Und sie hatte sich aus der Einsamkeit, aus der Enttäuschung in Malcolms Obhut und in sein kaltes Bett geflüchtet ...

Sie wehrte sich gegen das Verlangen, das Adam in ihr auslöste. Sie durfte sich nichts vormachen. Vor zehn Jahren hatte er mit ihr geschlafen und sie dann, ohne einen Blick zurück, verlassen. Genau das würde er auch heute wieder tun.

Das hier war keine Liebe. Es war nicht einmal richtige Lust. Sie wusste, was er tat. Er wollte wissen, ob er noch immer Macht über sie hatte. Er konnte es nicht ertragen, dass er sie an Malcolm Morgan verloren hatte. Eigentlich ging es nicht einmal um sie. Das hier war nichts als die Rache an einem längst toten Rivalen.

Und fast wäre sie darauf hereingefallen. Die Scham gab ihr die Kraft, ihm zu widerstehen.

„Weißt du", begann sie wie beiläufig, und nichts in

ihrer Stimme verriet, welche fast übermenschliche Anstrengung es sie kostete. „Wenn du ein flüchtiges Abenteuer suchst, hättest du bei Jennifer Lansing bleiben sollen. Sie hätte dir sicher gern den Gefallen getan."

Er hob den Kopf. Seine Lippen verzogen sich zu dem Lächeln, das sie so gut kannte.

„Vielleicht zu gern", sagte er. „Vielleicht gefällt mir das nicht. Vielleicht versuche ich lieber, die Eisprinzessin aufzutauen, als mit einem Flittchen ins Bett zu springen."

„Gut möglich", erwiderte sie. „Aber ich fürchte, dieses Mal hast du dich überschätzt, Adam. Du bist nicht der erste Mann, der es für eine reizvolle Herausforderung hält, Malcolm Morgans Witwe zu verführen. Und du wirst nicht der Letzte sein."

Sein Lächeln wurde breiter. Er trat zurück und ließ die Hände sinken.

„Das vielleicht nicht", sagte er und küsste ihre Schulter. „Aber ich bin der Beste."

5. KAPITEL

Es klingelte an der Tür. Lacy wusste sofort, dass es Gwen war. Sie hatte ihren eigenen Schlüssel zum Haus der Morgans – aber soweit Lacy wusste, hatte ihre Stieftochter ihn in den fünf Jahren seit dem Tod ihres Vaters kein einziges Mal benutzt.

Malcolm hatte im Testament verfügt, dass Gwen dort wohnen durfte, wenn sie es wollte, aber als diese Klausel verlesen wurde, hatte sie nur verächtlich geschnaubt. Seitdem läutete sie jedes Mal höflich an der Tür und fragte Lacy, ob sie dort übernachten durfte.

Bislang hatte Lacy sich stets über Gwens sarkastische Art geärgert, aber heute Abend war sie froh darüber. Denn dadurch hatte sie die Zeit, sich von Adam zu lösen und in den Spiegel zu schauen. Niemand sollte ihr ansehen, was seine Berührungen in ihr ausgelöst hatten.

„Entschuldige mich", sagte sie zu ihm. „Ich muss öffnen."

Sie sah ihm nicht ins Gesicht, aber beim Hinausgehen entging ihr nicht, dass er lächelte. Wie über einen halbwegs lustigen Auftritt.

Warum begriff er nicht, dass ihre eisige Fassade nicht gespielt, sondern im Laufe der Jahre zu ihrer zweiten Haut geworden war? Sie gab sich nicht gefühllos, sie war es.

Sie öffnete die Haustür. „Gwen, was für eine angenehme Überraschung."

Gwen lachte. Offenbar findet mich heute Abend jeder amüsant, dachte Lacy, während sie ihre hämisch grinsende Stieftochter einließ.

„Ja, ganz bestimmt." Gwen zog eine prall gefüllte Reisetasche hinter sich her. Der blaue Make-up-Koffer hing ihr über der Schulter und schlug bei jedem Schritt gegen den Po. Edle Flakons und teurer Schmuck klirrten dabei.

Als Gwen ins Licht des Foyers trat, sah Lacy, dass sie eins ihrer wildesten Outfits trug – ein Top mit pinkfarbenen und orangeroten Blüten über türkisfarbenen Shorts. Die zerzausten Locken waren mit einem grünen Seidenschal zurückgebunden, und die langen künstlichen Fingernägel passten zum Lippenstift – beide flamingorosa.

Lacy war sicher, dass diese Farborgie Gwen mindestens tausend Dollar gekostet hatte. Kein Wunder, dass sie lieber nach Hause kam, anstatt ein Hotelzimmer zu nehmen.

„Für mich ist es auch eine Überraschung", verkündete Gwen keuchend. „Ich bin im Cartwright abgestiegen, aber meine Kreditkarte streikte, also haben sie mich mehr oder weniger freundlich gebeten auszuziehen."

Lacy schaffte es, nicht das Gesicht zu verziehen. „Gwen, lass die Tasche hier. Ich helfe dir später, sie nach oben zu tragen. Erst einmal möchte ich dich mit einem alten Freund von mir bekannt machen ..."

Ihre Stieftochter richtete sich auf und sah neugierig zur Bibliothek hinüber. Dass der Gast ihre finanziellen Nöte mitbekommen hatte, schien ihr kein bisschen peinlich zu sein. Im Gegenteil, sie lächelte Adam zu, der im Durchgang stand und eins von Malcolms Buddelschiffen in der Hand hielt.

„Na, wenn das nicht der gut aussehende Anwalt ist."

Lacy war verwirrt. Anwalt? „Nein, Gwen, das ist Adam Kendall ..."

„Oh, Mr. Kendall und ich sind uns bereits begegnet", unterbrach Gwen sie. „Wie sieht's aus, Adam? Meine Maschine wartet."

„Ich glaube, ich lasse Ihnen noch ein paar Tage Zeit, um das Biest zu zähmen."

„Schade." Gwen zog den grünen Schal aus dem Haar. „Sie ist aufgewärmt und bereit, wenn Sie wissen, was ich meine."

Lacy runzelte die Stirn. Was um alles in der Welt ging hier vor? „Gwen", begann sie.

„Deine Stieftochter und ich sind uns heute Nachmittag auf dem Parkplatz des Cartwrights begegnet", erklärte Adam rasch. „Sie hatte gerade mit ihrem Motorrad den Sportwagen meines Freundes gerammt und befürchtete, ich wäre ein Anwalt, der ihr jeden Cent nehmen will."

Lachend hob Gwen ihr Haar, entblößte kurz den langen anmutigen Hals und ließ es auf die Schultern fallen. „Im Moment sind das nicht sehr viele Cents", sagte sie trocken.

Gwen hatte ein Motorrad gekauft? Und einen Wagen gestreift? Das erklärte manches. Die Art, wie sie Adam anstrahlte, bedurfte keiner Erklärung. Gwen flirtete mit jedem Mann, der ihr über den Weg lief – angefangen mit dem armen Teddy Kilgore.

Was Lacy allerdings nicht verstand, war ihre Reaktion darauf, dass Adam zurückflirtete. Sie begehrte ihn nicht. Sie kannte ihn nicht einmal mehr. Und was sie an ihm kannte, gefiel ihr gar nicht. Er war arrogant, zu durchgestylt, zu selbstsicher – zu sehr der typische Selfmademan.

„Was ist?", fragte Gwen noch immer lächelnd. „Störe ich etwa?" Sie sah Adam an. „Erzählen Sie mir nicht, dass Sie beide mit einem der Segelschiffe meines Vaters Flaschendrehen gespielt haben?"

„Sei nicht albern, Gwen." Lacy ging zu Adam, nahm ihm das Buddelschiff aus der Hand und legte es wieder auf Malcolms Tisch. „Es ist spät. Adam wollte gerade gehen."

„Autsch." Gwen zwinkerte ihm zu. „Schätze, das wussten Sie noch gar nicht, was?"

„Dein Zimmer ist schon bereit", sagte Lacy. „Du kannst deine Sachen nach oben bringen und dich einrichten."

„Autsch", wiederholte Adam spöttisch, und sein Blick traf sich mit Gwens. Lacy spürte das Verständnis, das zwischen den beiden herrschte, und fühlte sich ausgeschlossen und zurückgewiesen. Sofort unterdrückte sie das Gefühl. Dass ihre Stieftochter sie zurückwies, war nichts Neues – das tat sie seit zehn Jahren.

„Gwen?" Sie zog die Augenbrauen hoch. „Soll ich dir mit deinem Gepäck helfen?"

„Nein. Mach ich selber. Hier unten ist mir die Temperatur zu kalt, wenn du weißt, was ich meine." Sie band sich wieder den Seidenschal um. „Ich lasse euch beide jetzt allein, damit ihr Gute Nacht sagen könnt – oder was immer ihr gerade vorhattet."

Langsam ging sie die Treppe hinauf, um Adam einen ausgiebigen Blick auf ihren knackigen kleinen Po zu ermöglichen. Oben drehte sie sich noch einmal um. „Vergessen Sie nicht, Mr. Kendall. Wenn Sie mal etwas Wilderes und Wärmeres unter sich fühlen wollen, lassen Sie es mich wissen."

Um elf Uhr am nächsten Vormittag hatte Lacy schon so lange telefoniert, dass ihr das Ohr wehtat. Aber es hatte sich gelohnt. Sie hatte zwei weitere Spenden für den neuen Krankenhausflügel eingeworben, mit Kara Karlin sämtliche Einzelheiten der kulinarischen Inseltour in der kommenden Woche besprochen und mit dem Drucker einen günstigen Preis für eine Broschüre ausgehandelt.

Vor allem hatte sie es vermieden, mit Gwen reden zu müssen.

Überraschenderweise war ihre Stieftochter früh aufgestanden. Vermutlich hatte sie es sich als Au-pair-Mädchen angewöhnen müssen – früher hatte sie morgens immer in den Sonnenschein geblinzelt, als käme er aus der tödlichen Strahlenkanone eines außerirdischen Raumschiffs.

Heute war sie um acht ins Bad gegangen und um neun nach unten gekommen, in einer hautengen schwarzen Lederhose und einem flamingofarbenen Top. Um zehn war Teddy Kilgore eingetroffen, und jetzt alberten die beiden in Gwens Zimmer herum und hörten Musik.

Sie war dreiundzwanzig, und Lacy unterdrückte den mütterlichen Impuls nachzusehen, was die beiden sonst noch taten.

Kurz darauf läutete das Telefon. Es war Jennifer

Lansing. Fast hätte Lacy aufgestöhnt, aber sie durfte Jennifer nicht vor den Kopf stoßen. Sie brauchte ihre Mitwirkung, wenn die Schlemmertour über die Insel ein Erfolg werden sollte. Jennifers eingelegten Hühnchenbrüste waren auf der ganzen Insel berühmt.

„Jennifer!" Irgendwie gelang es Lacy, erfreut zu klingen. „Gerade wollte ich dich anrufen. Hast du dich schon entschieden, ob du bei dem Picknick mitmachst?"

„Genau deshalb rufe ich an, Schätzchen", erwiderte Jennifer mit zuckersüßer Stimme. Lacy wusste sofort, dass sie etwas wollte. Jennifer Lansing tat nie etwas, ohne eine Gegenleistung zu verlangen. Deshalb war sie als Spendensammlerin unverzichtbar – viele Leute waren ihr einen Gefallen schuldig.

„Schieß los", sagte Lacy.

„Wie du weißt, organisiere ich gerade den Leuchtturmtag."

Natürlich wusste Lacy das. Als Vorsitzende des Geschichtsvereins von Pringle Island kümmerte Jennifer sich um die Renovierung des alten Leuchtturms. Am Wochenende würde die feine Gesellschaft sich dort in T-Shirts und abgeschnittenen Jeans versammeln, um Zement anzurühren, Unkraut zu jäten und das Gemäuer zu streichen.

„Ich habe viele Absagen bekommen", fuhr Jennifer

fort. „Dr. Blexrud und seine Frau sind auf dem Festland, und die Pfadfinder haben offenbar wenig Lust zu lernen, wie man am Lagerfeuer kocht."

„Das tut mir aber leid." Lacy war noch nicht klar, worauf Jennifer hinauswollte. Aber es fiel ihr schwer, sich auf das Gespräch zu konzentrieren, denn Gwen und Teddy hatten einen besonders erotischen Song von Eric Clapton aufgelegt.

„Deshalb hatte ich gehofft, dass du uns aushilfst. Ich weiß, es ist schmutzige Arbeit, aber du hast doch bestimmt irgendwo zwischen deinen Designer-Teilen eine ganz normale Jeans, oder?"

Lacy ignorierte die Spitze. Jennifer wusste ganz genau, dass sie sich nicht vor harter Arbeit scheute.

„Ich helfe gern", sagte sie. „Möchtest du, dass ich Gwen frage, ob sie mitkommt?"

„Ja … sicher. Das wäre toll." Jennifer zögerte. „Dabei fällt mir ein – was ist denn mit Adam Kendall? Könntest du ihn nicht auch überreden? Er wäre sicher eine große Hilfe, und ich hätte mehr Zeit, die Hühnchenbrüste für dein Picknick zu machen."

Aha. Das war es also. Adam Kendall. Aber wie um alles in der Welt kam Jennifer darauf, dass sie Einfluss darauf hatte, wie Adam seine Wochenenden verbrachte? Lacy wünschte, Jennifer hätte gehört, mit welcher Verachtung Adam gestern Abend von ihr gesprochen hatte.

„Warum fragst du ihn nicht selbst, Jen? Du warst doch mit ihm essen. Bestimmt kommt er gern, wenn du ihm deine Notlage erklärst."

„Ich schlage vor, wir fragen ihn beide", entgegnete Jennifer geschickt.

Oben dröhnten die Bässe immer lauter. Der Kronleuchter über Lacys Kopf begann zu vibrieren.

Oh nein, dachte sie. Gwen, sei vorsichtig.

Lacy legte eine Hand an die Stirn und schloss die Augen. „Also gut, Jennifer", sagte sie und fühlte sich plötzlich müde. „Wir fragen ihn beide."

Gwen ließ sich auf die Matratze zurückfallen, verschwitzt, erschöpft und lächelnd. Sie würde ein zweites Mal duschen müssen, aber das war es wert. So viel Spaß hatte sie seit Monaten nicht gehabt.

Teddy war noch immer dabei. Er stand auf dem zweiten Bett und spielte wie verrückt Luftgitarre zur Musik, die aus den Boxen kam. Er sah zwar nicht aus wie Eric Clapton, aber er konnte verdammt süß sein, wenn er aufhörte, den Don Juan zu spielen.

Endlich hatte auch er genug. Schwer atmend lag er da. Das feuchte Haar klebte ihm an den Wangen.

Gwen stützte sich auf einen Arm und sah ihn an. „Holst du mir eine Cola?"

Er schnaubte. „Es ist dein Haus. Hol sie dir selbst."

„Feigling. Hast du Angst, die Stiefhexe beißt dich?"

„Du meinst Lacy?", fragte er ungläubig. „Ganz bestimmt nicht. Niemand hat Angst vor Lacy. Sie ist süß und immer nett zu jedem."

„Süß?" Gwen traute ihren Ohren nicht. „Das ist nicht dein Ernst."

„Doch. Alle lieben sie. Sie …"

„Hör auf." Sie drehte sich auf den Bauch. „Los, Teddy, hol mir eine Cola oder geh nach Hause."

Maulend stand er auf und ging barfuß hinaus. Gwen blieb liegen. Sie hätte Lacy nicht erwähnen dürfen. Das war ein absolut sicheres Mittel, sich die gute Laune zu verderben.

Selbst Teddy vergötterte sie. Was für ein Witz. Gab es denn niemanden auf dieser dämlichen Insel, der sah, dass die Frau gar kein richtiger Mensch war? Ein Eheroboter, das war sie immer gewesen. Sie war programmiert worden, ein Studium mit Bestnoten abzuschließen, jeden Abend etwas Kulinarisches auf den Tisch zu stellen und die Geschäftspartner ihres Mannes zu beeindrucken. Sie machte keine Fehler und hatte keine Gefühle. Eine Stieftochter, die sich nach Liebe und Wärme oder auch nur einer Gutenachtgeschichte sehnte, war in Lacys Programmierung nicht vorgesehen.

Ja. Lacy war immer der perfekte Eheroboter gewesen. Und jetzt war sie eine Roboterwitwe. Nichts hatte sich geändert.

Teddy kehrte zurück, in jeder Hand eine Coladose. Gwen nahm einen großen Schluck. „Das tut gut", seufzte sie. „Danke."

Teddy war ruhig. Zu ruhig. Er saß auf der Bettkante, mit zerzaustem Haar und Füßen, die wie große weiße Fische aus den Beinen der Jeans ragten. Stirnrunzelnd starrte er auf sein Getränk.

„Was ist?", fragte Gwen.

Er rieb einen Tropfen von der Dose. „Seltsam ... Als ich am Wohnzimmer vorbeikam, hat Lacy gerade telefoniert."

Gwen verdrehte die Augen. „Was soll daran seltsam sein? Die Frau lebt am Telefon. Es ist doch ihr Job, sich bei Leuten einzuschmeicheln und ihnen Spenden zu entlocken."

„Sicher, aber dieses Mal hat sie mit einem Privatdetektiv gesprochen."

Gwen setzte sich auf. „Mit einem was?"

„Mit einem Privatdetektiv. Wirklich. Ich habe gehört, wie sie das sagte." Er sah sie an. „Ich glaube, sie hat ihn engagiert, um dir nachzuspionieren."

Gwen zog eine Grimasse. „Wie kommst du denn darauf?"

„Hast du nicht in Boston gewohnt? Du weißt

schon, als Kindermädchen.“

Sie nickte. „Na und?“

„Lacy hat ihm gesagt, dass er sich dort ‚umsehen‘ soll. Und dass er vorsichtig sein soll. ‚Ich will nicht, dass sie davon Wind bekommt‘, sagte sie.“ Er hatte Lacys arroganten Tonfall gut nachgemacht. „Oder so ähnlich.“

Gwen wusste, dass Teddy sich das nicht nur ausdachte. So etwas war Lacy durchaus zuzutrauen.

Die Stiefhexe schnüffelte also hinter ihr her. Warum? Wollte sie ihr etwa das Erbe ihres Vaters streitig machen? Es war dumm von ihm gewesen, Lacy das Vermögen anzuvertrauen, das Gwen eines Tages bekommen würde.

Aber Teddy durfte nicht merken, wie zornig sie war. „Reine Geldverschwendung. Ich habe in Boston ein Jahr lang fast rund um die Uhr geschuftet, mehr wird sie nicht herausfinden. Ich habe Windeln gewechselt und im Sandkasten gespielt. Es war sterbenslangweilig, aber ganz bestimmt nicht illegal.“

„Es ist dir wirklich egal?“, fragte Teddy ungläubig.

„Ja.“ Sie stellte ihre Dose ab und stand auf. Es hatte keinen Sinn, sich jetzt aufzuregen. Aber sie würde es Lacy heimzahlen, das stand fest. Sie strich ihre Lederhose glatt. „Worauf wartest du, Kilgore? Such mir einen Sender, der Rap spielt, dann geht die Party weiter.“

6. KAPITEL

Der Leuchtturm bewachte die Nordspitze von Pringle Island seit 1858 und hatte Herbststürme, eisige Winter, Vandalismus und jahrzehntelange Vernachlässigung überstanden. Also wird er wahrscheinlich auch den Geschichtsverein überleben, dachte Adam, als er sah, wie Hunderte von Inselbewohnern über das kleine Kap kletterten.

Jennifer Lansing hatte versucht, eine Veranstaltung zu organisieren, die jedem etwas bot. Das Ergebnis war eine Mischung aus elegantem Picknick, Familienausflug und naturkundlichem Wandertag. Und natürlich – wenn auch zum geringsten Teil – der Arbeit am alten Leuchtturm.

Adam war nicht sicher, warum er sich dazu hatte überreden lassen. Als er gestern Abend vom Golfplatz ins Hotel zurückgekehrt war, hatte er zwei Anrufe auf seiner Mailbox gehabt. Der erste war von Jennifer Lansing – ein langes Gesäusel. Ohne ihn wäre der Leuchtturmtag eine Katastrophe für den Verein und eine persönliche Tragödie für sie selbst, sagte sie. Der zweite Anruf war von Lacy und bestand aus einem einzigen Satz. „Morgen gibt es am Leuchtturm einen Arbeitseinsatz, und Jennifer hofft, dass du kommst." Kurz, knapp und kühl.

Nicht sehr einladend. Trotzdem hatte er sich heute Morgen Blue Jeans und ein Poloshirt angezogen und den armen Travis mit auf die Landspitze geschleift.

„Und wo steckt denn nun dein sexy Engel namens Lacy?", fragte Travis.

„Verdammt, Travis." Adam warf die Wagentür zu. „Der Witz ist uralt. Lass dir etwas Neues einfallen."

Damals, vor zehn Jahren, hatten sie sich kennengelernt, in Adams erster Woche fern von Pringle Island, als sie beide sich für die gefährliche Arbeit in einer Raffinerie auf den Virgin Islands ausbilden ließen. Sie waren achtzehn, ehrgeizig und abenteuerlustig gewesen. Nach einer besonders harten Schicht hatte Adam ihm von Lacy vorgeschwärmt. „Sie ist wie ein Engel – und unglaublich sexy."

Travis erinnerte ihn immer wieder daran.

„Sie muss hier irgendwo sein", erwiderte Adam und ließ den Blick lustlos über die Szene wandern. „Es ist einer der Tage, an denen die reichen Snobs ihre Designerjeans herausholen und so tun, als würden sie arbeiten. Genau das Richtige für sie."

„Na ja, wenn der Dow Jones nicht gerade um tausend Punkte gefallen ist, sind wir auch reich, schon vergessen?" Grinsend schob Travis die Hände in die Taschen. „Reich und jung. Wir beide. Kaum zu glauben, was?"

„Stimmt."

„He, sieh mal, da ist Gwen Morgan!“ Travis ging auf den Leuchtturm zu.

Tatsächlich, selbst Gwen war an diesem Tag am Gambler's End. Adam schaute zum Haus des Leuchtturmwärters hinüber, wo Gwen auf einem kleinen Gerüst kniete und die Fenster im ersten Stock reinigte. Zwischen den anderen fiel sie auf wie ein Pfau in einem Krähenschwarm.

„Falls du dich absetzen willst, habe ich nichts dagegen, Adam“, sagte Travis über die Schulter.

Belustigt schüttelte Adam den Kopf und verlangsamte seine Schritte. Eigentlich überließ er das Feld gern seinem Freund. Gwen sah großartig aus, aber ihre zwanghaften Flirtversuche ließen vermuten, dass sie eine Menge ungelöster Probleme mit sich herumtrug. Sie brauchte einen Berater, einen Freund weit mehr als einen Liebhaber, und Travis war ideal für den Job.

Ziellos schlenderte Adam umher. Es war ein heißer wolkenloser Tag. Die Luft hier unten am Wasser war schwül und salzig und ließ ihn in ungewollten Erinnerungen schwelgen. Er musste an einen Julinachmittag vor zehn Jahren denken. Zwei Meilen südlich von hier hatten Lacy und er am Sandstrand von Pringle Cove herumgetollt. Unbeschwert hatten sie im Meer geplanscht, sich nass gespritzt und immer wieder geküsst.

Irgendwann hakte er ihr Bikini-Oberteil auf und

hielt es hoch, als sie es ihm wieder abnehmen wollte. Zu Lacys Entsetzen verlor er es in der Brandung. Er hob sie auf die Arme und presste ihre nackten Brüste an sich, damit niemand sie sah. Dann trug er sie zum Wagen. Der neue Badeanzug, den er ihr kaufen musste, damit ihre strenge Tante Flora nichts merkte, kostete ihn den Lohn von vier Tagen.

Tante Flora! An die hatte Adam seit Jahren nicht mehr gedacht. Sie war nicht sehr liebevoll zu Lacy gewesen und hatte sie nach dem Tod ihrer Eltern nur aus Pflichtgefühl bei sich aufgenommen. Ihn hatte sie nie gemocht.

Er hatte gehört, dass sie gestorben war. Aber sie hatte lang genug gelebt, um dabei zu sein, als ihre Nichte Malcolm Morgan heiratete. Der war ihr vermutlich recht, dachte Adam mit einem Anflug von Verbitterung. Malcolm war genau ihr Typ gewesen – kalt, beherrscht, selbstgefällig und tyrannisch. Und natürlich reich.

„Adam! Hören Sie mit der Tagträumerei auf und leihen Sie mir Ihren starken Arm zum Anlehnen."

Ruckartig kehrte Adam aus der Vergangenheit zurück. Tilly Barnhardt stand neben ihm, und er sah mit einem Blick, wie blass sie unter der weißen Perücke war. Ihr Blick war verschwommen. Er wusste, was los war – sie hatte einen Insulinschock. Die Unterzuckerung musste dringend ausgeglichen werden.

Er hielt ihr den Arm hin. Sie packte ihn mit beiden Händen. Ihre Finger waren schwach und zitterten. „Bringen Sie mich doch bitte zum Haus, ja? Ich muss mich setzen."

„Sie brauchen etwas Süßes. Saft vielleicht oder ..."

„Lacy hat bestimmt welchen da."

„Sicher? Wenn Sie den weiten Weg machen und kein Saft ..."

„Lacy hat immer Saft für mich dabei", unterbrach die alte Lady ihn. „Sie kümmert sich seit zehn Jahren um mich, Adam, während Sie sich in der weiten Welt umgesehen haben. Also seien Sie still und tun Sie, was ich sage."

Gehorsam führte Adam Tilly nach oben und stellte dabei fest, dass sie weitaus zerbrechlicher war, als er sie in Erinnerung hatte. Lacy kam ihnen entgegengeeilt, einen Pappbecher in der Hand. Ihre Miene war gefasst wie immer, und ihr Blick verriet nichts von der Besorgnis, die er empfand.

„Hier", sagte sie sanft und reichte Tilly den Becher. „Komm schon, trink das."

Mit fast kindlichem Vertrauen nahm Tilly einen großen Schluck von dem Orangensaft. Lacy nahm ihren anderen Arm. „Komm, Tilly, gehen wir in den Schatten", schlug sie vor.

Zehn Minuten später saß Tilly in einem Sessel. Ihr Blutzuckerspiegel hatte sich normalisiert, und mit der gesunden Gesichtsfarbe war auch ihre gewohnte Art zurückgekehrt. Mit lauter Stimme verkündete sie unentwegt, dass alles in Ordnung war und sie weiter den Holzzaun am Pfad zum Leuchtturm streichen wollte.

„Sie brauchen mich", beharrte sie. „Dieser Trottel von Silas Jared hat das Kommando übernommen und macht alles falsch. Ich habe ihm gesagt, wie man richtig streicht, aber er hat nicht auf mich gehört."

Silas Jared ... Lacys silberhaariger Nachbar. Der mit dem Gewehr. Und dem Messer. Adam musste doch lächeln.

Lacy schien es jedoch gar nicht lustig zu finden. „Dein Blutzucker ist in den Keller gesaust, weil du nichts gegessen hast."

Tilly funkelte sie an, aber sie hielt dem strengen Blick stand. Selbst an diesem heißen anstrengenden Tag sah Lacy frisch, elegant, kühl und makellos aus. Nichts an ihr erinnerte an den klitschnassen Teenager mit Sonnenbrand, sandigem Haar und schamroten Wangen, den Adam vor zehn Jahren zum Wagen getragen hatte.

„Stimmt doch, Tilly, oder?" Lacy tippte mit der Fußspitze auf den Boden. „Du hast vergessen zu frühstücken."

„Lacy", mischte Adam sich ein, denn Tilly tat ihm

leid. „Ist es denn wirklich wichtig, wie es dazu gekommen ist?“

Lacy sah ihn nicht einmal an. „Ja, das ist es. Und Tilly weiß das genau. Wenn sie normal isst und so etwas trotzdem passiert, könnte es bedeuten, dass ihre Insulindosis zu hoch ist. Hast du das Frühstück ausgelassen, Tilly?“

Tilly starrte Lacy an, aber zu Adams Erstaunen war sie es, die schließlich nachgab. „Kann schon sein“, gestand sie kleinlaut. „Wenn du es sagst. Ich erinnere mich nicht.“

Lacy seufzte und wirkte plötzlich äußerst angespannt.

„Du bleibst hier sitzen, Tilly“, befahl sie leise. „Ich hole dir etwas zu essen. Adam, es ist alles in Ordnung. Du brauchst nicht zu bleiben. Jennifer wartet sicher schon auf dich.“

Und dann war sie fort. Mit einer Mischung aus Verärgerung und Enttäuschung sah er ihr nach. Warum? Sie hatte die kritische Situation gemeistert. Mehr hatte er von ihr nicht erwartet. Oder doch? Hatte er etwa gehofft, dass sie vor Sorge um ihre Freundin in Tränen ausbrach?

Er drehte sich zu Tilly um. „Sie hat sich sehr verändert.“

Die Falten an Tillys Stirn vertieften sich. „Natürlich. Sie ist erwachsen."

„Erwachsen?" Er schüttelte den Kopf. „Nein. Sie ist kalt. Kalt und hart wie Stein."

„Glauben Sie das wirklich? Dass sie kalt ist?"

„Ja", sagte er. „Genau das denke ich."

Tillys Antwort überraschte ihn. „Dann, Adam Kendall, sollten Sie sich zwei Fragen stellen. Erstens, warum ist sie so geworden?" Sie richtete einen viel zu schmalen Zeigefinger auf ihn. „Und zweitens, was wollen Sie dagegen tun?"

Am Mittag brannte die Sonne unbarmherzig vom Himmel herab. Die meisten freiwilligen Helfer hatten die Arbeit eingestellt und sich in das kühle Innere des Leuchtturmwärter-Hauses zurückgezogen, um zu plaudern oder sich auszuruhen.

Lacy nicht. Sie nahm sich einen Müllsack und machte sich auf den Weg zum äußersten Punkt der Landspitze. Lieber wollte sie in der Sonne braten, als Adam Kendall noch einmal zu begegnen. Vorhin hätte sie vor seinen Augen beinahe die Fassung verloren, so groß war ihre Angst um Tilly. Der Arzt hatte ihr erzählt, wie schwierig es inzwischen war, ihren Blutzuckerspiegel richtig einzustellen.

Sie würde darauf achten müssen, was und wie oft Tilly aß. Und dass sie sich regelmäßig die vorgeschriebenen Insulinspritzen gab. Leider steckte sie mitten in der Spendenkampagne. Und sie musste Gwens fortgesetzte Feindseligkeit ertragen.

Und außerdem war da noch Adam … Seufzend bückte sie sich nach einem mit einer gefiederten Spitze versehenen Angelköder und warf ihn in den Sack. Im Grunde war es völlig egal, wann Adam zurückgekehrt war. In jeder Woche, an jedem Tag, in jeder Minute in den letzten zehn Jahren wäre sein Auftritt wie eine Bombe in ihrem Leben eingeschlagen.

Vorsichtig kletterte sie zwischen den Felsen umher und suchte nach dem Plastikmüll, den angetrunkene Segler so gern über Bord warfen und der dann hier angespült wurde. Langsam füllte sich der Sack, den sie hinter sich herzog.

Als sie die Spitze des Vorsprungs erreichte, setzte sie sich hin und starrte auf das Meer hinaus. Moosgrün glitzerte das Wasser in der Sonne.

Nach einer Weile fiel ihr Blick auf den zerfetzten Rest eines Fischernetzes, der sich zwischen den Felsen verfangen hatte. Sie kletterte hinunter und griff danach. Er saß fest. Verdammt. Sie legte sich auf den Bauch und versuchte es noch einmal.

Sie streckte den Arm so weit aus, dass es schmerzte. Spitzes Gestein bohrte sich in ihre Rippen. Trotzdem schaffte sie es nicht.

Als sie die Schritte hinter sich hörte, wusste sie sofort, wer es war. Auch das noch. Warum konnte er sie nicht einfach in Ruhe lassen? Sie sah an sich hinab. Sie sah schrecklich aus.

Lacy richtete sich auf und warf einen Blick über die Schulter. Adam kam auf sie zu, auf den Felskanten balancierend wie ein Hochseilartist.

Als er sie erreichte, lächelte er. „Hi. Du sahst aus, als könntest du Hilfe gebrauchen."

Fast hätte sie Nein gesagt, aber das wäre eine glatte Lüge gewesen – die er mühelos durchschaut hätte.

„Danke", erwiderte sie höflich. „Das Netz dort scheint unter Wasser festzuhängen, und ich bekomme es nicht los."

Er nahm es ihr aus den Händen und zog vorsichtig daran. „Hm, scheint etwas Schweres zu sein." Er legte sich neben sie. „Mal sehen, ob ich es schaffe."

Seine Arme waren viel länger als ihre. Seine Hände verschwanden im Wasser. Sein gesamter Oberkörper ragte über die Felskante hinaus. Lacy hielt den Atem an. Es war nicht sehr hoch, aber wenn er mit dem Kopf aufschlug …

Ohne zu überlegen, kniete sie sich hinter ihn und umfasste seine muskulösen Waden.

Er hob den Kopf, lächelte ihr zu. „Danke."

Lacy antwortete nicht. Ihre Handflächen rieben

sich an dem rauen Stoff seiner Jeans, während sie zusah, wie er sich immer länger machte und seine Arme immer weiter im Wasser verschwanden. Die Muskeln an seinem Rücken spannten sich bis hinab zur schmalen Taille.

Er wirkte so kraftvoll, so unbesiegbar – und doch so verletzlich, in einer Lage, die ihr auf seltsame Weise intim erschien. Ihr Herz schlug schneller. Aber vielleicht lag das nur an der Hitze.

Sie versuchte, über seine Schulter hinweg nach unten zu schauen. „Hast du etwas gefunden?"

Er knurrte nur. Sie ließ sich zurückfallen und festigte den Griff um seine Waden.

„Es sitzt fest …" Er schob sich noch weiter vor. „Verdammt", murmelte er. „Was ist das?"

Urplötzlich gab der schlammige Ufergrund seine Beute frei.

„Okay", sagte Adam und zog das Netz nach oben.

Sie ließ seine Waden los und starrte neugierig nach vorn. Er hatte etwas gefunden – einen eigenartig geformten und von Schlamm bedeckten Gegenstand. Er spülte ihn kurz ab und setzte sich auf.

Grinsend betrachtete er seinen Fund. „Ich glaube, das ist das Hässlichste, was ich je im Leben gesehen habe."

Sie musste ihm zustimmen. Das Netz barg etwas,

das irgendwann einmal eine funktionierende Keramiklampe gewesen sein musste. Es sah aus wie eine nackte Frau, die auf einem Flusspferd stand. Senffarbene Flecken klebten an ihrem Körper, und vom ursprünglichen Moosgrün des Tieres war nicht mehr viel zu erkennen.

„Ich kann verstehen, dass sie das Ding ins Wasser geworfen haben“, meinte Lacy trocken.

Lächelnd drehte Adam sich zu ihr um. „Ich finde, es würde auf deinem Kaminsims großartig aussehen – direkt neben dem Bild, das ich dir vorgestern zurückgekauft habe.“

Sie versuchte, ernst zu bleiben. Aber ein Blick auf die nackte Frauengestalt reichte, und sie musste lachen. Er fiel ein und stellte die Lampe neben sich auf, als wäre sie eine wertvolle Trophäe.

„Im Netz war noch etwas“, sagte er und öffnete seine Hand. Darin lag ein glatter rosafarben geäderter Stein. „Sammelst du die noch?“

Der Kiesel war klein und wunderschön. Und fast herzförmig. Einen Moment lang war Lacy sprachlos. Vor langer Zeit hatte er ihr so viele davon gesammelt – jedes Mal, wenn sie am Strand waren, fand er einen neuen für sie. Er hatte kein Geld gehabt, um ihr teure Geschenke zu machen.

„Nein“, antwortete sie mit belegter Stimme. „Die

sammle ich nicht mehr." Malcolm hatte sie widerlich gefunden. Sie stanken nach Fisch, roch sie das denn nicht? Und sie waren wertlos. Also hatte sie die Steine eines Tages im Garten vergraben und seit Jahren nicht mehr daran gedacht.

Es schien ihn nicht zu wundern. „Na, dann nimm den hier." Er drückte ihn ihr in die Hand. „Leg eine neue Sammlung an."

Sie wusste nicht, was sie sagen sollte. Ihr Verstand befahl ihr, den Stein zurückzuweisen – und alles, was er symbolisierte. Aber ihr Herz gestattete ihr, die Finger darum zu schließen.

„Danke", sagte sie. „Er ist sehr schön."

„Lacy …" Seine Stimme war so leise, dass sie ihn über dem Rauschen der Brandung kaum verstand. „Lacy, vielleicht …"

Aber was immer er sagen wollte, sie wollte es nicht hören. Hastig stand sie auf und klopfte sich den Staub ab. „Ich muss zurück zu Tilly."

Er erhob sich ebenfalls, griff nach ihrer Hand und hielt sie fest. „Schon gut, Lacy. Entspann dich. Du brauchst nicht wegzulaufen. Es ist nur ein Kieselstein."

Sie lächelte, sah ihn aber noch immer nicht an. „Das weiß ich, Adam. Aber Tilly …"

„Erzähl mir von ihr." Er ließ ihre Hand los. „Wie

schlimm ist es?“

„Es müsste nicht schlimm sein“, erklärte sie. „Wenn sie nur etwas disziplinierter und vernünftiger wäre. Aber wenn sie sich nicht schont, nicht regelmäßig isst und zu viel Insulin nimmt …“

„Könnte es sehr schlimm werden.“ Seine Miene war grimmig. Er wusste genau, was sie befürchtete. Er verstand sie auch ohne viele Worte. So war es immer gewesen. Schließlich hatte sie sich nicht nur deshalb in ihn verliebt, weil er so unglaublich sexy war. Sie hatte sich auch in seinen Charakter verliebt.

„Und für unsere Tilly ist Disziplin natürlich ein Fremdwort, nicht wahr?“, sagte er mit einem nachdenklichen Lächeln. „Was alles noch viel schwieriger macht.“

„Richtig.“ Sie seufzte, und er hörte ihr an, wie groß ihre Angst um die alte Lady war.

Spontan strich er ihr über die Wange. „Es muss auch für dich hart sein. Aber vielleicht kann ich helfen. Zusammen könnten wir …“

Für den Bruchteil einer Sekunde gestattete sie sich, die Berührung zu genießen. Sie malte sich aus, wie es wäre, die Last der Einsamkeit und Sorge mit ihm zu teilen. Doch dann erschrak sie. Sie hatte sich einmal auf ihn verlassen, und was hatte es ihr eingebracht? Nein, das würde sie nie wieder tun.

Sie wich zurück. „Danke, aber ich brauche wirklich keine Hilfe."

Er zog die Augenbrauen hoch. „Brauchst du sie nicht? Oder willst du sie nicht?"

„Ich will sie nicht", bestätigte sie und sprach dabei jedes einzelne Wort ganz deutlich aus, als hätte sie Angst, er könne sie missverstehen. Vielleicht sollte sie es noch klarer formulieren, damit sie beide die Vergangenheit endlich hinter sich lassen konnten. „Zwischen uns ist alles vorbei, Adam. Das ist es seit zehn Jahren. Ich brauche deine Hilfe nicht mehr, in keiner Hinsicht. Und ich will sie auch nicht mehr."

Obwohl die Sonne ihm ins Gesicht schien, war seine Miene nicht zu enträtseln. „Alles, was du willst, ist meine Unterschrift auf einem großen fetten Scheck für dein geliebtes Krankenhaus, nicht wahr?"

Sie hob das Kinn. „Genau", sagte sie. „Obwohl ich es auch ohne deine Spende schaffe, wenn es sein muss. Und jetzt entschuldige mich, ich muss zurück."

Doch bevor sie davongehen konnte, drangen vom Meer laute Rufe und fröhliches Gelächter herüber. Als sie sich danach umdrehten, sahen sie, wie ein kleines Motorboot durch das flache Wasser an der Landspitze sauste. Am Ruder stand Adams Freund Travis, den Lacy bereits kennengelernt hatte. Außer ihm waren noch einige junge Schönheiten an Bord, die ihnen begeistert und mit hoch erhobenen Armen zuwinkten.

Darunter war auch Gwen. Sie stand am Bug, mit einer Bierflasche in der Hand, und rief etwas, das Lacy nicht verstehen konnte. Plötzlich drehte sie ihnen den Rücken zu und wackelte aufreizend mit dem Po. Dann legte sie die Hände an die Hüften, als wolle sie sich die Bikinihose ausziehen, doch Travis griff nach ihrem Arm und zog sie auf die Bank zurück, bevor er Gas gab.

Lachend fiel sie gegen ihn, als das Boot sich in eine scharfe Kurve legte und mit schäumender Bugwelle wieder aufs Meer hinausraste.

Gwen … Lacy spürte, wie sie errötete.

„Nimm es ihr nicht übel“, sagte sie zu Adam. „Gwen ist …“ Verlegen tastete sie nach ihrem Haarclip und suchte nach der richtigen Formulierung. „Sie ist jung und hat noch ein paar ungehobelte Kanten. Auf jeden Fall tut es mir leid.“

„Du brauchst dich nicht für sie zu entschuldigen.“ Adam sah dem Boot nach, das inzwischen so weit weg war, dass es wie ein Spielzeug aussah. „Ich mag sie.“

Lacy sah ihn an. Einen Mann wie ihn musste Gwens aufdringliche Art doch eher abschrecken.

„Das beruht offenbar auf Gegenseitigkeit“, sagte sie trocken. „Gwen hält nichts von … Benimm, wie du sicher schon bemerkt hast.“

„Stimmt." Er drehte sich zu ihr um, und im Sonnenschein war die Narbe unter dem Auge noch deutlicher als sonst zu erkennen. „Schüchtern ist sie wirklich nicht. Aber sie muss so sein, denn sie ist ein Rebell, Lacy. Allein gegen eine Welt, die nicht immer nett zu ihr ist."

Weil es auch nach zehn Jahren der Trennung zwischen ihnen beiden nicht vieler Worte bedurfte, ahnte Lacy, in welche Richtung das Gespräch ging. Sie straffte die Schultern. „Du scheinst ja eine Menge über sie zu wissen", sagte sie eisig. „Obwohl du sie erst seit einer Woche kennst."

„Ich weiß viel über Menschen wie sie", verbesserte er. „Über Menschen, die selbst dann nicht kapitulieren, wenn sie Angst haben. Selbst dann nicht, wenn es wehtut. Über Menschen, die nicht einmal dann einen sicheren Hafen anlaufen, wenn auf dem Meer ein wilder Sturm wütet."

„Du irrst dich, Adam. Du irrst dich sogar ziemlich gewaltig, was mich betrifft."

„Wirklich?" Der Wind blies ihm das Haar in die Augen, und er kniff sie zusammen. Lag es daran, dass sein Blick ihr besonders hart erschien? „Willst du mir erzählen, dass du damals nicht in den ersten sicheren Hafen geflüchtet bist, nachdem ich weg war? Und dass du dich seitdem nicht dort versteckt hast? Dass du keine höllische Angst davor hat, einmal etwas Spontanes zu tun? Irgendetwas, das nicht hundertprozentig ungefährlich ist?“

„Ich will dir gar nichts erzählen“, antwortete sie und umklammerte den Kieselstein so fest, dass er sich an ihren Fingern heiß anfühlte. „Mir ist egal, was du über mich denkst.“

„Dann antworte mir doch einfach, Lacy. Sei einmal in deinem Leben ehrlich – wenn schon nicht zu mir, dann wenigstens zu dir.“ Er legte die Hände um ihre Schultern. „Tust du jemals etwas, ohne vorher nachzudenken? Nur weil es sich gut anfühlt. Ohne zu überlegen, ob es klug oder sicher ist? Oder kosteneffizient?“

Das letzte Wort traf sie besonders hart, denn er betonte es auf geradezu kränkende Weise. Sie sah die Verachtung in seinen Augen. Und die tat weh. Wie früher, wie ein mühsam verheiltes Herz, das ihr zum zweiten Mal gebrochen wurde.

Sie schüttelte seine Hände ab und ohrfeigte ihn. Hart. Und dann warf sie den Kieselstein ins Wasser. Er versank sofort.

„Ja, Adam“, sagte sie leise. „Offenbar tue ich das manchmal.“

7. KAPITEL

Gwen war müde, und das kleine Mädchen, das in einer Ecke des Hauses unaufhörlich weinte, trug nicht gerade dazu bei, dass es ihr besser ging. Sie war jetzt schon fast den ganzen Tag draußen am Leuchtturm, seit dem späten Vormittag, und jetzt ging die Sonne schon unter. Die Schatten, die durchs Fenster drangen, war lang und kühl und rosa.

Eigentlich hatte sie höchstens zwei Stunden bleiben wollen. Gerade lange genug, um sich nicht den Zorn der Stiefhexe zuzuziehen. Aber sie war froh, dass sie hergekommen war. Der Tag war wesentlich angenehmer verlaufen, als sie erwartet hatte. Denn Travis Rourke war hier. Und Adam Kendall. Zwei tolle Männer auf einmal. Mehr konnte eine Frau nicht verlangen.

Also war sie geblieben. Selbst die Stiefhexe war schon gegangen. Das war gut so. Lacys Ausstrahlung war so abweisend gewesen, dass Gwen wenig Lust gehabt hatte, ihr nach Hause zu folgen. Selbst gut gelaunt war sie schwer zu ertragen, aber wenn sie schlecht drauf war, reichte ein einziger Blick, und man begann unwillkürlich zu frieren. Dann war sie eine Mischung aus Eiskönigin und Medusa.

Aber jetzt überlegte Gwen, ob sie besser nicht auch gehen sollte. Travis war nirgends zu sehen, Adam schien auch schon fort zu sein, und das kleine Mädchen weinte immer lauter. Schlimmer konnte es selbst in Lacys Gegenwart nicht sein.

Sie schaute hinüber. Es war Becky Jared. Mit etwa vier Jahren war sie die jüngste von Silas Jareds Enkeln. Ihr Kopf war hochrot, das Gesicht verzerrt. Die Kleine war völlig erschöpft.

Verärgert schaute Gwen zu den Eltern hinüber, doch die beachteten sie gar nicht. Wussten sie denn nicht, wie anstrengend ein so langer Tag in der Hitze für ein Kleinkind war? Sie waren gerade dabei, eine weitere Dose Farbe aufzumachen – als würde die Welt untergehen, wenn die den dämlichen Zaun heute nicht mehr fertig bekamen.

„Becky?“, rief Gwen. „Willst du dir das coolste Leuchtfeuer der Welt ansehen?“

Beckys Schluchzen brach ab. Ihre Augen waren geschwollen, und die roten Locken klebten an den Wangen. „Nein.“

Gwen zuckte mit den Schultern, als wäre es ihr egal, was das Mädchen von ihrem Vorschlag hielt. „Okay. Ich dachte, wir könnten nach oben gehen, denn manchmal kann man von dort aus Stormy sehen. Aber wenn du nicht willst ...“

Becky bekam plötzlich auch noch Schluckauf. Sie starrte Gwen an und schien sich nicht entscheiden zu können, ob sie lieber weinen oder sich etwas ‚Cooles' anschauen wollte. „Wer ist Stormy?", fragte sie nach kurzem Zögern.

Gwen sah verstohlenen zu den Erwachsenen hinüber, als würde sie nicht wollen, dass die sie hörten. „Eine Seeschlange", flüsterte sie hinter vorgehaltener Hand. „Sag bloß, du hast noch nie von ihr gehört. Wenn die Sonne untergeht, taucht sie manchmal auf und spielt in der Bucht."

Becky schaute aus dem Fenster. „Die Sonne geht gerade unter", erwiderte sie mit großen Augen.

Gwen nickte dramatisch. „Ich weiß."

Das kleine Mädchen wischte sich die Tränen aus den Augen und stand auf. Kekskrümel rieselten zu Boden. „Ich will sie sehen", sagte sie.

Gwens Blick traf sich mit dem von Beckys Vater. Er nickte lächelnd, und seine Lippen formten ein stummes ‚Danke', bevor er seinen Pinsel wieder in den Farbeimer tauchte. Gwen ließ sich nicht anmerken, was sie von ihm hielt – warum hatten Leute Kinder, wenn sie sich nicht mit ihnen beschäftigen wollten?

Becky zupfte an ihrem Ärmel. „Aber ich will nicht, dass du mich trägst", warnte sie trotzig.

Gwen streckte die Hand aus. „Das ist sehr gut, denn warum sollte ich das auch tun? Du bist kein Baby mehr, oder?"

Zufrieden nahm das kleine Mädchen Gwens Hand und stapfte mit ihr die Treppe zum Leuchtturm hinauf, wobei es ungefähr alle zehn Sekunden eine neue Frage stellte. Wie sah Stormy aus? Wie alt war sie? War sie lieb oder böse? Konnte sie sprechen? Was aß sie? Hatte sie ältere Brüder und Schwestern?

Als sie oben ankamen, war Stormy zwei Meter lang und smaragdgrün mit saphirblauen Augen. Sie trug eine Großmutterbrille und eine pinkfarben geblümte Badekappe. Sie war hundert Jahre alt – also unter Seeschlangen noch ein Kind. Sie liebte Wassermelonen und Schokoladenkekse und hatte achtzehn ältere Brüder. Mitfühlend verdrehte Becky die Augen angesichts eines so traurigen Schicksals.

Fünfzehn Minuten später erzählte Gwen ihr gerade, wie Stormy ihre Familie vor dem bösen Anführer der Teufelsrochen gerettet hatte, als Beckys acht Jahre alter Bruder Tommy sich zu ihnen setzte. Wenig später kamen auch die zehnjährigen Jared-Zwillinge nach oben. Inzwischen war Stormy von Piraten gefangen worden, und alle Kinder drängten sich um die riesige Linse des Leuchtfeuers und lauschten gebannt.

Bald standen die vier Jared-Enkel am Fenster und hielten nach der pinkfarbenen Badekappe Ausschau, während Gwen ihnen erzählte, wie ein Tornado Stormy hoch in den Himmel gesogen, um die Welt getragen und in den Indischen Ozean fallen gelassen hatte.

Nach ein paar Minuten bemerkte Gwen, dass noch jemand in der Tür stand. Verwirrt hob sie den Kopf. Die Jareds hatten doch nur vier Kinder …

Es war Travis. Und er lächelte. Offenbar hatte er bereits eine ganze Weile zugehört. „Hallo", sagte er. „Tom Jared schickt mich. Ich soll nachsehen, ob ein schreckliches Ungeheuer seine Kinder entführt hat. Offenbar sind sie eins nach dem anderen nach oben gegangen, und nicht eins von ihnen ward seitdem wieder gesehen."

„Es ist kein schreckliches Ungeheuer!", protestierte Becky. „Es ist Stormy, die Superseeschlange!"

„Ach so." Travis nickte. „Ich schätze, da wird dein Vater aber erleichtert sein. Vielleicht solltet ihr wieder nach unten gehen. Er macht sich nämlich sehr große Sorgen um euch."

Schuldbewusst schoben die Zwillinge ihre Geschwister zur Treppe. Becky wehrte sich am längsten, und als sie Kinder endlich die Wendeltreppe hinabstiegen, hörte Gwen, wie das kleine Mädchen wieder zu weinen begann.

Noch immer lächelnd stellte Travis sich zu Gwen ans Fenster. „Ich staune. Wie machen Sie das? Die Kinder haben jedes Wort verschlungen."

Sie zuckte mit den Schultern. „Jeder mag eine gute Seeschlangengeschichte."

Er lachte. „Sicher. Aber trotzdem – die Kinder waren den ganzen Tag lang die reinsten Plagegeister. Aber Ihnen haben sie praktisch aus der Hand gefressen."

„Unsinn", wehrte Gwen verlegen ab und stieß ihn mit der Hüfte an. „Sie wollen sich nur bei mir einschmeicheln, damit ich Sie auf meinem Motorrad mitnehme."

Er hob die Hände. „Niemals, Stormy. Ich bin nicht gut genug versichert, um mein Leben einer Verrückten anzuvertrauen."

Sie hätte protestieren können, aber sie tat es nicht. Jetzt, da die Kinder fort waren, spürte sie ihre Erschöpfung wieder. Kein Wunder. Sie hatte den ganzen Tag hart gearbeitet, was nicht sehr oft vorkam.

Travis ließ das Thema Motorrad ebenfalls ruhen, und mehrere Minuten lang standen sie zusammen am Fenster und schauten aufs Meer hinaus. Die untergehende Sonne tauchte das Wasser in rötliches Licht. Am Himmel funkelten die ersten Sterne, und im Osten erhob sich der Mond über dem Horizont.

Gwen fand, dass Travis auch müde aussah. Gesicht und Arme waren tief gebräunt, das blonde Haar stellenweise von der Sonne fast weiß gebleicht. Leise stöhnend stützte er die Ellbogen auf die Fensterbank, als würde ihm der Rücken wehtun.

Sein Po war wirklich süß. Gwen seufzte, als ihr bewusst wurde, dass sie zum Flirten einfach zu müde war. Aber das war okay. Es tat gut, mit Travis nach vorbeischwimmenden Seeschlangen Ausschau zu halten.

„Aber im Ernst, Gwen“, begann er nach einer Weile. „Sie können wirklich gut mit Kindern umgehen. Geradezu erstaunlich. Sie sollten Lehrerin oder so etwas werden.“

Gwen starrte auf die Sterne, die immer heller wurden, während der Himmel sich verdunkelte. „Die Idee hatte ich auch einmal, als ich auf dem College anfing“, gestand sie und bereute es sofort. Was redete sie da? Sie würde nicht Lehrerin werden. Ihr Vater hatte laut gelacht, als sie ihm von ihrem Berufswunsch erzählte. Dann hatte seine Miene sich schlagartig verfinstert, als ihm klar wurde, dass sie es ernst meinte.

„Lehrerin? Du meine Güte, Gwen, was für ein absurder Gedanke. Hast du eine Ahnung, wie wenig Lehrer verdienen?“, hatte er entsetzt gefragt. „Du glaubst doch wohl nicht, dass ich meine Tochter aufgezogen habe, damit sie für ein Taschengeld arbeitet.“

Nachdenklich sah Travis sie an. „Und? Warum sind Sie es nicht geworden?“

„Ich bin vom College geflogen. Außerdem hat mein Dad keinen Zweifel daran gelassen, dass die Familienehre der Morgans eine kleine Lehrerin in ihren Reihen nicht überleben würde."

Er wirkte erstaunt. „Es ist doch nicht das Leben Ihres Dads, oder?"

Gwen lachte ein wenig gequält. „Nein, aber sein Name stand auf den Schecks für die Studiengebühren, also ..." Sie zuckte mit den Schultern.

Zwischen seinen Augenbrauen bildete sich eine Falte. „Aber ..." Er zögerte. „Ihr Dad ist doch schon lange nicht mehr da. Ich meine, Adam hat mir erzählt, dass Ihr Dad vor fünf Jahren gestorben ist, und ..."

Sie seufzte. „Lassen Sie's gut sein, Travis. Machen Sie nicht mehr daraus, als es ist." Sie fragte sich, warum sie plötzlich so verärgert klang. „Ich habe mal daran gedacht, das ist alles. Ich wollte aber auch mal Astronautin und Striptease-Tänzerin werden. Und sehen Sie mich etwa im Stringtanga mit Glitzerschmuck an den Brüsten?"

Travis schien ihr die scharfe Antwort nicht übel zu nehmen. „Nein, Ma'am, das tue ich wohl nicht." Er lächelte. „Aber ich würde es gern einmal."

Du meine Güte, dachte sie, er ist wirklich süß. Lachend schlug sie ihm auf den Arm. „Vorsichtig, Buddy. Sie finden also, ich sollte Lehrerin werden? Ihnen würde ich nur zu gern ein oder zwei Dinge beibringen."

Mit gespielter Angst zog er den Kopf ein und griff

freundschaftlich nach ihrer Hand, um sie zur Treppe zu führen. „Gehen wir, Stormy. Ich bin völlig fertig und brauche dringend eine Dusche."

„Ja, Sir, das tun Sie", stimmte sie ihm zu, und er drückte ihre Hand. Hätte ich einen Bruder, dachte Gwen, müsste er so sein wie Travis. Ein bisschen Hänseln, ein paar Ratschläge und sehr viel Zuneigung ...

Hatte er recht, was den Lehrerberuf anging? Vielleicht. Es gab nicht viel, das sie auf dieser kaputten Welt mochte, aber Kinder gehörten auf jeden Fall dazu. Wenn ihr Leben sich ganz anders entwickelt hätte, wäre sie möglicherweise eine verdammt gute Lehrerin geworden.

Aber das spielte jetzt keine Rolle mehr. Es war zu spät dazu. Das Boston College war nicht an einer dreiundzwanzigjährigen Versagerin mit einem miserablen Notendurchschnitt und fehlender Selbstdisziplin interessiert.

Daran konnte selbst Stormy, die Superseeschlange nichts ändern.

Als Lacy erwachte, fühlte sie sich wunderbar. Das war eine Überraschung, denn beim Zubettgehen hatte sie sich noch elend gefühlt – mit Muskelkater von der Arbeit am Leuchtturm, einem Sonnenbrand und einem schlechten Gewissen, weil sie Adam gegenüber völlig die Beherrschung verloren hatte, noch dazu in der Öffentlichkeit.

Was hatte sie sich nur dabei gedacht? Wenn sie nun jemand gesehen hätte, wie sie ihn ohrfeigte … Pringle Island war klein, jeder kannte jeden, und meistens dauerte es keine vierundzwanzig Stunden, bis sich etwas so Skandalöses herumsprach. Sie würde den Tag damit verbringen müssen, den Schaden einzudämmen, den sie ihrem Ruf zugefügt hatte. Aber anders, als sie erwartet hatte, graute ihr nicht davor. Ganz im Gegenteil. Irgendwie hatte es ihr gutgetan, ihren Gefühlen freien Lauf zu lassen – offenbar hatten die Psycho-Ratgeber recht.

Sie hatte gut geschlafen. Und ungewöhnlich lange. Bevor sie kurz darauf in die Küche ging, schaltete sie das Radio ein. Es war auf einen Klassiksender eingestellt, aber heute war ihr mehr nach Soul. Sie frühstückte sonst nie, doch heute machte sie sich einen großen Obstsalat, fütterte Hamlet mit Käse und ging die Samstagspost durch.

Aus dem Lautsprecher kam ‚Stuck On You' von Lionel Ritchie, und Lacy summte fröhlich mit, während sie die Werbesendungen aussortierte.

„Lacy?“

Sie hob den Kopf. Gwen stand in der Tür zum Frühstücksraum und sah sie verwirrt an.

„Guten Morgen", sagte Lacy höflich. „Bist du hungrig? Ich habe jede Menge Obst."

Gwen antwortete nicht sofort, sondern zog den Gürtel ihres Bademantels fester zu. „Das sehe ich. Was …" Sie schüttelte den Kopf, als glaubte sie zu träumen. „Was tust du?"

Lacy zeigte auf die Briefe und Rechnungen. „Ich gehe die Post durch und frühstücke."

Aber das hatte Gwen nicht gemeint, und sie wussten es beide. Sie zeigte mit dem Kopf zum Wohnzimmer hinüber, wo im Radio gerade ein alter Song von Aretha Franklin gespielt wurde. „Ich meine, was hörst du für Musik? Das ist doch gar nicht dein Geschmack."

„Was ist denn mein Geschmack?"

Gwen schnaubte abfällig. „Du weißt schon. Beethovens Schlaftablettensonate."

Woher willst du das wissen, Gwen? Fast hätte sie die Frage laut ausgesprochen. *Du bist doch fast nie hier.* Aber Lacy biss sich auf die Zunge, denn sie wollte sich diesen herrlichen Morgen nicht durch einen Streit mit ihrer Stieftochter verderben. Außerdem hatte Gwen ja recht. Lacy konnte sich nicht erinnern, wann sie das letzte Mal den Sender verstellt hatte.

„Ich schätze, mir war einfach nach etwas anderem zumute." Sie wandte sich wieder der Post zu. „Aber ich muss bald zur Arbeit, also wenn du etwas anderes hören möchtest, such ruhig einen anderen Sender."

„Nein." Gähnend schlurfte Gwen in den Raum und nahm sich ein kleines Stück Mandarine. „Ist schon okay." Sie ging an den Kühlschrank. „Mir ist nach einem Glas Milch. Willst du auch eins?"

Erstaunt sah Lacy ihre Stieftochter an. Was war los? Gwen hatte ihr noch nie etwas angeboten. Warum war sie nach den langen Jahren der Feindseligkeit ausgerechnet heute so sanftmütig gestimmt? Vielleicht war dies der erste Schritt zu ... Lacy wagte nicht, an so etwas wie Freundschaft zu denken. Die Hoffnung, für Gwen so etwas wie eine Freundin zu werden, hatte sie längst aufgegeben. Aber vorhin, als sie aufgewacht war, hatte sie sich anders als sonst gefühlt. Es war, als würde sich um sie herum – und in ihr – einiges ändern.

Gestern, bei Adam, war sie ehrlich gewesen und hatte ihren Zorn nicht unterdrückt, sondern herausgelassen. Das hatte ihr Angst gemacht, aber zugleich war es auch ein gutes ermutigendes Gefühl gewesen. Vielleicht sollte sie einfach riskieren, auch zu Gwen ehrlich zu sein. Vielleicht sollte sie zugeben, dass sie so manches Mal, wenn schon nicht auf Freundschaft, so doch wenigstens auf einen Waffenstillstand zwischen ihnen beiden gehofft hatte.

„Ich liebe Milch", verkündete Gwen, während sie

sich ein großes Glas eingoss. „Sie haben mir vor vier Tagen den Strom in meiner Wohnung abgestellt."

Lacys aufkeimende Hoffnung zerstob von einer Sekunde zur nächsten. Natürlich. Wie hatte sie nur so naiv sein können? Zum Glück hatte sie den Mund gehalten und nichts von Freundschaft, einem Waffenstillstand oder anderen heimlichen Wünschen gesagt. Gwen war nicht nach unten gekommen, um nett zu ihr zu sein. Sie war so früh aufgestanden, um einen Vorschuss zu verlangen.

Und dieses harmlose Gespräch war nur ein Vorgeplänkel, das sie versöhnlich stimmen sollte. Denn beim letzten Mal hatte Lacy ihr deutlich gesagt, dass sie keinen weiteren Vorschuss bekommen würde – und Gwen wusste, dass Lacy es ernst meinte. Gwen war nicht dumm. Wild, rebellisch und permanent in Geldnot, aber ganz sicher nicht dumm.

Lacy und sah auf die Uhr. Hoffentlich kam Gwen schnell auf den Punkt. In fünfundzwanzig Minuten musste sie einige VIPs durchs Krankenhaus führen.

Gwen stellte das Glas auf den Tresen und setzte sich auf einen der Hocker auf der anderen Seite. „Also …", begann sie betont beiläufig. „Ich schätze, du kannst dir denken, warum ich nach Hause gekommen bin."

Ohne aufzusehen, beförderte Lacy einen Prospekt in den Papierkorb. „Ich habe mir schon gedacht, dass du nicht hier bist, um etwas Zeit mit deiner Familie zu verbringen."

Gwen gab ein wenig freundliches Geräusch von sich. „Familie?" Sie trank, wischte sich den Mund mit dem Handrücken ab und schmunzelte geringschätzig. „So nennst du uns? Eine Familie? Dabei sind wir eher wie zwei bemitleidenswerte Haustiere, die mein Vater in diesen goldenen Käfig gesperrt hat."

„Gesperrt?" Lacy lächelte. „Findest du das nicht etwas übertrieben? Du kannst doch gehen, wann immer du willst."

„Ha!" Gwen lutschte an ihrem Mandarinenstück, und der Saft rann ihr über die Finger. Malcolm hatte ihre Tischmanieren gehasst. Einmal, vor vielen Jahren, hatte Lacy sie in Schutz genommen und darauf bestanden, dass die Ungeschicklichkeit ihrer Stieftochter einen gewissen Charme besaß.

„Sicher, ich kann gehen", sagte Gwen und leckte sich den Saft von den Fingern, als würde sie ihren Vater noch immer ärgern wollen. „Aber dazu brauche ich Geld. Welches ich nicht habe. Und da du mein Erbe verwaltest, dachte ich, du könntest mir vielleicht aushelfen."

Ein Dutzend Fragen schoss Lacy durch den Kopf. Zum Beispiel die, wo Gwens Geld für diesen Monat geblieben war. Warum sie sich nicht einen Job suchte, um ihren Lebensstil mitzufinanzieren. Warum sie sich nicht ein wenig einschränkte, wenn ihr Einkommen nicht ausreichte. Wenn Gwen so weitermachte, würde sie ihr Erbe wohl spätestens mit dreißig aufgebraucht haben.

Aber all diese Fragen hatte sie seit Malcolms Tod schon oft gestellt und nie eine Antwort bekommen. Gwen war immer nur wütend geworden, hatte sich jede Einmischung in ihr Privatleben verbeten und Lacy die Hölle heißgemacht, bis sie ihr schließlich einen Scheck ausschrieb, nur um den Frieden wiederherzustellen.

Aber genug war genug. Malcolm hatte sein Testament absichtlich so formuliert, weil er wollte, dass Gwen möglichst lange etwas von ihrem Erbe hatte. Lacys Anlageberater hatte sie schon mehrfach davor gewarnt, zusätzliche Schecks auszuschreiben – weil Gwen sonst mit dreißig Jahren keinen Cent mehr besitzen würde.

Lacy hatte sich geschworen, beim nächsten Mal hart zu bleiben.

„Also? Was ist, Gefängniswärterin? Lässt du mich frei? Schreibst du mir einen Scheck, damit du mich loswirst? Damit wir beide Ruhe voreinander haben?"

Lacy legte die letzte Rechnung auf den dafür vorgesehenen Stapel, schob ihn mit den Händen zurecht und sah ihre Stieftochter an. „Nein, das werde ich nicht tun“, sagte sie so ruhig, wie sie konnte.

„Was?“ Gwen verengte die Augen. „Das ist doch verrückt. Du kannst nicht wollen, dass ich hier herumhänge!“

„Es ist auch dein Haus“, erwiderte Lacy, ohne laut zu werden. „Du kannst so lange bleiben, wie du willst. Du bist hier willkommen.“

„Aber ich will nicht bleiben.“ Gwen schob ihr Glas so unsanft über den Tresen, dass es klirrend gegen die Kristallschüssel mit dem Obst stieß und Milch über den Rand schwappte. „Und das weißt du verdammt genau.“

„Gwen.“ Lacy stand auf, um die Milch mit einem Papiertuch aufzuwischen. Im Wohnzimmer sangen die Supremes über ‚Baby Love‘, aber Lacy ging die Musik nur noch auf die Nerven. Ihre gute Laune war längst verflogen. „Ich muss zur Arbeit. Wir können später darüber reden, aber ich sage dir jetzt schon, dass du in diesem Monat keinen Vorschuss bekommst.“

„Verdammt, Lacy, du kannst mir das nicht ...“

Lacy holte tief Luft. „Es sind nur zwei Wochen bis zu deinem nächsten Scheck, Gwen. Vielleicht solltest du die Zeit nutzen, um dir ein paar Gedanken zu machen. Über deine Ausgaben, zum Beispiel. Oder darüber, was du aus deinem Leben machen willst.“

Gwen musterte Lacy von Kopf bis Fuß. Ihr Blick war geringschätzig. „Ich weiß genau, was ich aus meinem Leben machen will, liebe Stiefmutter. Nämlich ganz bestimmt nicht diese gefühllose Roboterexistenz, die du und mein Vater als Leben bezeichnet habt."

Lacy hob das Kinn. „Das steht dir frei. Aber wenn du dazu Bargeld brauchst, wirst du zwei Wochen warten müssen."

Mit einem zornigen Laut sprang Gwen auf und stellte sich vor sie. „Mein Gott, was bist du nur für ein Mensch! Nein, du bist gar kein Mensch, sondern eine Maschine, weißt du das?" Trotzig warf sie das Haar über die Schulter. In ihren Augen schimmerten Tränen. „Ich bin vielleicht pleite, aber ich bin wenigstens lebendig. Und ich will verdammt sein, bevor ich jemals eine so frigide Hexe wie du werde."

Mit einem letzten gemurmelten Fluch stürmte sie hinaus. Auf dem Weg durchs Wohnzimmer brachte sie die Hi-Fi-Anlage zum Verstummen. Dumpf und feindselig dröhnten ihre Schritte auf der Treppe nach oben. Dann herrschte Stille.

Nur das hohle Ticken der Küchenuhr war zu hören. Ein einsames steriles Geräusch.

Lacy biss die Zähne zusammen. Sie hatte Gwens Beleidigungen schon so oft gehört. Sogar gestern noch, von Adam Kendall.

Aber sie trafen sie nicht, hatten keine Macht über sie.

Blinzelnd straffte sie die Schultern, trug ihren Kaffeebecher zum Becken, wusch ihn aus und stellte ihn so vorsichtig in den Geschirrspüler, wie Malcolm es ihr beigebracht hatte.

Eine Maschine. Ja. Frigide. Ja. Und es machte ihr nichts aus. Nichts.

Sie stand am Fenster und starrte hinaus, ohne etwas zu sehen. Und da wurde ihr plötzlich bewusst, dass es ihr doch etwas ausmachte.

Adam hatte bereits zwei Scotch intus, aber er spielte ernsthaft mit dem Gedanken, sich einen dritten zu genehmigen.

Er winkte der blonden Schönheit, die das Dutzend Golfspieler bediente, die in der Bar des Cartwright Hotels saßen und über ihren Tag auf dem Grün sprachen. Er tippte gegen sein leeres Glas, und sie nickte ihm strahlend zu, als hätte er etwas besonders Intelligentes getan.

Schlaue Lady, dachte Adam trocken. Ihr Lächeln war Balsam für verletzte Männerseelen. Vermutlich nahm sie in einem Monat mehr Trinkgeld ein als ihre Kolleginnen in einem ganzen Jahr.

„Weißt du, Kumpel, dich zu betrinken macht die Sache nicht besser." Travis lehnte sich zurück und setzte eine triumphierende Miene auf. „Ich habe dich gerade beim Golf geschlagen, und du wirst damit weiterleben müssen."

„Na los, koste deinen Sieg ruhig aus", erwiderte Adam. „Es wird nicht mehr viele für dich geben, wenn du nicht aufhörst, dein Eisen Neun mit einem solchen Schnitt zu spielen."

Travis schnaubte nur, setzte sein viertes Bier an und leerte es mit einem einzigen Schluck. „Das hoffst du wohl."

Adam schmunzelte. Dieses Gespräch hatten Travis und er in den letzten Jahren schon oft geführt – seit sie damals in der Karibik zum ersten Mal auf einem mit Unkraut übersäten Golfplatz unbeholfen die Schläger geschwungen und überlegt hatten, wie sie ihr schwer verdientes Geld anlegen sollten. Als ihre Investitionen sich endlich auszuzahlen begannen, war ihre Technik besser, und sie konnten es sich leisten, an jedem Samstagvormittag im Country Club zu spielen.

Adam erinnerte sich noch genau an den Tag vor etwa drei Jahren, an dem sie feststellten, dass ihr Geld sich selbst verdiente. Sie hatten es kaum glauben können. Seitdem hätten sie, wenn sie gewollt hätten, täglich auf den Golfplatz gehen können. Es war ein berauschender Moment gewesen, und sie hatten beide laut lachen müssen, so unfassbar war es ihnen erschienen.

Das war auch der Moment gewesen, in dem er gewusst hatte, dass er trotz allem eines Tages nach Pringle Island zurückkehren würde.

„Aber ich muss dir die Wahrheit sagen, Adam, auch wenn du sie nicht gerne hörst. Du warst heute mit deinen Gedanken nicht auf dem Platz, habe ich recht?" Travis beugte sich vor. „Es kam mir vor, als wärest du ganz woanders gewesen."

„Wo denn?", knurrte Adam unwirsch.

„Bei Lacy Morgan, zum Beispiel."

In diesem Moment servierte die Kellnerin Adams Drink. Sie ließ sich dabei mehr Zeit als nötig. Dankbar für die kurze Unterbrechung erwiderte er ihr freundliches Lächeln.

„Und?", fragte Travis ungeduldig, als sie fort war. „Erzählst du mir endlich, was passiert ist? Ich warte schon den ganzen Tag, aber du sagst kein Wort dazu. Sind die Gerüchte wahr?"

„Das bezweifle ich. Gerüchte sind selten wahr", entgegnete Adam. „Aber ich werde sie wohl kaum entkräften können, denn ich habe nicht die leiseste Ahnung, wovon du redest."

Sein Freund grinste. „Red nicht so geschwollen daher. Und deinen Sarkasmus kannst du dir auch sparen. Du bist nicht mit einem goldenen Löffel im Mund geboren worden. Dein Geld stammt nicht von Daddy und Mummy. Du bist mit einer Lötlampe in verkrustete Öltanks gestiegen, um sie zu reparieren. Du hast einen Job gemacht, für den alle anderen zu ängstlich waren."

„Oder zu schlau", warf Adam ein. Er schüttelte den Kopf. „Wir waren ganz schön dumm, was?"

„Ich war dumm", sagte Travis. „Du warst ehrgeizig. Du wolltest genug Geld verdienen, um mit Glanz und Gloria nach Hause zurückzukehren und die Frau zu heiraten, die du liebtest."

„Wie gesagt", Adam hob sein Glas, „wir waren dumm."

Travis stieß mit ihm an und verfiel dann in eine melancholische Träumerei. Ohne Zweifel durchlebte er noch einmal einige ihrer gefährlicheren Situationen in der Raffinerie. Und davon hatte es nicht wenige gegeben. Die Explosion, die unter Adams Auge die Narbe hinterlassen hatte, hätte Travis fast das linke Bein gekostet.

„Hast du dich hier nach ein paar geeigneten Objekten umgesehen?", fragte Adam, um das Thema zu wechseln, bevor sein Freund nostalgisch und damit hoffnungslos langweilig wurde. Er schob ihm die Erdnüsse hin. „Oder hast du die ganze Zeit auf dem Golfplatz verbracht und vergeblich versucht, dir diesen üblen Slice abzugewöhnen?“

Wie immer schüttelte Travis seine Trübsal mühelos ab. Was Immobilien anging, war er ein Genie. Alle paar Jahre verdoppelte er sein Vermögen, indem er alte Häuser und Grundstücke kaufte und wieder verkaufte. Seine Fähigkeiten auf diesem Gebiet waren auch der offizielle Grund dafür, dass er Adam nach Pringle Island begleitet hatte. Er sollte ihm bei der Suche nach einem neuen Domizil helfen – aber sie wussten beide, dass er für ein gutes Golfmatch überallhin reisen würde.

„Sehr witzig“, brummte Travis. „Ja, ich habe mich umgesehen, aber ich kann dir nicht empfehlen, etwas zu kaufen. Diese Insulaner halten ihre Häuser für Prunkstücke. Man könnte meinen, die Erde in ihren Gärten wäre Goldstaub. Außerdem sind die meisten Objekte seit der Eiszeit im Familienbesitz. Die Preise hier sind doppelt so hoch, wie sie sein dürften.“

„Nur doppelt so hoch?“ Adam zog eine Augenbraue hoch und imitierte Biff, seinen alten Erzfeind aus Schülertagen – ein Junge, dessen Geld selbst jetzt noch ausschließlich von Mummy stammte. „Und wenn schon. Ich kann sie mir leisten.“

Travis stöhnte auf. „Ich hasse es, wenn du das tust. Aber ja, natürlich kannst du das. Ich sage nur, du solltest es nicht. Es wäre keine sehr vernünftige Investition. Die Preise hier sind genauso aufgeblasen wie die Leute."

„Trotzdem ..." Adam rieb sich das Kinn.

„Ich dachte, du hättest es dir anders überlegt. Nach dem, was am Leuchtturm passiert ist." Travis runzelte die Stirn. „He, du hast mir noch immer nichts erzählt. Ist es denn nun passiert oder nicht?"

„Ich wusste, dass du es nicht vergisst." Adam seufzte. „Okay, erzähl mir, was du gehört hast, und ich sage dir, ob es stimmt."

Travis wirkte plötzlich ein wenig verlegen und spielte mit seiner leeren Bierflasche. „Ich habe gehört, dass du und Lacy eine ..." Er hob den Kopf. „Wie heißt das richtige Wort? Wie nennen die Snobs so etwas?"

Adam lächelte. „Eine Konfrontation?"

„Genau. So etwas. Ihr habt euch gestritten. Draußen am Leuchtturm." Er beugte sich vor und hätte fast die Flasche umgestoßen. Die hübsche Kellnerin sah besorgt herüber. „Ich habe gehört, dass sie verdammt sauer war und dir eine Ohrfeige verpasst hat."

„Stimmt." Gelassen nippte Adam am Scotch. „Das hat sie."

Sein Freund lehnte sich zurück und stieß die Luft geräuschvoll aus. „Mann, das tut mir leid. Wirklich. Ich weiß, du dachtest ... dass sie ... dass du und sie ..." Er zuckte mit den Schultern, als wäre ihm gerade bewusst geworden, dass dies das einzige Thema war, über das sie sonst nie sprachen. „Na ja, du weißt, was ich meine. Tut mir leid."

„Muss es nicht."

„Warum nicht?", fragte Travis verblüfft.

„Weil die Ohrfeige das ermutigendste Zeichen war, das sie mir gegeben hat, seit ich hier bin."

„Ermutigend? Spinnst du? Die Frau hat dich ins Gesicht geschlagen. Wenn das ermutigend ist, was braucht es, um dich zu entmutigen?"

„Gleichgültigkeit. Apathie." Adam ließ sich Zeit. Nach vier Bieren war sein Freund immer etwas schwerfällig. „Bei Frauen ist Feuer immer besser als Eis."

Travis nickte bedächtig, als er begriff, was Adam meinte. „Oh. Oh ja. Ich verstehe." Seufzend rieb er sich das Gesicht, als würde das Nachdenken ihn anstrengen. „Okay, du hast also ein Feuer gelegt. Und was jetzt?"

Lächelnd stand Adam auf und warf ein großzügiges Trinkgeld auf den Tisch.

„Ganz einfach", sagte er. „Jetzt werde ich mir ein Haus kaufen."

8. KAPITEL

An einem Samstagmorgen im Sommer gab es spätestens um acht Uhr im weiten Umkreis des Bauernmarkts keinen einzigen freien Parkplatz mehr. Heute, da Lacys lang geplante Inseltour für Feinschmecker stattfinden sollte, war es sogar noch schlimmer. Denn jeder, der dazu einen Beitrag leisten wollte, war unterwegs, um frische Zutaten einzukaufen.

Also stellte Lacy ihren Wagen gleich am Anfang der Hauptstraße ab und ging zu Fuß weiter. Das tat sie gern, vor allem am frühen Morgen, wenn die Luft nach Salz roch und die Autos der Touristen die Meeresbrandung noch nicht übertönten.

Es würde ein schöner Tag werden – heiß, aber mit einer erfrischenden Brise. Lacy hoffte, dass das Wetter sich halten würde, denn die Tour sollte quer über die Insel führen und am Abend am Strand enden, wo die Gäste auf Decken sitzen und Cocktails trinken würden, während einheimische Musiker in den Dünen romantische Musik spielten.

Wie sie erwartet hatte, herrschte auf dem Markt bereits gewaltiger Trubel. Mildred Pritchett und Elspeth Jared standen sich bei den frischen Gewürzen gegenüber wie zwei Revolverhelden vor dem Duell. An einem anderen Stand stopften die drei Ehefrauen der

Pringle-Brüder Melonen und Zitronen in ihre Taschen, als wären es die Allerletzten in diesem Jahr.

Tilly war auch schon da, obwohl sie das Obst, das sie für ihre Blätterteigpasteten benötigte, längst besorgt hatte. Sie brauchte nichts mehr vom Markt, sondern war gekommen, weil sie ihn so aufregend fand.

Als Lacy sie erreichte, feilschte Tilly gerade mit einem Händler um einige Birnen. Es war ein vertrauter Anblick – ihre Freundinnen taten, als würden sie sie nicht kennen, nur ein paar Touristen waren neugierig stehen geblieben. Hartnäckig versuchte Tilly, den Preis zu drücken. Sie kämpfte um jeden Cent, und keiner der Fremden wäre auf die Idee gekommen, dass sie zu den reichsten Frauen der Insel gehörte.

„Schon gut", sagte Lacy und hakte sich bei ihr ein. „Sie nimmt die Birnen und zahlt den vollen Preis."

„Tue ich nicht", protestierte Tilly. „Er verlangt einen Dollar neunzig, und ich …"

„Sie nimmt sie", wiederholte Lacy und drückte Tillys Arm. „Lass den armen Mann in Ruhe", befahl sie streng. „Für dich ist es nur ein Spaß, aber er muss davon leben."

Tilly zögerte. Erst machte sie ein trotziges Gesicht, doch dann legte sie den Kopf in den Nacken und lachte schallend, bis ihre Perücke zu Boden segelte. Als wäre nichts Ungewöhnliches geschehen, bückte sie sich danach und setzte sie wieder auf.

„Sie hat ja recht, sie hat ja recht“, sagte sie zu dem Händler, bevor sie ihm die Tüte mit den Birnen abnahm und ihm sein Geld gab. „Ich feilsche für mein Leben gern. Sie sollten mich mal auf einem marokkanischen Basar erleben.“

„Bloß nicht“, sagte der Mann mürrisch.

Bevor Tilly etwas erwidern konnte, führte Lacy sie in ein nahe gelegenes Café. „Setz dich“, befahl sie und zeigte auf die schwarzen gusseisernen Stühle. „Ich wette um den Preis deiner Birnen, dass du heute Morgen nicht gefrühstückt hast.“

Tillys schuldbewusstes Gesicht wirkte fast komisch. Aber Lacy unterdrückte ein Lachen und bestellte Rührei mit Toast, während ihre Freundin etwas von Waffeln und Schokoladen-Croissants murmelte.

Bald ließ sich Tilly von der fröhlichen Stimmung um sie herum anstecken. Unschwer war zu erkennen, dass die Touristensaison ihren Höhepunkt erreicht hatte. Die malerische Hauptstraße war voller Menschen. Maler verkauften ihre Bilder, Jugendliche sausten auf Skateboards umher, und auf dem Bürgersteig hatten drei Straßenmusiker eine provisorische Bühne errichtet. Mit nur einer Gitarre, einem Keyboard und einem Tamburin spielten sie jeden Song der Beach Boys, den sie kannten. Viele Marktbesucher umringten sie, und einige Paare tanzten sogar. Innerhalb der nächsten fünfzehn Minuten kamen viele von Tillys Freunden vorbei, und es machte ihr großen Spaß, jedem zu erzählen, wie herzlos Lacy war, dass sie ihr nicht einmal mehr das Vergnügen gönnte, mit einem Händler zu feilschen.

Mit einem Anflug von Neid sah Lacy nach draußen. Malcolm hätte es würdelos gefunden, auf der Straße zu tanzen. Aber er wäre der Einzige gewesen. Die Zuschauer lachten, klatschen und sangen vergnügt den Text mit.

Ein weiteres Paar begann zu tanzen. Lacy erstarrte. Es waren Gwen in einem neonfarbenen Sommerkleid, orange mit einem zitronengelben Tuch, und Adams Freund Travis, dessen buntes Hawaii-Shirt ebenso exotisch war. Die beiden sehen einfach großartig aus, dachte Lacy – voller Leben und ungemein sexy.

Malcolm wäre entsetzt gewesen. Seine Tochter stellte sich in der Öffentlichkeit zur Schau und machte sich zum Gespött der Leute! So und nicht anders hätte er es gesehen. Aber er hätte sich geirrt. Gründlich. Wie so oft.

„Was ist denn, Lacy?“ Tilly legte ihre Hand auf Lacys Ellbogen. „Dass du herzlos bist, war natürlich nur ein Scherz, das weißt du doch?“

Lacy lächelte. „Ja, ich weiß.“

Tilly musterte sie. „Trotzdem. Irgendetwas stimmt

doch nicht. Was ist los, Honey?“

Lacy faltete ihre Serviette mehrfach, bevor sie antwortete. Sie sprach nie über ihre Gefühle, aber sie brauchte jemanden, mit dem sie reden konnte. Und Tilly war der einzige Mensch, bei dem sie es wagen konnte, ehrlich zu sein.

„Ich bin nicht sicher“, antwortete sie. „Es ist nur … ich bin in letzter Zeit … so nervös.“

„Nervös? Wegen heute Abend? Es wird ein voller Erfolg, Honey. Du wirst die Spenden bekommen, die noch fehlen, und die Neugeborenenstation wird gebaut werden, glaub mir.“

Lacy schüttelte den Kopf. „Nein, es geht nicht um heute Abend. Ich bin so verunsichert, Tilly. In jeder Hinsicht.“ Sie schaute zu den Tänzern hinüber, die lachend eine moderne Version des Twists tanzten. „Es ist, als hätte ich meine Gefühle nicht mehr im Griff. Erst bin ich überglücklich und eine Minute später am Boden zerstört. Du kennst mich, du weißt, dass ich nie die Beherrschung verliere, Tilly. Niemals. Aber am Leuchtturm …“ Sie verstummte.

„Hast du Adam Kendall geohrfeigt?“

Lacy seufzte. Also hatte man sie doch gesehen. „Du hast davon gehört, was?“

„Natürlich.“ Tilly lächelte. „Wir sind auf Pringle Island. Selbst der Typ, der uns dieses grauenhafte Rührei hier servierte, hat davon gehört.“

Errötend warf Lacy die Serviette auf den Tisch. „Oh nein …“

„Was ist denn daran so schlimm?“ Tilly nahm einen Schluck Kaffee. „Sie langweilen sich. So haben sie etwas zu reden.“

„Ich will aber nicht, dass sie über mich reden. Außerdem bin ich nicht so! Ich tue so etwas nicht. Ich verliere nicht die Beherrschung, ich ohrfeige niemanden …“

„Offenbar doch.“ Tilly schien sich darüber zu freuen. „Und sei ehrlich, Honey. Hatte Adam Kendall die Ohrfeige etwa nicht verdient?“

„Nein.“ Lacy schüttelte den Kopf. „Na ja, vielleicht doch. Ach, ich weiß es nicht.“ Hilflos sah sie ihre mütterliche Freundin an. „Du meine Güte, was rede ich nur für einen Unsinn? Was ist los mit mir, Tilly?“

Tillys Miene wurde sanft, und sie legte eine Hand an Lacys Wange. „Hab keine Angst, Lacy“, sagte sie. „Du wachst gerade auf. Da ist es ganz normal, dass man verwirrt ist.“

„Ich wache auf?“ Abrupt hob Lacy den Kopf. Tillys Worte waren irgendwie beunruhigend.

„Ja, Schneewittchen, du wachst auf.“ Tilly griff nach ihrer Hand. „Du hast lange geschlafen. Es war ein Heilschlaf. Und du brauchtest ihn. Du warst verletzt.

Zutiefst verletzt. Du hattest Adam verloren. Und das Baby …"

„Tilly, nicht." Lacy spürte, wie ihre Augen feucht wurden. Seit wann kamen ihr so schnell die Tränen? In den letzten zehn Jahren hatte sie nicht so viel geweint wie in den letzten Tagen.

„Es war alles sehr schwer für dich. Da ist es ganz natürlich, dass du dich abgekapselt hast, um Zeit zum Heilen zu haben. Aber vielleicht bist du jetzt stark genug, um aufzuwachen, dich aus deinem Kokon zu befreien und ein neues Leben zu beginnen."

Wie benommen starrte Lacy ihre Freundin an. „Und wenn ich das gar nicht will?" Sie drückte Tillys Hand. „Wenn ich lieber weiterschlafe?"

Tilly gab ihr einen mütterlichen Kuss auf die Wange. „Ich bezweifle, dass du das wirklich willst. Die Narkose lässt nach, und das Leben ruft. Jetzt solltest du ganz einfach aufstehen und antworten."

Plötzlich fiel ein Schatten auf ihren Tisch. Lacy brauchte nicht aufzusehen. Sie wusste, wer es war. Als sie Travis Rourke gesehen hatte, war ihr klar gewesen, dass Adam nicht weit sein konnte.

„Guten Morgen, Adam", sagte Tilly erfreut. Nichts an ihrem Tonfall verriet, was für ein ernstes Gespräch sie gerade mit Lacy geführt hatte. Sie klang vollkommen unbekümmert, fast jugendlich. „Gut, dass Sie kommen! Ja, Lacy möchte tanzen – also nehmen Sie sie mir bitte ab, damit ich mir endlich etwas Anständiges zu essen bestellen kann."

„Tilly!", rief Lacy empört und tastete unter dem Tisch nach dem Knie ihrer Freundin. Im Unterschied zu Tilly war sie nicht in der Lage, so schnell umzuschalten. Und hatten sie nicht gerade, indirekt jedenfalls, über Adam gesprochen? Darüber, wie sein Auftauchen ihre ruhige geordnete Existenz bedrohte? Sicher war es kein Zufall, dass ihr schmerzhaftes ‚Erwachen' mit Adams Rückkehr nach Pringle Island zusammenfiel.

„Morgen, Ladys." Adam schien ein Lächeln zu unterdrücken. „Tilly, den Gefallen würde ich Ihnen liebend gern tun. Aber ich fürchte, auf der Straße zu tanzen ist etwas, das man spontan tut – oder gar nicht."

„Na, dann tun Sie einfach so, als wäre es Ihre Idee gewesen", entgegnete Tilly. „Ich bin am Verhungern."

Gehorsam wandte er sich Lacy zu. „Ich weiß, es wird dich erstaunen, aber ich habe plötzlich das dringende Bedürfnis zu tanzen. Machst du mir die Freude?"

Was Lacy am meisten erstaunte, war die Tatsache, dass sie am liebsten Ja gesagt hätte.

Wie absurd! Genau das hatte sie vorhin gemeint. Wie wechselhaft konnte eine Frau denn noch sein? Vor weniger als einer Woche hatte sie den Mann in aller

Öffentlichkeit geohrfeigt, und jetzt wollte sie mit ihm tanzen? Das würde schizophren wirken. Nein, es war schizophren! Die Klatschtanten von Pringle Island würden ein Freudenfest feiern.

„Nein, ich glaube, das werde ich nicht tun", sagte sie. Sollte sie jemals einem solchen Impuls folgen, dann ganz sicher nicht mit Adam Kendall. „Aber danke."

„Herzlos, ich hab's doch gesagt", meinte Tilly laut und schüttelte enttäuscht den Kopf. „Nun ja, es war nett, dass Sie es versucht haben, Adam. Wenigstens hat sie Sie nicht geohrfeigt."

Lacy errötete und starrte Tilly an, um Adams Blick nicht begegnen zu müssen. Wie konnte ihre Freundin es wagen, ihren mehr als peinlichen Ausrutscher in seiner Gegenwart anzusprechen? Lacy hatte überlegt, ob sie sich bei Adam entschuldigen sollte, aber sie würde sich nicht von der gerissenen Tilly Barnhardt dazu zwingen lassen.

Er zog eine Braue hoch. „Noch nicht, aber der Tag ist noch jung."

„Lacy ist mit den Gedanken schon bei ihrer Feinschmecker-Tour, dem letzten großen Ereignis ihrer Spendenkampagne für das Krankenhaus", erklärte Tilly. „Sie haben sicher davon gehört. Die Teilnahme kostete fünfhundert Dollar pro Person, aber jetzt sind

Sie ja reich. Außerdem ist sie jeden Cent wert, denn nur dort bekommen Sie meine berühmten Blätterteigschwäne."

„Ich habe meine Karte schon", erwiderte er. „Jennifer Lansing hat mich überredet. Offenbar kommt man nur so an ihre berühmten Hühnchenbrüste."

Tilly schmunzelte. „Da wäre ich mir aber nicht so sicher, mein Junge", erwiderte sie mit einem anzüglichen Lächeln.

Es reicht, dachte Lacy und stand so ruckartig auf, dass sie Tillys Orangensaft umstieß. Der Saft bildete auf der weißen Tischdecke eine kleine Pfütze und tropfte von dort auf die Spitze ihres Tennisschuhs. Die neu erwachte Lacy schien ebenso tollpatschig wie ihre Stieftochter zu sein.

„Tilly, ich muss gehen", sagte sie und wischte die Pfütze mit ihrer Serviette auf. Dieser verdammte Kerl, dachte sie, obwohl sie beim besten Willen nicht wusste, wieso Adam an ihrem Missgeschick schuld war. „Ich habe noch viel zu erledigen."

Adams blaue Augen leuchteten in der Morgensonne. „Kann ich helfen?"

„Nein", lehnte sie ab, entsetzt darüber, wie sehr sein belustigter Blick ihr unter die Haut ging. „Ich … Es gibt noch so viel …"

„Um Himmels willen, dann geh. Adam wird mich

zum Wagen bringen." Tilly strich Lacy über den Arm und wandte sich mit einem unschuldigen Lächeln Adam zu. „Machen Sie sich keine Sorgen um Lacy. Sie ist ziemlich spät aufgewacht und hat eine Menge aufzuholen."

Mit dem Backhandschuh schob Lacy sich das Haar aus dem Gesicht und starrte betrübt auf das Blech mit den Keksen – mehrere Reihen perfekt geformter Fragezeichen, die sie vor zwanzig Minuten gemacht hatte. Und jedes Einzelne war verbrannt.

In Tillys hochmoderner Küche roch es nach verkohltem Teig. Lacy schaute auf die Uhr. Viertel vor sieben. In einer Stunde und fünfzehn Minuten müsste das Gebäck am Strand sein. Doch die Gäste der Feinschmecker-Tour würden wahrscheinlich vergeblich auf Tillys legendäre Blätterteigschwäne warten.

Denn es gab keine Schwäne, nur diese geschwärzten Schwanenhälse auf dem Backblech.

Angie, die jüngste der ehrenamtlichen Helferinnen aus dem Krankenhaus, kam schnüffelnd in die Küche.

„Mrs. Morgan?" Sie rümpfte die Nase. „Ich soll Ihnen von Mrs. Barnhardt sagen, dass der Ofen manchmal zu heiß wird."

Lacy brachte ein Lächeln zustande. „Ja, das habe ich gerade gemerkt."

Angie folgte ihrem Blick. „Oje. Ich werde Mrs. Barnhardt Bescheid sagen. Der Doktor ist gerade bei ihr, aber ..."

„Nein." Lacy schüttelte nachdrücklich den Kopf. „Ich möchte nicht, dass sie sich aufregt." Sie warf einen Blick auf die Uhr. Sechs Uhr achtundvierzig. „Es ist noch Zeit. Wenn ich genug Teig habe, fange ich noch einmal von vorn an." Sie kippte die verbrannten Schwanenhälse in eine Plastiktüte. „Hier. Würden Sie die in den Mülleimer werfen, bitte?"

Angie eilte davon, während Lacy den restlichen Teig aus dem Kühlschrank nahm. Zum Glück hatte Tilly ihn vorbereitet – Lacy hätte nicht gewagt, ihre eigenen bescheidenen Erzeugnisse als Tillys berühmte Spezialität auszugeben.

Sie versuchte, sich zu konzentrieren. Ihre Hände zitterten, als sie sich daran machte, neue Schwanenhälse zu formen. Sie wollte nicht in der Küche sein, sondern oben bei Tilly. Sie wollte hören, was der Arzt sagte. Stattdessen musste sie sich hier unten mit dem widerspenstigen Teig abmühen.

Oh Tilly, du trotziger alter Drache. Wie konntest du nur so etwas Dummes tun?

Früher am Nachmittag hatte Angie sie voller Panik auf dem Handy angerufen. Tilly war in Ohnmacht gefallen. Lacy hatte sofort geahnt, was geschehen war.

Und als ihre Freundin wieder zu sich kam, bestätigte sie Lacys Verdacht. Fest entschlossen, ihr Backwerk zu probieren, hatte Tilly sich eine Extradosis Insulin gespritzt und war kurz darauf in der Küche zusammengebrochen.

Das war jetzt zwei Stunden her. Der Doktor war sofort gekommen, und Tilly ging es schon besser. Aber sie war so schwach, dass Lacy vorschlug, die Blätterteigschwäne ausnahmsweise mal vom Bäcker zu holen. Tilly wollte nichts davon hören, also hatte Lacy sich bereit erklärt, das Gebäck an ihrer Stelle zuzubereiten.

Es fiel ihr schwer, sich zu konzentrieren. Sie benötigte drei Anläufe, um die Tülle an der Spritztüte zu befestigen. Bevor sie das Blech mit den neuen Hälsen in den Ofen schob, drehte sie die Hitze herunter. Dann wandte sie sich den Schwanenrümpfen zu, von denen hundert Stück ohne Köpfe auf der Arbeitsinsel in der Mitte der Küche warteten.

Flügel. Sie musste die Flügel machen. Lacy hatte erst ein Dutzend der kleinen Teigdreiecke fertig, als das scharfe Messer abrutschte und sie sich in die Fingerspitze schnitt.

„Autsch!“ Sie ließ das Messer fallen und betrachtete die Wunde. Der Schnitt war nicht lang, aber tief. Und er blutete heftig. Hastig nahm sie die Hand vom Schneidbrett, damit kein Blut auf die Schwäne tropfte.

Ohne den Ofen aus den Augen zu lassen, hielt sie den Finger unter den Wasserhahn. Sechs Minuten nach sieben. Was konnte noch alles schiefgehen?

„Mrs. Morgan?“ Angie stand schon wieder in der Tür und sah noch verwirrter aus als sonst. „Was soll ich tun? Ein Mr. Kendall ist hier. Er sagt, Mrs. Barnhardt hätte ihn angerufen und gebeten herzukommen. Aber Sie haben mir gesagt, dass Sie nicht gestört …“

„Ich bin nicht hier, um Mrs. Barnhardt zu sprechen“, verbesserte eine tiefe Stimme hinter Angies Schulter. „Ich bin hier, um Mrs. Morgan zu sprechen.“

„Oh.“ Angie trat zur Seite und strahlte Adam bewundernd an, als er an ihr vorbei in die Küche ging. Als er dann auch noch kurz ihre Schulter berührte und sie anlächelte, wurden ihre Augen noch größer.

„Danke“, sagte er. „Ich werde jetzt Mrs. Morgan helfen.“

Er war bereits zum Abendessen angezogen, aber das hinderte ihn nicht. Im Gehen zog er sich das Jackett aus, warf es über einen Küchenstuhl, lockerte die Krawatte und krempelte die blütenweißen Hemdsärmel auf.

Der dunkle Anzug war mindestens so edel wie die, die Malcolm stets getragen hatte. Maßgeschneidert, dachte Lacy. Und doch war der Effekt ein ganz anderer als bei ihrem verstorbenen Mann. Malcolm hatte sich in seiner teuren Garderobe immer steif bewegt, als wolle er sicherstellen, dass man auch bemerkte, wie reich und wichtig er war. Bei Adam dagegen stand der Mann im Vordergrund. Der tadellos sitzende Anzug unterstrich seine athletische Figur, und man wusste, dass Adam auch in Jeans ebenso gut aussehen würde. Oder in nichts.

Plötzlich wurde Lacy bewusst, dass sie ihn genauso fasziniert anstarrte, wie Angie es getan hatte. Rasch drehte sie das Wasser ab, mit dem sie sich den blutenden Finger abgespült hatte. „Adam, ich weiß nicht, was Tilly sich …"

Er griff an ihr vorbei nach dem Backhandschuh, zog ihn an und nahm das Blech mit den neuen Schwanenhälsen aus dem Ofen – gerade noch rechtzeitig, wie Lacy sah. Sie waren goldbraun.

„Danke", sagte sie. „Die hatte ich ganz vergessen. Ich habe mir in den Finger geschnitten und …"

Er stellte das Blech ab, riss einige Papiertücher von der Rolle und nahm ihre Hand. Der Finger blutete noch immer. Er presste das Papier auf die Wunde und hielt es dort fest.

Sie wartete darauf, dass er eine spöttische Bemerkung machte. Über Öfen, die zu heiß wurden, und

Messer, die abrutschten – über die Frau, die in der feinen Gesellschaft von Pringle Island als ‚perfekte Gastgeberin' galt.

Lacy war nicht sicher, ob sie auch noch seinen Sarkasmus ertragen würde. „Hör zu, Adam", begann sie gereizt. „Ich weiß nicht, warum Tilly dich angerufen hat. Aber ehrlich gesagt, ich glaube, im Moment bin ich einfach zu beschäftigt, um mich mit dir zu streiten. Wie du siehst, habe ich ein paar Probleme. Ich bin in letzter Minute gebeten worden, etwas zu backen, wovon ich keine Ahnung habe. Die Zeit läuft mir davon, und ich mache mir große Sorgen um Tilly. Das Letzte, was ich brauche, ist jemand, der mir über die Schulter schaut und mich kritisiert."

Er nahm die Papiertücher hoch und betrachtete ihren Finger. „Hast du etwas draufgetan?"

„Ja." Sie zog die Hand fort. „Adam, hast du mich verstanden? Ich finde wirklich, es wäre besser, wenn du jetzt gehst."

Er knüllte die Papiertücher zusammen und warf sie in den Abfalleimer unter der Spüle. „Ich bin hier, um zu helfen", sagte er ruhig. „Das ist alles. Tilly hat mich darum gebeten."

Was sollte sie darauf erwidern? Selbst wenn er nicht lästerte, würde er sie ablenken. Aber das konnte sie schlecht zugeben.

Um Zeit zu gewinnen, suchte sie nach einem Pflaster. Mit dem Rücken zu ihm unternahm sie einen zweiten Versuch, ihn loszuwerden. „Sie hat es sicher gut gemeint, und ich weiß das Angebot zu schätzen, aber …" Endlich fand sie das Pflaster. „Ich backe, Adam. Kleine Schwanenflügel aus Blätterteig, mit Schlagsahne und Puderzucker. Nicht gerade deine Spezialität, oder?"

„Weil ich ein Mann bin? Sei nicht so altmodisch, Lacy."

„Ich bin nicht altmodisch, Adam. Ich kenne viele Männer, die gern backen. Und ich weiß auch, dass du gekocht hast, als du bei deinem Vater lebtest. Aber jetzt bist du …"

Eher auf dem Golfplatz zu Hause, fuhr sie in Gedanken fort. Im Fitness-Studio oder im Bett. Du achtest lieber auf die Börsenkurse als auf eine Eieruhr. Du bist zu sehr Mann und einfach zu sexy, und ich will dich hier nicht.

„Weißt du", sagte er. „In der Raffinerie gab es keine Frauen. Keine Haushälterinnen, keine Köchinnen, keine Mütter, keine Freundinnen. Wir waren einfach nur ein Haufen verrückter Kerle, die alles allein machen mussten. Wir haben es geschafft, und ich bin ein verdammt guter Koch geworden." Er sah auf die Uhr. „Aber vor allem habe ich zwei Hände."

Sie zögerte noch immer. „Du wirst das Essen verpassen", sagte sie. „Du wirst Jennifer Lansings viel gerühmte Hühnchenbrüste verpassen."

Schmunzelnd nahm er die Krawatte ab und warf sie über das Jackett. „Auf die kann ich verzichten." Sein schiefes Lächeln sah noch genauso jungenhaft aus wie früher. „Komm schon, Lacy. Machen wir uns endlich an die Arbeit. Es ist drei Minuten nach halb acht, und wir müssen noch hundert Schwäne backen."

Freiwillige Helfer parkten die Wagen der Gäste am Strand, sodass Lacy direkt zum Finale der Schlemmertour fahren konnte, obwohl sie sehr spät dran war.

Als sie über den Holzsteg ging, der durch die flachen Dünen führte, sah sie, dass das Wetter mitgespielt hatte. Die Fackeln flackerten in der leichten Brise. Der Himmel war klar, und der Mondschein tauchte den Strand in romantisches Licht.

Die Band spielte langsame Musik. Nach Jakobsmuschel-Biskuits, gefüllten Weinblättern, Meeresfrüchte-Auflauf, Hummersalat – und natürlich Blätterteigschwänen mit Puderzucker – waren die Gäste viel zu satt, um schnell zu tanzen.

So ungern Lacy Tilly mit der Krankenschwester allein gelassen hatte, jetzt war sie froh, dass sie hergekommen war. Sie hatte in den letzten Wochen hart gearbeitet, und dies war der Abschluss einer erfolgreichen Spendenkampagne. Deshalb war sie fest entschlossen, den Abend zu genießen und sich ein wenig zu entspannen. Als sie den abgelegenen Strandabschnitt erreichte, wollte sie sich unauffällig unter die Gäste mischen, aber ihre Helfer hatten sie offenbar erwartet.

Sie gaben der Band ein Zeichen, und die Musik verstummte. Sekunden später hatten sich zwei Dutzend ihrer engsten Mitarbeiter um sie versammelt, alles Männer und Frauen, denen die Neugeborenenstation am Herzen lag. Applaus brandete auf. Verlegen schüttelte Lacy den Kopf.

„Eine Ansprache!“, rief jemand.

Obwohl sie es hasste, so im Mittelpunkt zu stehen, war ihr klar, dass sie ein paar Worte sagen musste. Das war sie den Helfern schuldig, die zum Teil ebenso hart wie sie selbst gearbeitet hatten.

„Hi“, rief sie und setzte trotz ihrer Erschöpfung ihr strahlendstes Lächeln auf. „Ich bin mir ziemlich sicher, dass sich hier die bestgenährten Menschen von Neuengland versammelt haben.“ Die Umstehenden nickten begeistert. „Und ich bin mir absolut sicher, dass keiner von uns morgen früh wagen wird, sich auf die Waage zu stellen.“

Alle lachten fröhlich. Einige rieben sich die Bäuche und stöhnten auf. „Aber dankt nicht mir dafür, sondern all den talentierten Köchen, die solche leckeren Meisterwerke gezaubert haben. Und natürlich gebührt Dank auch unseren großzügigen Freunden, deren Spenden die Errichtung der Neugeborenenstation möglich machen.“

Wieder klatschten die Umstehenden, und die Köche und Spender verbeugten sich stolz.

„Also wünsche ich allen einen schönen Abend. Ihr

habt ihn euch verdient. Und wer weiß? Wenn ihr lange genug bleibt, schafft ihr es vielleicht sogar, beim Tanzen ein paar der vielen Kalorien wieder loszuwerden."

Lacy winkte der Band zu, und die Violinen spielten das Wiegenlied von Brahms – zu Ehren der Babys, deren Leben eines Tages in der neuen Krankenhausstation gerettet werden würde. Die Melodie war zeitlos, und Lacy fühlte, wie ihre Augen feucht wurden. Rasch blinzelte sie die Tränen fort. Dies war ein freudiger Anlass, und sie wollte ihn nicht durch weinerliche Sentimentalität verderben.

Also mischte sie sich unter die Gäste, um sich bei einigen persönlich zu bedanken. Es wurde wieder getanzt – bei einem solchen Mondschein gab es fast keinen, der niemanden in den Armen halten wollte. Teddy Kilgore hielt Gwen eng umschlungen, während Silas Jared sich mit seiner Schwiegertochter im Walzertakt drehte, genau wie die beiden ältesten Pringle-Schwestern. Und dort, wo die Wellen auf dem Sand ausliefen, tanzte Jennifer Lansing Wange an Wange mit Adam.

Lacy wandte sich ab. Vielleicht würde ein Glas Champagner ihr …

„Lacy! Sind Sie etwa noch nicht vergeben? Ich kann mein Glück kaum fassen! Tanzen Sie mit mir!"

Travis Rourke strahlte sie an. Er sah einfach hinreißend aus, und seine jungenhafte Unbeschwertheit ließ es einfach nicht zu, ihm einen Korb zu geben. Und eigentlich wollte sie das gar nicht. Sie war auch nur ein Mensch. Der Mondschein verfehlte auch bei ihr nicht seine Wirkung.

Also schmiegte sie sich in seine kräftigen und warmen Arme. Er tanzte traumhaft, voller geschmeidiger Vitalität. Sie musste daran denken, wie er am Morgen mit Gwen getwistet hatte, mitten auf der Straße, ohne Scheu oder Verlegenheit. Und sehr sexy. Unwillkürlich musste sie lächeln.

„Was ist?" Travis sah ihr ins Gesicht. „Habe ich mich etwa schon blamiert?"

Sie schüttelte den Kopf. „Natürlich nicht. Ich dachte nur gerade, was für ein großartiger Tänzer Sie sind. Ich habe Sie heute Morgen gesehen. Auf dem Markt, mit Gwen."

„Oh ja. Wow. Sie ist ein erstaunliches Mädchen. Eine echte Granate." Er zögerte. „Entschuldigung, das wissen Sie sicher schon. Sie hat mir erzählt, dass Sie beide ... Wie soll ich es ausdrücken? Na ja, ich schätze, manchmal wäre es Ihnen lieber, wenn Gwen keine Granate wäre, was?"

Lacy sah ihm ins Gesicht. Im hellen Mondschein waren seine freundlichen Züge und sein wacher Blick deutlich zu erkennen, und sie fragte sich, ob es Sinn hatte, ihm etwas vorzumachen. Gwen, die nie ein Blatt vor den Mund nahm, hatte ihm vermutlich keine zehn Minuten nach ihrer ersten Begegnung alles über sich und ihre Stiefmutter erzählt.

„Nun ja, hin und wieder wünschte ich, die Granate würde nicht ausgerechnet dann explodieren, wenn ich in der Nähe bin", gestand Lacy. „Manchmal muss ich regelrecht in Deckung gehen."

Travis lächelte verständnisvoll. „Wissen Sie, was komisch ist? Ich glaube, Gwen denkt das Gleiche über Sie."

„Über mich?", fragte Lacy ungläubig. „Das würde mich sehr wundern."

Travis zuckte mit den Schultern. „Vielleicht irre ich mich. Aber ich habe sechs ältere Schwestern, also kenne ich mich mit der weiblichen Psyche ein wenig aus." Er lachte leise. „Eine meiner Schwestern ist Gwen sehr ähnlich."

„Wirklich?" Lacy lächelte. Bestimmt hatten die Rourke-Schwestern ihren kleinen Bruder vergöttert.

„Ja." Er wirbelte Lacy herum. „Moira. Sie war anders als ihre Schwestern. Sie wollte nie Ärztin, Anwältin oder Indianerhäuptling werden. Sie hat in ihrer eigenen kleinen Welt gelebt, sich das Haar lila gefärbt und eine Augenbraue piercen lassen. Sie war fest überzeugt, dass alle auf sie herabblicken. Ein paar Jahre lang war sie ziemlich unausstehlich."

„Und wie ist sie jetzt?“

„Jetzt hat sie eine Kunstgalerie, einen Mann, der ein hohes Tier bei Greenpeace ist, und drei süße kleine Mädchen, die sie eines Tages so verrückt machen werden wie sie uns.“

„Und ist ihr Haar noch lila?“

Travis lachte. „Manchmal. Schließlich ist sie immer noch unsere Moira. Und das ist gut, denn wir lieben sie so, wie sie ist. Sie musste nur erst lernen, sich selbst zu lieben.“

Lacy schwieg. Sie verstand, was er ihr damit sagen wollte. Gwens Mutter war gestorben, als sie noch sehr klein war, und bei Malcolm aufzuwachsen war ihrem Selbstbewusstsein sicher nicht förderlich gewesen. Und dann hatte sie eine Stiefmutter bekommen, die gerade fünf Jahre älter war als sie … Noch dazu eine, die nicht die leiseste Ahnung hatte, wie sie mit einem unglücklichen Teenager umgehen sollte.

„Danke“, sagte sie zu Travis. „Ich glaube, ich weiß, was Sie mir …“

Aber in diesem Moment tippte jemand auf Lacys Arm. Sie sah über die Schulter. Es war Gwen.

„Wenn du erlaubst, löse ich dich ab!“ In ihrem grünen Sarong sah sie einfach atemberaubend aus, und das Haar fiel ihr wie ein glitzernder Wasserfall auf die Schultern, aber ihre Miene war eisig, als sie Lacy ansah. „Tut mir leid, aber du kannst den am besten aussehenden Mann des Abends nicht ganz für dich allein beanspruchen, nur weil du die Hauptperson bist."

Lacy dachte an die rebellische Moira, die irgendwann gelernt hatte, sich selbst zu lieben. Sie löste sich aus Travis' Armen und lächelte Gwen zu. „Du hast vollkommen recht, Gwen", erwiderte sie freundlich. „Jetzt bist du an der Reihe." Sie ging davon, drehte sich jedoch noch einmal um. „He, ich habe gehört, dass du Jennifer geholfen hast, die Hühnchen zuzubereiten. Das war wirklich nett von dir. Danke."

Gwen verzog das Gesicht, als wäre einem Kompliment, das aus Lacys Mund kam, nicht recht zu trauen. „Na ja, es war keine große Sache", sagte sie und wandte sich wieder Travis zu. „Tanzen Sie jetzt mit mir oder nicht?"

Endlich hatte Adam es geschafft, Jennifer Lansing abzuschütteln – kein leichtes Unterfangen. Denn die Frau hatte sich wie eine Klette an ihn gehängt, als er kurz vor Lacy an den Strand kam, und ihn seitdem nicht mehr losgelassen. Irgendwann hatte er es geschafft, unauffällig mit ihr in Howard Whiteheads Nähe zu tanzen. Howard hatte mehr Geld als jeder andere auf der Insel und interessierte sich für die Geschichte von Pringle Island. Wie Adam gehofft hatte, konnte Jennifer dem Köder nicht widerstehen. Zwischen zwei Songs mobilisierte er seinen ganzen Charme, und es gelang ihm, sie an den Millionär weiterzureichen, ohne sie zu verletzen.

Jetzt schlenderte Adam mit einem Champagnerglas in der Hand den Steg entlang. Er hörte, wie der Wind im Schilf wisperte, und beobachtete, wie die Wellen schäumend auf das Ufer zu liefen.

Er sah auch, wie Lacy mit Travis tanzte. Sein Freund gab sich die größte Mühe, sie aufzuheitern. Aber soweit er erkennen konnte, hatte Travis nur begrenzten Erfolg. Lacys Lächeln war nicht echt, sondern das der perfekten Gastgeberin. Es hätte in jeden Werbespot für Zahnpasta gepasst. Junge, das hatte sie wirklich gut drauf – wie eine verdammte Computer-Animation.

Trotzdem reichte es aus, Adams Herz schneller schlagen zu lassen. Er leerte das Glas mit einem Zug. Lacy war schöner denn je. Und er kam einfach nicht von ihr los.

Er hatte einmal geglaubt, dass sie seine Frau werden würde. Sicher, sie hatten sich im Zorn getrennt. Sie hatte nicht verstanden, warum er fortmusste. Trotzdem war er fest überzeugt gewesen, dass sie auf ihn warten würde. Sie beide gehörten einfach zusammen. Jeder Plan, den er schmiedete, und jeder Traum, den er träumte, beruhte auf dieser Überzeugung.

An dem Abend, an dem er erfuhr, dass sie nicht gewartet, sondern einen anderen geheiratet hatte, betrank er sich, bis aus Wut Selbstmitleid wurde und Travis ihm die Flasche wegnahm.

„Ein Engel? Mann, jetzt machst du mir Angst", hatte sein Freund gesagt. „An unserem nächsten freien Tag wirst du dich mit einer Frau verabreden. Du bist ja so ausgehungert, dass du schon fantasierst."

Aber er hatte nicht fantasiert. Sie war wirklich wie ein Engel gewesen. Lacy Mayfair hatte ihn mit einem einzigen Erröten, einem einzigen scheuen Blick aus ihren großen graublauen Augen in die Knie zwingen können. Offenbar brachte auch die eiskalte Lacy Morgan das noch immer fertig.

Ja, es hatte ihn schwer erwischt. Er war nach Pringle Island zurückgekehrt, um das Kapitel Lacy Mayfair Morgan für immer abzuschließen – und vielleicht auch um sich an ihr zu rächen. Er war so sicher gewesen, dass die treulose Verräterin, die ihm das Herz gebrochen hatte, keine Macht mehr über ihn besaß.

Wie hatte er sich nur so täuschen können? Keine Macht mehr über ihn? Okay, er träumte nicht mehr von weißer Spitze, goldenen Ringen und ‚bis dass der Tod euch scheidet'. Aber dafür träumte er von heißen Nächten, seidiger Haut und zerwühlten Laken.

Und diese Träume raubten ihm den Schlaf.

Adam hatte gerade beschlossen, Travis abzulösen, da hörte er hinter sich auf dem Steg Schritte. Er drehte sich um und sah einen Mann mittleren Alters langsam auf ihn zukommen.

„Hallo“, sagte der Fremde. „Vielleicht können Sie mir helfen. Ich suche Mrs. Morgan.“

Adam musterte ihn. Gepflegt, Mitte vierzig. Netter Anzug, aber natürlich keins von den Designerteilen, die die Gäste auf diesem snobistischen kleinen Empfang trugen. Ein anständiger Kerl, der sein Geld mit Arbeit verdiente. Aber irgendwie wirkte er angespannt. So, als hätte er gleich eine schlechte Nachricht zu überbringen.

Plötzlich ahnte Adam, wer er war. „Heißen Sie zufällig Frennick?“

Der Mann lächelte verblüfft. „Stimmt. Hat sie Ihnen von mir erzählt? Ich dachte, sie wollte es geheim halten. Ich fürchte, wir beide sind uns nie begegnet, Mr. …“

„Sind wir nicht. Und Ihren Namen habe ich nicht von Mrs. Morgan, sondern von Tilly Barnhardt. Sie ist eine alte Freundin. Ich bin Adam Kendall.“

Frennick gab Adam die Hand. „Ach so. Trotzdem sollte ich wohl besser zu Mrs. Morgan …“

Adam nickte. „Sie ist dort drüben.“ Erstaunt stellte er fest, dass Travis mittlerweile nicht mehr mit Lacy, sondern mit Gwen tanzte. „Nun ja, eben war sie da noch.“

In diesem Moment schaute Gwen in seine Richtung. Sie kniff die Augen zusammen, und schlagartig verfinsterte sich ihr Gesicht. Sie sagte etwas zu Travis und schüttelte heftig den Kopf, als er ihr folgen wollte. Dann hob sie den Sarong an und eilte auf Adam und Frennick zu.

„Mr. Frennick!“ Sie stieg die drei Treppen zum Steg hinauf. Ihre Augen blitzten. „Sie erinnern sich vielleicht nicht an mich, aber ich mich an Sie. Sehr gut sogar. Ich weiß, wer Sie sind und was Sie tun. Sie sind ein Schnüffler. Ein mieser kleiner Schnüffler. Mein Vater hat Sie andauernd mit irgendwelchen Nachforschungen beauftragt. Und jetzt arbeiten Sie für die Stiefhexe, nicht wahr? Also, Mister, wenn Sie nicht sofort aufhören, mir nachzuspionieren …“

„Gwen“, unterbrach Adam sie, als er merkte, dass der Mann vor Verblüffung kein Wort herausbrachte. „Mr. Frennick spioniert Ihnen nicht nach. Er ist hier, um mit Lacy zu sprechen.“

„Natürlich ist er das!“ Sie ließ Frennick nicht aus den Augen, als könnte sie ihn allein mit einem Blick vertreiben. „Er muss ihr doch berichten, was er über mich und meine Missetaten herausgefunden hat. Stimmt’s, Mr. Frennick? Was haben Sie denn an Dreck ausgegraben? Wissen Sie auch von dem ungedeckten Scheck, mit dem ich im Supermarkt bezahlt habe?"

Frennick wirkte peinlich berührt. „Miss Morgan, ich kann Ihnen versichern …"

Aber Lacy, stets die aufmerksame Gastgeberin, hatte die Szene schon bemerkt und kam herbei. Ihr Lächeln war noch immer wunderschön, aber es wirkte sejr gezwungen.

„Gwen, bitte sprich nicht so laut", sagte sie zu ihrer Stieftochter und gab dem Neuankömmling die Hand. „Hallo, Mr. Frennick. Ich muss mich für meine Stieftochter entschuldigen. Gwen, wie um alles in der Welt kommst du auf den absurden Gedanken, dass Mr. Frennicks Arbeit etwas mit dir zu tun hat?"

„Wage es nicht, dich für mich zu entschuldigen!" Gwen war den Tränen nahe. „Du bist nicht für mich verantwortlich. Du bist nicht mein Vater. Du bist nicht einmal meine Mutter. Du hast keinerlei Recht, diesen Kerl in meinem Leben herumschnüffeln zu lassen."

„Das tue ich nicht", protestierte Frennick, als würde Lacys Anwesenheit ihm Mut machen. „Ich bin amtlich zugelassener Privatdetektiv und habe für Ihren Vater nichts Ungesetzliches getan, Miss Morgan. Und jetzt arbeite ich ebenso legal für Ihre Stiefmutter. Mit Ihnen hat das überhaupt nichts zu tun."

Gwen runzelte die Stirn, und Adam registrierte in

ihrem Blick die erste Verunsicherung. „Was sollen Sie auch anderes sagen?“

„Er sagt es, weil es wahr ist.“ Lacy blieb ruhig und geduldig. Sie sah Gwen an. „Es hat wirklich nichts mit dir zu tun, Gwen. Ich gebe dir mein Wort darauf.“

„Dein Wort?“ Gwen murmelte etwas Unverständliches. „Also gut. Womit hat es dann zu tun?“

Adam war gespannt, wie Lacy diese Frage beantworten würde. Aber er hätte sich keine Sorgen zu machen brauchen. Natürlich war die stets gefasste und wortgewandte Mrs. Malcolm Morgan auch dieser Herausforderung gewachsen.

Sie legte ihrer Stieftochter besänftigend eine Hand auf die Schulter. „Es ist privat, Gwen. Es tut mir leid, aber ebenso wenig wie ich in deinem Leben herumschnüffeln darf, solltest du es in meinem tun, findest du nicht auch?“

Einen Moment lang glaubte Adam, Gwen würde nicht nachgeben. Nicht etwa, weil sie Lacy für eine Lügnerin hielt. Er sah ihr an, dass das Wort ihrer Stiefmutter für sie viel Gewicht hatte. Gwen hasste es nur zu verlieren. Sie zögerte.

Zum Glück wollte Teddy Kilgore ausgerechnet in diesem Moment tanzen. „Gwen“, rief er vom Strand herauf. „Gwen, komm her! Sie spielen unser Lied!“

Gwen war nicht dumm. Sie wusste, dass dies ihre

Chance zu einem Rückzug ohne Gesichtsverlust war, und nutzte sie. Sie warf Lacy einen letzten zornigen Blick zu und ging erhobenen Hauptes die Stufen zum Strand hinunter, wo Teddy sie aufgeregt erwartete.

Lacy sah ihr kurz nach, bevor sie sich zu Adam umdrehte. „Ich danke dir“, sagte sie förmlich. „Wenn du mich jetzt entschuldigst, Mr. Frennick und ich …“

Adam schüttelte den Kopf. „Nein. Ich bleibe. Ich möchte hören, was Mr. Frennick zu sagen hat.“

Sie legte die Stirn in Falten.

Er ahnte, was sie dachte, und senkte die Stimme. „Schon gut. Ich weiß von Tillys Baby.“

„Was?“ Sie war gut, aber ganz konnte sie den Schock nicht verbergen. „Du weißt davon? Woher?“

„Tilly hat es mir vorhin erzählt, als ich nach ihr gesehen habe. Es schien ihr schwer auf der Seele zu lasten, vielleicht wegen des Insulinschocks. Ich weiß, dass sie vor zweiundsechzig Jahren schwanger wurde und das Baby zur Adoption freigegeben hat. Und dass du sie gedrängt hast, einen Detektiv mit der Suche nach ihrer Tochter zu beauftragen. Sie hat mich um meinen Rat gebeten.“

„Oh.“ Lacy warf Frennick einen Blick zu. „Nun, ich …“

„Sie schien zu glauben, dass er noch keine konkreten Nachforschungen angestellt hat.“ Er zog eine Augenbraue hoch. „Offenbar irrt sie sich. Ich kann mir nicht vorstellen, dass Mr. Frennick dich mitten in der Nacht hier am Strand aufsucht, wenn er keine Neuigkeiten hat. Und genau die möchte ich hören."

Lacy wusste, wann sie verloren hatte. Sie hob das Kinn ein wenig, aber sonst war ihr gar nichts anzumerken.

„Na gut, Mr. Frennick", sagte sie. „Wie es aussieht, hat Mrs. Barnhardt sich Mr. Kendall anvertraut. Sagen Sie uns, ob Sie Tillys Tochter gefunden haben."

„Ja, ich fürchte, das habe ich." Der Mann mit den traurigen Augen atmete tief durch. „Ihr Adoptivname lautete Caroline Scott. Bis vor etwa zwei Jahren hat sie in der Nähe von Boston als Krankenschwester gearbeitet."

„Und was ist vor zwei Jahren passiert?", fragte Lacy leise.

„Vor zwei Jahren ist sie gestorben."

Mit den Schuhen in der Hand hatte Lacy im feuchten Sand mindestens eine Viertelmeile zurückgelegt, als Adam sie endlich einholte. Vertieft in ihre traurigen Gedanken hatte sie nichts um sich herum wahrgenommen – nicht einmal den rennenden Mann hinter ihr.

Daher zuckte sie erschreckt zusammen, als er ihren Ellbogen nahm und sie sanft abbremste.

„He“, sagte er leise. „Rede mit mir.“

Sie drehte sich nicht um, denn im Moment hatte sie ihre Gesichtszüge nicht unter Kontrolle. „Ich will nicht reden“, sagte sie. „Ich will nur allein sein.“

„Zweiundsechzig Jahre sind eine lange Zeit, Lacy. Tilly muss gewusst haben, dass ihre Tochter vielleicht nicht mehr lebt. Und du auch.“

„Natürlich wusste ich das.“ Aber sie hatte nicht geglaubt, dass das Schicksal so grausam sein konnte. Nach all den Jahren voller Reue, voller Sehnsucht hatte Tilly eine zweite Chance verdient. Und jetzt musste sie erfahren, dass ihre Tochter für immer fort war – dass sie sie niemals wiedersehen würde.

Sie war so naiv gewesen, so gutgläubig. Lacy starrte auf den Ozean hinaus, der ihr plötzlich noch gewaltiger und weiter als sonst vorkam. Manchmal hatte der Anblick für sie etwas Tröstliches, aber in diesem Moment fühlte sie sich nur klein und hilflos.

„Tilly ist sehr zäh“, sagte Adam. „Sie wird es verkraften.“

„Ich weiß.“ Sie schluckte. „Ich weiß.“

Sie wusste es tatsächlich. Sie wusste alles darüber, wie es war, zäh zu sein und Tiefschläge zu verkraften. Das zu erdulden, was man erdulden musste. Aber für Tilly hatte sie sich etwas Besseres gewünscht. Für sie hatte sie ein Happy End gewollt, mit Freudentränen und Lachen, mit Vergebung und Erleichterung. Mit all den Umarmungen und Küssen, die sich zweiundsechzig Jahre lang in Tilly angestaut hatten, seit ihr Baby geboren und fortgebracht worden war.

Lacy wusste nur zu gut, wie all die Liebe, die man in sich einsperren musste und nicht herauslassen konnte, einen Menschen vor Schmerz fast um den Verstand brachte.

„Ich werde es ihr nicht erzählen“, fuhr sie fort und sprach schneller als sonst, als würde sie befürchten, ihre Stimme könnte versagen. „Deshalb habe ich Frennick ohne ihr Wissen angewiesen, mit der Suche zu beginnen. Damit sie … wenn er eine schlechte Nachricht überbringt … wenn ihre Tochter nicht gefunden wird oder nicht gefunden werden will … oder gar noch schlimmer …“

Ihre Stimme wurde immer leiser, bis sie ganz verstummte. Dann schlang sie die Arme um den Oberkörper und umklammerte ihre Ellbogen, als hätte sie Angst, ganz die Fassung zu verlieren.

„Lacy.“ Adam legte die Hände auf ihre Schultern und drehte sie behutsam zu sich herum. Das Mondlicht erhellte ihr Gesicht, und er stöhnte leise auf. „Lacy, nicht. Nicht weinen.“

„Ich weine nicht.“ Verärgert schüttelte sie den Kopf und ignorierte die Feuchtigkeit an ihren Wangen, die sich in der Abendbrise seltsam kalt anfühlten. „Ich weine nicht."

Er hob die Hand und wischte die Tränen mit den Fingerspitzen ab. Mit den Daumen strich er die Haut unter den Augen trocken. Doch kaum hatte er das getan, kam schon die nächste Träne.

„Was ist mit mir los?", flüsterte sie mit erstickter Stimme. „Ich weine nicht. Niemals."

„Ich weiß", flüsterte er und strich zärtlich über ihre Wangen. „Aber jetzt darfst du es. Es ist gut, Lacy. Es ist gut."

War es das wirklich? Sie bezweifelte es, aber sie liebte den Klang seiner Stimme. Selbst wenn das, was er sagte, nicht stimmte, so tröstete es sie doch, wie er es sagte. Fast unmerklich schmiegte sie sich mit der Wange immer fester an seine streichelnde Hand.

Behutsam legte er seine Lippen an ihre Stirn, ihre Schläfe, ihre geschlossenen Augen und schließlich den zitternden Mundwinkel.

Und dann, als wäre es unausweichlich, küsste er sie. Sie spürte seine Wärme, seine Stärke und dass er eine Antwort von ihr erhoffte, die nur ihre Lippen ihm geben konnten.

Sie schmeckte salzige Tränen und die Meeresluft. Und Adam. Sie schmeckte Adam.

„Adam …" Sie wisperte seinen Namen und berührte sein Haar. Es war so weich, so seidig. Sie tastete nach dem Puls, der an seinem Kinn schlug. Und dann fand sie seine Schultern. Sie umklammerte sie, als eine plötzliche Schwäche ihr die Kraft zum Stehen raubte.

„Lacy." Er hauchte es an ihrem Mund, und sie fühlte seinen Atem an ihren Lippen, bis sie nicht mehr anders konnte und den Kuss erwiderte.

Ein ungestümes Verlangen entflammte zwischen ihnen, und wie von selbst vertiefte sich der Kuss.

Ja, genau daran erinnerte Lacy sich. Es war wie früher – und nur der Anfang. Es gab mehr, viel mehr …

Aber danach gab es nichts als Schmerz.

Und kein gewöhnlicher Schmerz – nicht nur die Peinlichkeit, die Enttäuschung, das Gerede. Nein, wenn das Herz sich ergeben hatte, war man in einer seelischen Folterkammer und allen Spielarten des Leids ausgeliefert.

Der Zurückweisung, bei der man sich wie ein ausgesetztes Kind fühlte. Der Einsamkeit, die einem das Blut gefrieren ließ. Der Leere, die die Seele ausweidete.

Nein. Lacy wich zurück. Nie wieder. Nicht, dass sie es nicht wagen wollte – sie konnte es nicht. Sie besaß ganz einfach nicht mehr die Kraft dazu.

Sie ignorierte das Verlangen, das sich nun in ihr auszubreiten begann, und löste sich langsam wieder aus seinen Armen.

„Was hast du?", fragte Adam heiser. „Was ist denn?"

„Ich muss zurück", sagte sie und machte einen weiteren Schritt von ihm fort. Sie fühlte, wie das kalte Wasser ihren Rocksaum umspülte und ihre Füße im nassen Sand versanken. Aber sie wahrte die Haltung und verbarg ihre Gefühle dahinter.

„Ich weiß, du wolltest mich nur trösten", sagte sie und lächelte höflich. Distanziert. Obwohl ihre Lippen sich erhitzt und geschwollen anfühlten. „Und dafür bin ich dir dankbar, wirklich. Aber jetzt geht es mir besser. Und bestimmt fragen die anderen sich schon, wo ich bleibe."

Wie aufs Stichwort drehte sich der Wind und trug die Musik und Stimmen mit sich. Dann schrie jemand belustigt auf, und alle lachten.

Adam tat, als würde er es nicht hören.

„Das war kein Trost, Lacy. Das war Sex. Oder er wäre es sehr bald geworden. Und das weißt du so gut wie ich."

Lacy rang sich ein leises Lachen ab, so anmutig und dezent, dass es kaum die Brandung übertönte. „Oh, ich glaube nicht, dass es wirklich dazu gekommen wäre." Sie zeigte auf die in der Ferne flackernden Fackeln. „Dies ist wohl kaum die Zeit oder der Ort für derartige … Ausrutscher. Es war dumm von mir. Tut mir leid. Ich hätte dich nicht küssen dürfen. Mir ist vollkommen unerfindlich, was ich mir dabei gedacht habe."

„Du hast gar nicht gedacht." Adam wurde nicht laut, aber sie wusste, dass er wütend war. Selbst nach all den Jahren kannte sie jede Nuance seiner Stimme. „Du hast gefühlt. Erinnerst du dich noch daran, wie es ist zu fühlen, Lacy? Das solltest du wirklich häufiger probieren."

10. KAPITEL

Lacy versuchte, sich auf den Entwurf für eine Broschüre zu konzentrieren, der aufgeschlagen auf ihrem Schreibtisch lag. Wenn sie ihn heute nicht fertigstellte, würde sie das Heft nicht mehr rechtzeitig verschicken können. Und das musste sie unbedingt schaffen, denn ihnen fehlten noch fünfzigtausend Dollar.

Und im Moment war dieses Problem sogar noch wichtiger als die Neuigkeiten, die Mr. Frennick überbracht hatte. Und ganz bestimmt wichtiger als Adam Kendall oder die zutiefst verwirrenden Gefühle, die der spontane Kuss in ihr hinterlassen hatte. Sie gab sich alle Mühe, das Ganze zu verdrängen.

„Ich muss gestehen, ich finde, es ist zu viel Text. Das schreckt ab. Wer wenig Zeit hat, legt sie ungelesen zur Seite“, sagte sie und sah Kara Karlin an, die mit dem Texter zusammengesessen hatte.

„Wirklich?“ Kara verzog das Gesicht. „Oje! Das tut mir leid.“

Lacy drehte die Broschüre um. Die Fotos waren gelungen – glückliche Mütter mit ihren gesunden Babys. Aber der Text …

„Wir kriegen das schon hin“, sagte sie aufmunternd. „Wir schreiben ihn einfach um und nehmen statt der langen Absätze knappe, aber einprägsame Stichworte.“

Kara betrachtete ihr Exemplar. „Gute Idee. Wie wäre es denn, wenn wir die Broschüre mit einem Coupon versehen? Dann kann jeder, der etwas spenden will, ihn ausschneiden und uns schicken."

Lacy schüttelte den Kopf. „Besser nicht. Coupons landen meistens im Papierkorb." Sie wusste, warum Kara es vorgeschlagen hatte, und lächelte ihr mitfühlend zu. „Sorry, Kara. Es gibt einfach keinen Ersatz für die persönliche Ansprache."

„Ich weiß." Kara seufzte betrübt. „Die liegt mir nicht."

„Du wirst immer besser. Dabei fällt mir ein – hat Mr. Seville sich schon entschieden?"

Verlegen faltete Kara ihr Exemplar zusammen und wieder auseinander. „Nein, und das macht mir Sorgen. Er war am Samstag bei der Inseltour, und als wir am Strand waren, habe ich gehört, wie seine Frau sich über Gwen beschwert hat." Mit einem entschuldigenden Blick hob sie den Kopf.

„Wir wissen ja beide, wie spießig Mr. und Mrs. Seville sind. Und Gwen … Nun ja, sie hat getanzt, und … Vielleicht wäre es ganz gut, wenn du Mrs. Seville anrufen würdest. Du weißt schon, um sie ein wenig zu besänftigen."

Fast hätte Lacy gelacht. „Du meinst, sie hört auf mich, weil ich selbst ein wenig spießig bin, was?"

„Natürlich nicht!“, protestierte ihre Kollegin errötend. „Ich meinte nur, weil du so würdevoll bist. Ruhig und sachlich und …“

„Spießig.“ Lacy lächelte nachsichtig. „Schon gut, Kara. Ich weiß, was du gemeint hast. Ich rufe sie an. Könntest du in der Zwischenzeit die Broschüre umschreiben? Ich möchte sie spätestens am Freitag verschicken.“

Als Kara hinausging, stieß sie fast mit Tilly zusammen. Kara stammelte eine Entschuldigung, während Tilly ihre Perücke wieder zurechtrückte.

„Kannst du nicht aufpassen?“, rief sie Kara nach.

Lacy sah auf. „Was tust du denn hier? Hast du mir nicht versprochen, heute im Bett zu bleiben?“

Tilly winkte ab. „Was soll ich im Bett? Mir geht es gut. Außerdem haben wir eine Katastrophe.“

Ruhig klappte Lacy die Broschüre zu und legte sie zur Seite. „Das ist gut“, sagte sie. „Hier hat es seit zehn Minuten keine Katastrophe mehr gegeben. Ich fing schon an, mich zu langweilen.“

Tilly ließ sich auf dic Couch sinken. „Du glaubst, ich übertreibe. Aber wenn du hörst, was los ist, wird es dir leidtun, dass du dich über mich lustig gemacht hast.“

„Okay. Erzähl es mir, und danach bringe ich dich nach Hause.“

„Du weißt doch, dass wir fest mit den fünfundzwanzigtausend von Howard Whitehead rechnen?“

Lacy nickte. Howard Whitehead war stinkreich, Mitte fünfzig und hatte eine Vorliebe für wesentlich jüngere Frauen. Tilly vermutete, dass er für die Neugeborenenstation spenden wollte, weil er seine zahlreichen Geliebten gut versorgt wissen wollte, wenn sie von ihm schwanger wurden.

Aber Lacy wusste, dass er an der Insel hing und deshalb eine der größten Einzelspenden zugesagt hatte.

Wenn Howard jetzt ausstieg … Zum ersten Mal wurde sie nervös.

„Sag's nicht.“ Sie schloss die Augen und lehnte sich zurück. „Sag jetzt nicht, dass wir ihn verloren haben.“

„Wir haben ihn nicht verloren, Kind. Du hast ihn verloren“, erwiderte Tilly.

Lacy riss die Augen wieder auf. „Ich? Wie denn? Ich habe schon seit einer Woche nicht mehr mit ihm gesprochen.“

„Genau.“ Tilly streifte die Schuhe ab und legte die Füße auf den Stuhl vor ihr, bevor sie dramatisch mit der Zunge schnalzte. „Offenbar ist der alte Lüstling zutiefst beleidigt, weil du ihn am Strand einfach ignoriert hast. Er meinte, du hättest an dem Abend nicht einmal Hallo zu ihm gesagt. Und dann warst du plötzlich ganz verschwunden.“

Lacy stöhnte auf. „Oh, du meine Güte."

„Und? Hast du?"

„Habe ich was getan? Vergessen, Hallo zu Howard zu sagen?"

Tilly schüttelte den Kopf. „Hast du die Party verlassen, Lacy?"

„Ich bin einfach nicht dazu gekommen, mit ihm zu reden."

Tilly gab nicht so schnell auf. „Weil du die Party verlassen hast."

„Ja." Lacy tat, als müsse sie überlegen. „Das kann schon sein. Ich war müde. Ich wollte ein paar Minuten allein sein."

Tilly lächelte nur viel sagend. „Allein mit Adam Kendall?"

„Tilly." Lacy schlug mit der flachen Hand auf den Schreibtisch. „Wenn du weißt, dass ich mit Adam zusammen war, warum fragst du mich dann noch?"

„Ich wollte sehen, ob du es mir erzählst."

„Tue ich nicht." Lacy wählte Howards Nummer.

„Was willst du von Howard?"

„Ich werde mit ihm essen gehen, um mit ihm über eine Spende zu sprechen."

„Okay. Aber nicht am Freitagabend, Lacy. Am Freitagabend bist du ausgebucht."

Lacy drehte sich zu ihr um, den Hörer zwischen

Kinn und Schulter geklemmt. „Bin ich?“

Tilly strich ihren Faltenrock glatt, als gäbe es nichts Wichtigeres auf der Welt. „Ja. Ich habe Adam zum Abendessen eingeladen. Bei mir zu Hause, am Freitag um neunzehn Uhr. Ich habe ihm gesagt, dass du auch kommst.“

„Was …“ Aber in diesem Moment meldete Howard sich am anderen Ende der Leitung. Lacy warf Tilly einen wütenden Blick zu, während sie freundlich mit dem Millionär plauderte und ihm versicherte, wie schade es war, dass sie sich auf der Strandparty verpasst hatten – und wie gern sie ihm vom Stand der Planungen für die Krankenhauserweiterung erzählen würde. Ob er nicht bald mit ihr essen gehen wolle?

„Aber nicht am Freitag“, erinnerte Tilly sie.

„Wirklich? Das ist ja großartig.“ Sie ließ Tilly nicht aus den Augen.

„Nicht am Freitag“, flüsterte Tilly eindringlich.

„Aber gern … Ja, natürlich“, sagte Lacy mit zuckersüßer Stimme zu Howard Whitehead. „Freitag passt mir gut.“

Vor dem Fenster von Adams Hotelsuite erlebte Pringle Island gerade einen seiner berüchtigten Sommerregen. Obwohl es erst vier Uhr nachmittags war, sah es draußen aus wie um Mitternacht, und die Tropfen prasselten laut gegen die Scheibe.

In der Suite versenkte Adam gerade einen Golfball in einem umgekippten Papierkorb. Travis saß am Schreibtisch, studierte auf dem Computerbildschirm die aktuellen Börsenkurse und in der Zeitung die örtlichen Immobilienanzeigen.

Eigentlich hätten sie beide schon am fünfzehnten Loch sein müssen. „Was zum Teufel ist dort draußen los?“, knurrte Adam. „Gestern Abend haben sie für heute eine Regenwahrscheinlichkeit von null Prozent angekündigt.“

Travis schmunzelte, ohne von seiner Tastatur aufzusehen. „Seit wann verlässt du dich denn auf den Wetterbericht?“

Adam stützte sich auf den Golfschläger und starrte missmutig aus dem Fenster.

„Was hältst du von dem hier?“ Travis hob die Zeitung. „Restauriertes Cottage, Baujahr 1853, vier Schlafzimmer, Blick auf die Meerenge.“ Er kniff die Augen zusammen. „Hist. bed. Geb. Was um alles in der Welt heißt ‚Hist. bed. Geb.‘?“

Adam drehte sich nicht zu ihm um. „Das ist Maklerjargon für ‚überteuert‘. Nein, ich will ein Haus direkt an der Küste, nicht an der Meerenge. Außerdem, was soll ich mit vier Schlafzimmern anfangen?“

„Genau das, was du mit einem machst.“ Travis wedelte mit der Zeitung und grinste. „Nur viermal so oft."

Adam holte mit dem Schläger aus, als wolle er mit dem Golfball einen hässlichen Blumentopf neben dem Fenster treffen. „Du überschätzt mich gewaltig, mein Freund."

„Von wegen." Travis sah wieder auf den Bildschirm. „Oho. Da schaut man mal nicht hin, und schon haben wir zehn Riesen verloren. Hab doch gesagt, wir sollen die Pharmazie-Aktien verkaufen."

Er wartete auf eine Antwort und bekam keine. Also legte er seufzend die Füße auf den Schreibtisch. „Okay, heraus damit. Was ist los? Ich habe dir mindestens zwanzig tolle Häuser präsentiert, aber du hast an jedem etwas auszusetzen. Was ist dein Problem? Diese Sache am Freitag?"

Adam starrte wieder aus dem Fenster. Travis hatte recht, seine Laune war miserabel, aber er war nicht sicher, woran das lag.

Die Sache am Freitag. War es nur das? War er nur deshalb so ungenießbar und gereizt, weil Tilly angerufen und erzählt hatte, dass Lacy am Freitag nicht zum Abendessen kommen würde?

Bestimmt nicht. So sehr konnte es ihn unmöglich erwischt haben.

„Nein", sagte Adam und strich mit dem Golfschläger am Vorhang entlang, als wäre er eine Heckenschere. Damals, vor fünfzehn Jahren, hatte er auf Pringle Island viele Hecken geschoren. Vermutlich hatte er bei der Hälfte der Häuser, die Travis herausgesucht hatte, den Rasen gemäht. „Mir ist vollkommen gleichgültig, wo Mrs. Morgan am Freitag zu Abend isst."

Travis legte den Kopf schief. „So? Was ist es denn dann? Machst du dir vielleicht Sorgen wegen des Nahen Ostens?"

Adam zielte noch einmal auf den Blumentopf. Leider verschätzte er sich, und das schreckliche Teil zersplitterte in etwa fünfzig Stücke.

„Großartig", knurrte er mit zusammengebissenen Zähnen. „Einfach großartig."

„Mir hat er auch nicht gefallen", meinte Travis.

Kopfschüttelnd ließ Adam den Schläger in die Tasche fallen und setzte sich auf eine Armlehne der Couch. „Okay", begann er. „Ich gebe es zu. Es ist die Sache am Freitag."

„Ach ja?"

„Howard Whitehead ist sechzig, verdammt, und ein lüsterner alter Gockel. Aber er hat das dickste Scheckbuch in der Stadt, also ..." Adam verstummte, als ihm klar wurde, wie verbittert er klang.

Travis hob den Kopf. „Wow. Wir haben gerade zwanzig Riesen verdient. Hab doch gesagt, wir sollen die Pharmazie-Aktien behalten." Er grinste.

Adam stöhnte auf. „Wen interessiert die verdammte Pillenfirma? Du hast mit dem Thema angefangen, Kumpel. Also bleib dabei, ja?"

Sein Freund lächelte so breit, dass rund ein Viertel seiner Sommersprossen in den Grübchen verschwanden. „Tue ich doch. Bist du sicher, dass Whitehead das dickste Scheckbuch auf der Insel hat? Wenn ich mich nicht täusche, ist deins auch nicht gerade mager."

„Willst du damit sagen, ich soll mir ein Date mit Lacy kaufen?"

„Ich will damit sagen, dass du mir langsam auf die Nerven gehst, mein Freund." Travis seufzte dramatisch. „Und dass du dich endlich mit dieser Lady aussprichst, bevor du den Verstand verlierst – und ich auch."

Eine Stunde später betrat Adam klitschnass Lacys Büro und legte einen Scheck über fünfzigtausend Dollar auf ihren Schreibtisch.

Sie stand auf, sah erst den Scheck und dann Adam an. In ihrem Blick lag eine stumme Frage.

„Ich verdoppele Whiteheads Angebot", erklärte er trocken.

Sie fasste den Scheck nicht an, sondern betrachtete ihn nur. Ihre Augen waren groß, das Gesicht blass.

„Irgendetwas sagt mir", antwortete sie schließlich,

„dass du für diese großzügige Spende mehr erwartest als unser übliches Dankschreiben."

„Richtig, das tue ich."

„Wir verwenden bestes handgeschöpftes Büttenpapier", sagte sie. „Wirklich sehr edel. Du könntest es dir einrahmen."

„Ich habe genug Dankschreiben." Er wischte sich das feuchte Haar aus den Augen.

„Ein VIP-Dauerpass? Ein Leben lang freie Mahlzeiten in der Krankenhaus-Cafeteria?" Er schüttelte den Kopf.

Sie nahm den Scheck noch immer nicht, sondern stand da wie eine Statue. Er wusste, dass nur ihre Willenskraft sie davor bewahrte, die Fassung zu verlieren.

Sie lächelte, als wäre er ein schwieriger, aber geschätzter Wohltäter.

„Ich fürchte, dann wirst du es mir sagen müssen", fuhr sie mit einem leichten Zittern in der Stimme fort. „Was genau erwartest du als Gegenleistung für diesen Scheck?"

„Ein Abendessen mit dir", sagte er. „Am Freitag."

11. KAPITEL

Am Freitag um neunzehn Uhr war es noch hell. Die Sonne schien auf die liebevoll bepflanzten Blumenkästen und das malerische Kopfsteinpflaster der Hauptstraße.

Tilly hatte in letzter Minute erklärt, dass sie zu müde war, um die Gastgeberin zu spielen, und darauf bestanden, dass die beiden essen gingen. Sie hatte ihnen in der Lost Horizon Tavern am Ende der Hauptstraße einen Tisch mit Blick auf den Yachthafen bestellt. Lacy hatte sie zornig angesehen, aber kein Wort gesagt.

Sie und Adam waren ein wenig zu früh, also ließen sie sich Zeit und liefen noch ein wenig die Hafenpromenade entlang. Sie sprachen kaum. Ab und zu begrüßte einer von ihnen einen Bekannten. Inzwischen hatte sich auf der ganzen Insel herumgesprochen, dass Lacy Morgan den gut aussehenden Neuankömmling geohrfeigt hatte. Wer ihnen begegnete und freundlich Hallo sagte, konnte seine Neugier kaum verbergen.

Es war alles schrecklich peinlich, aber keiner von ihnen gab es zu. Also schlenderten sie weiter, und jeder wartete darauf, dass der andere als Erster die Nerven verlor.

Endlich erreichten sie das Restaurant. Lacy hatte schon oft hier gegessen, aber heute kostete es sie Überwindung, es zu betreten. Früher war es ihr und Adam immer unglaublich elegant und exklusiv erschienen. Es hatte alles symbolisiert, was Adam ihr geben wollte, aber nicht konnte.

Er hatte ihr versprochen, eines Tages mit ihr hineinzugehen. Sie warf einen verstohlenen Blick auf sein markantes Profil. Ob er dieses Versprechen vergessen hatte?

„Mr. Kendall! Was für ein Vergnügen!"

Offenbar war Adam seit seiner Rückkehr bereits hier gewesen, denn Marvin, der Oberkellner, begrüßte ihn so herzlich, wie er es sonst nur bei den Mitgliedern des Pringle-Clans oder durchreisenden Würdenträgern tat.

„Und Mrs. Morgan! Willkommen."

Er führte sie an einen Tisch auf der Terrasse. Dies ist wirklich eine Vorzugsbehandlung, dachte Lacy erstaunt.

Nachdem sie Drinks bestellt hatten, lehnte Adam sich lächelnd zurück. „Und?", fragte er. „Kostet das Tischgespräch extra?"

Sie lächelte zurück. Oh, wie zivilisiert sie doch waren! „Natürlich nicht. Worüber möchtest du reden?"

„Du könntest mir erklären, warum du Ja gesagt hast. Ehrlich gesagt, ich habe damit gerechnet, dass du den Scheck in Stücke reißt und sie mir ins Gesicht wirfst."

„Tatsächlich?“ Sie nippte an ihrem Weißwein. „Warum hätte ich das tun sollen? Du hattest mich doch schon beleidigt. Hätte ich den Scheck nicht genommen, hätte das doch nur bedeutet, dass du mich umsonst beleidigen kannst.“

Verwirrt sah er sie an. „Warum deutest du es als Beleidigung? Warum nicht als Kompliment? Schließlich würde ich doch keine fünfzigtausend Dollar ausgeben, um diesen Abend in Gesellschaft irgendeines x-beliebigen Menschen zu verbringen.“

„Aber ich verkaufe meine Gesellschaft nicht, Adam. Und du weißt das. So zu tun, als würdest du es mir zutrauen, ist beleidigend, findest du nicht?“

Bewundernd schüttelte er den Kopf. „Du bist scharfsinnig, Lacy. Aber du lässt nie zu, dass so etwas wie Gefühle deine Logik trüben, nicht wahr?“

„Nein“, bestätigte sie und stellte das Glas ab. „Ich schlage vor, wir wählen ein anderes Thema.“

„Okay. Du bist an der Reihe.“

„Wie wäre es mit der Neugeborenenstation? Dank deiner Spende haben wir jetzt mehr Geld, als wir dafür brauchen. Also muss der Verwaltungsrat entscheiden, wofür wir den Überschuss verwenden. Die eine Hälfte der Mitglieder ist dafür, bessere Wasserhähne zu kaufen, die andere will die Warteräume mit mehr Fernsehgeräten ausstatten.“

„Ich würde für die Hähne stimmen“, sagte er mit gespieltem Ernst. „Mit guten sanitären Anlagen kann man nichts falsch machen. Also sind die medizinischen Einrichtungen bereits finanziert?“

„Natürlich. Die standen an erster Stelle. Dein Geld ist der Zuckerguss auf dem Kuchen. Schön zu haben, aber nicht unbedingt nötig.“

„Wie erniedrigend“, sagte er, aber er lächelte, und sie wusste, dass sein Ego es verkraften würde. Mehr noch, er schien sich köstlich zu amüsieren. Seine gute Laune machte es ihr schwer, ihm böse zu sein. Und nicht nur das, sie lief sogar Gefahr, den Abend sehr zu genießen.

Sie war froh, als Marvin mit der Weinflasche an den Tisch trat.

„Verzeihen Sie die Störung, Mrs. Morgan“, sagte er ernst, während er ihr Glas füllte. „Aber Miss Morgan und ihr Begleiter wollen aufbrechen. Sie hat gesagt, dass Sie die Rechnung übernehmen würden.“ Sein Lächeln war gequält. „Ich dachte mir, ich frage Sie besser erst.“

Lacy verbarg ihre Überraschung und schaute dorthin, wo Gwen und Teddy Kilgore an einem Tisch in der Mitte des Innenraums saßen. Gwen winkte ihr fröhlich zu, während Teddy verlegen auf seinen leeren Teller starrte.

„Das geht in Ordnung", sagte Lacy, während sie diskret zurückwinkte. „Setzen Sie es mit auf unsere Rechnung, bitte."

Als sie wieder allein waren, merkte sie, dass Adam sie aufmerksam musterte. „Mutterschaft muss eine ziemliche Erfahrung sein", sagte er.

Sie wusste, dass sie erblasste. Sie konnte nichts dagegen tun. „Wie?"

„Mutterschaft." Er warf einen Blick in Gwens Richtung. „Oder Stiefmutterschaft. Es muss hart gewesen sein, besonders mit einer Stieftochter, die so ... spontan ist."

Lacy stieß den unwillkürlich angehaltenen Atem unauffällig wieder aus und schaute zu Gwen hinüber. Diesmal betrachtete sie sie mit Adams Augen und sah so viel Schönheit, so viel Energie, so viel Trotz. Und zugleich sah sie die kindliche Verletzlichkeit.

„Weißt du, ich glaube nicht, dass ich Gwen eine sehr gute Mutter war", gestand sie.

„Nein?"

„Nein. Sie wollte keine Mutter. Sie war dreizehn und sehr störrisch. Die Vorstellung, eine Stiefmutter zu bekommen, die nur fünf Jahre älter als sie war, muss für sie entsetzlich gewesen sein. Also hat sie mich aus ihrem Leben ausgeschlossen."

Das Essen wurde serviert, und Lacy schwieg, bis

der Kellner wieder fort war. Sie hoffte, dass Adam sie nicht mehr auf Gwen ansprechen würde.

Er schnitt ein Stück von seinem Steak. „Also hat sie dich abgelehnt. Mit dreizehn ist das wahrscheinlich normal. Aber es wurde nicht besser?“ Es schien ihn wirklich zu interessieren.

„Nein, eher schlimmer. Malcolm ertrug den Dauerstreit nicht, also schickte er sie auf ein Internat.“ Lustlos stocherte Lacy in ihrem vegetarischen Couscous herum. „Das hat Gwen mir nie verziehen.“

Sie nippte am Wein und schaute aufs Wasser hinaus.

„Damals habe ich es nicht verstanden, aber jetzt weiß ich, dass sie sich von mir im Stich gelassen fühlte. Ich hätte Malcolm widersprechen und darauf bestehen sollen, dass sie bei uns bleibt.“

Er zog eine Braue hoch. „Malcolm Morgan widersprechen? Du warst achtzehn, Lacy. Ich habe erwachsene Männer vor Malcolm zittern sehen, wenn er zornig wurde. Aber er war schon immer ziemlich verrückt nach dir gewesen, nicht? Vielleicht hättest du …“

„Ja, vielleicht hätte ich das“, unterbrach sie ihn. „Aber mir fehlte einfach der Mut. Ich war …“ Sie musste vorsichtig sein und aufpassen, was sie sagte. „Ich fürchte, ich habe nur an mich gedacht. Mir war nicht bewusst, wie sehr sie gelitten hat.“

Aber wie hätte sie es bemerken sollen? Ihr eigener

Schmerz machte sie blind für andere. Sie hatte so viel verloren, keinen Raum für Gefühle außer der eigenen Trauer gehabt und nur von einem Moment zum nächsten gelebt. Allein das Überleben hatte all ihre Kraft gekostet.

Und als sie endlich aus diesem Albtraum erwachte, war es zu spät. Sie und Gwen waren wie Fremde. Nein, noch schlimmer. Aus Gwens Abneigung war Hass geworden.

Ein plötzliches Vibrieren an ihrem Oberschenkel riss sie aus den tristen Erinnerungen. Sie nahm das Handy heraus und sah auf die Anzeige. Der Anruf kam aus dem Krankenhaus. Hastig meldete sie sich.

Das Gespräch war kurz. Danach sah sie Adam an.

„Ich muss ins Krankenhaus“, seufzte sie. „In einem der neuen Räume ist ein kleines Feuer ausgebrochen. Vermutlich hat jemand dort geraucht.“ Sie stand auf. „Es ist schon gelöscht, aber irgendwie hat die Presse davon Wind bekommen und will einen offiziellen Kommentar. Leider ist das mein Job.“

Er legte einige Geldscheine auf den Tisch. „Ich fahre dich hin.“

Sein Steak war erst halb aufgegessen, aber sie hatte keine Zeit, mit ihm zu diskutieren. Und außerdem wollte sie nicht, dass ihr Rendezvous schon zu Ende war.

„Na gut“, erwiderte sie. „Danke.“

Offenbar geschah an einem Freitagabend im Sommer auf Pringle Island nichts wirklich Interessantes. Ein von einer Zigarettenkippe ausgelöster Brand in einem Abfalleimer im leer stehenden Flügel des Krankenhauses reichte aus, um sämtliche Journalisten der Stadt anzulocken.

Adam sah zu, wie Lacy ihre ersten beiden Interviews gab, und bewunderte, wie ruhig sie die sensationshungrigen Fragen beantwortete. Im Licht der Fernsehscheinwerfer war ihr Gesicht wunderschön. Doch als die Zeitungsreporter sich auf sie stürzten, wanderte er davon, um den Verkaufsautomaten zu suchen.

Als er ihn endlich fand, schmeckten die beiden Käsestangen wie gesalzene Pappe – ein trauriger Ersatz für ein leckeres Steak. Er würgte sie hinunter und wünschte, er hätte die Flasche Chardonnay mitgenommen. Schließlich ging er in Lacys Büro, setzte sich auf die Besuchercouch und las in den Broschüren, in denen um Spenden für die Neugeborenenstation geworben wurde.

Eine Stunde später erschien Lacy in der Tür. „Es tut mir so leid", sagte sie, streifte die silbernen Sandaletten ab und ließ sich neben ihm auf die Couch fallen. „Ich hatte keine Ahnung, dass es so viele sein würden."

„Kein Problem", antwortete er. Aber warum hatte

er so lange auf sie gewartet und sich die Zeit mit langweiligen Prospekten vertrieben, anstatt ins Hotel zurückzukehren – oder ins Restaurant? Er beschloss, dass er es gar nicht wissen wollte. Ein Mann, der fünfzigtausend Dollar für ein einziges Abendessen ausgab, das er noch dazu vorzeitig abbrechen musste – nun ja, ein solcher Mann war reif für den Psychiater.

Er wollte Lacy nicht anstarren. Aber er hatte sich jahrelang mit Traumbildern begnügen müssen. Die Wirklichkeit war noch atemberaubender. „Mein Scheck hat sich noch nicht bezahlt gemacht“, sagte er leise.

Sie sah ihn an. „Vielleicht solltest du mir genau erklären, was du dir davon versprochen hast, Adam.“

Er lächelte. „Wie ich höre, werde einige der alten Räume für die neue Station umgebaut. Wie wäre es mit einer Führung?“

Sie musterte ihn, als würde sie seinen Absichten misstrauen. Er blinzelte unschuldsvoll, und sie musste lachen. Kein Zweifel, sie taut auf, dachte er und freute sich darüber mehr, als er sollte.

„Okay“, sagte sie. „Aber ich werde die Schuhe nicht wieder anziehen. Meine Füße bringen mich um.“

„Was?“ Entsetzt wich er zurück. „Die untadelige Mrs. Morgan läuft barfuß durch ihr Königreich? Sollen wir die Reporter zurückholen und ihnen eine echte Sensation liefern?“

„Was für ein Unsinn." Leise stöhnend erhob sie sich. „Der neue Flügel ist vollkommen leer. Niemand wird mich sehen."

Also wanderten sie über halbdunkle Korridore, bis Lacy irgendwann um eine Ecke bog und sie sich plötzlich in einem überraschend chaotischen Bereich voller Leitern, Gerüste, Werkzeuge und Eimer befanden.

„Hier wird noch gearbeitet", sagte sie. „Aber ein Raum ist schon fertig. Mit dem beeindrucken wir unsere Spender."

„Also mich", meinte er lächelnd.

Obwohl sie sich abwandte, sah er, dass sie ebenfalls lächelte. „Genau, also dich."

Sie öffnete eine Tür und schaltete eine Lampe neben einem Bett ein, das überhaupt nicht nach Krankenhaus aussah. „Das ist einer der Entbindungsräume. Falls es sich in irgendeiner Weise um eine Risikogeburt handelt, wird die Mutter das Baby hier zur Welt bringen, ganz in der Nähe der neuen Station."

„Nett", sagte Adam und setzte sich auf die Bettkante. Neben dem Bett stand eine Wiege. Er berührte sie, und sie bewegte sich sanft hin und her. „Wie zu Hause."

„Das hoffen wir", antwortete sie und sah sich nicht ohne Stolz im Raum um. „Für viele der Mütter ist das hier eine schlimme Zeit, in der sie sehr große Angst haben. Das Baby kommt zu früh zur Welt, oder es gibt verschiedene andere Komplikationen. So viel kann passieren ..."

Sie holte tief Luft. „Natürlich können wir keine Wunder vollbringen, aber wir werden alles tun, was in unserer Macht steht."

Er folgte ihrem Blick und sah, dass sie zu Recht stolz war. Der Raum wirkte in keiner Weise bedrohlich. In einer Ecke stand eine Liege, auf der sich Angehörige ausruhen oder sogar übernachten konnten. Aber zugleich standen hier die modernsten medizinischen Geräte zur Verfügung.

Das hier war nicht da, um Wohltätern zu imponieren, sondern um Leben zu retten.

„Du hast großartige Arbeit geleistet, Lacy", sagte er. „Vielleicht werden hier eines Tages doch ein paar Wunder vollbracht."

Er wusste nicht, ob sie ihn gehört hatte, denn sie ging umher, berührte ein Gerät nach dem anderen, stellte die Uhr auf dem Nachttisch um und rückte den Schirm der Lampe zurecht.

„Danke", erwiderte sie schließlich. „Ich hoffe, du hast recht."

Sie stand jetzt vor ihm und zupfte an der Decke, die in der Wiege lag, als könne sie nicht ertragen, dass sie nicht vollkommen glatt war. Plötzlich sah er, dass ihre Augen im Schein der Lampe schimmerten. Sie presste die Lippen zusammen, als müsse sie einen unaussprechlichen Schmerz unterdrücken. In diesem Moment war Adam, als würde es die zehn Jahre, die zwischen ihnen lagen, nicht mehr geben. Was immer ihn verursacht hatte, ihr Schmerz war auch seiner. Und er ertrug es nicht, sie so leiden zu sehen.

Ohne zu überlegen, griff er nach ihrer Hand.

„Lacy … Ich habe dich vermisst. All diese Jahre … Das weißt du doch, oder? Ich habe dich so sehr vermisst, dass ich glaubte, ich würde sterben“, flüsterte er.

Langsam drehte sie sich zu ihm um. Tränen liefen ihr über die Wangen, aber ihr Gesicht sah aus, als wäre sie in einer ganz anderen Welt.

„Ich habe dich auch vermisst.“ Sie berührte sein Gesicht, und ihr Blick wurde unendlich traurig. „Ich habe dich so sehr vermisst, dass ich gestorben bin.“

Er zuckte zusammen.

„Nein, das bist du nicht“, sagte er heftig. „Verdammt, Lacy, du bist nicht gestorben. Ich weiß, wie ich dich zu mir zurückholen kann. Lass mich es tun.“

Er drückte ihre Hand so fest, dass sie das Gleichgewicht verlor und sich neben ihn auf das Bett setzen musste. Sie protestierte nicht, als er den Arm um ihren reglosen Körper legte und sie an sich zog.

„Bitte, lass mich es tun, Lacy. Lass mich dir den Weg zurück zeigen.“

Er war nicht sicher, was er vorhatte. Glaubte er, dass Sex die Antwort war – dass ein paar zärtliche Stunden auf diesem Bett im Geburtsraum eines unfertigen Krankenhausflügels das Eis zum Schmelzen bringen würden, in das sie sich so viele Jahre lang gehüllt hatte?

Vielleicht war er sogar verrückt genug, um es zu versuchen. Zehn Jahre ohne sie hatten ihn ausgehungert und sein Verlangen nach ihr unbändig werden lassen.

Doch bevor er sich darüber klar werden konnte, fühlte er, wie ihre Schultern zu beben begannen.

„Adam", sagte sie heiser und wollte sich von ihm lösen.

Aber er ließ es nicht zu. Er presste sie an sich, während sie am ganzen Körper zitterte.

„Es ist gut, Lacy", flüsterte er. „Mach schon, lass es heraus."

Sie wehrte sich noch ein, zwei Sekunden, und dann begann sie zu weinen – schluchzend wie ein Kind, laut und ungehemmt, als hätte die Kunst der Selbstbeherrschung sie urplötzlich im Stich gelassen.

Er hielt sie fest, ließ ihre Tränen auf sein Hemd tropfen, strich ihr über das Haar und gab leise tröstende Laute von sich.

Es war nicht das, was er erwartet hatte. Aber vielleicht würde es helfen. Vielleicht.

12. KAPITEL

Als sie sich dem Swimmingpool des Cartwright Hotels näherte, nahm Gwen das gelbe Badetuch ab und warf es sich lässig über die Schulter. In ihrem neuen Bikini sah sie einfach großartig aus, und sie wollte, dass er seine volle Wirkung auf Travis entfaltete.

Aber der Typ sah ja nicht einmal in ihre Richtung. Gwen kam höchstens zehn Minuten zu spät zu ihrer Verabredung, aber Travis war schon im Wasser und schob irgendein Kind auf einem Floß durch die Gegend. Also stieß sie die Luft aus, die sie angehalten hatte, um ihre Brüste in Bestform zu präsentieren, und setzte ein Stirnrunzeln auf. Etwas mehr Aufmerksamkeit als das hier war sie schon gewöhnt.

Trotzdem sah er irgendwie süß aus. Sein Haar war klitschnass und nach hinten gestrichen. Das markante Gesicht saß auf breiten gebräunten Schultern, die sie unwillkürlich schneller atmen ließen.

Bisher hatte Gwen sich fast ausschließlich auf Travis konzentriert – im Moment hatte sie einfach keine Lust, sich in etwas so Rätselhaftes und Kompliziertes wie die Beziehung zwischen Adam und Lacy einzumischen. Adam war zwar der erotischste Mann, dem sie jemals begegnet war, aber er machte es einem nicht gerade einfach, ihn näher kennenzulernen. Travis war da wesentlich zugänglicher.

Vielleicht würde sie ihm gleich verzeihen, dass er ihren Dynamit-Bikini noch nicht bemerkt hatte.

„Und dann schnappt der Hai nach deinem Floß. Er nimmt es zwischen die riesigen Zähne und schiebt dich aufs offene Meer hinaus!“ Travis gab komische Knurrlaute von sich – seit wann knurrten Haie? – und schlug mit beiden Beinen ins Wasser. Das kleine Mädchen kreischte voller Begeisterung. Es war etwa sechs Jahre alt und trug Schwimmflügel.

Gwens Verärgerung verflog schlagartig. Sie ließ das Tuch, das orangefarbene Handtuch und den dicken Roman auf einen Liegestuhl fallen, ging zum Pool und beugte sich über den Rand.

„Entschuldigung? Mr. Hai? Erinnern Sie sich an mich? Ich bin das Mädchen, mit dem Sie verabredet waren.“

Lächelnd schaute er in ihre Richtung.

„Ah! Der Hai hat ein neues Opfer entdeckt!“, rief er. „Ein Wunder ist geschehen. Du bist gerettet!“, sagte er zu dem Mädchen, bevor er dem Floß einen heftigen Stoß versetzte, sodass es mit gewaltiger Bugwelle durchs Wasser glitt. Während die Kleine laut jubelte, schwamm er – noch immer als Hai – auf Gwen zu. Als er den Beckenrand erreichte, streckte er die Arme aus und umfasste ihre Taille.

„Komm schon, meine Hübsche. Leb mit mir im Wasser und sei meine Haikönigin."

Sie ließ sich nicht in den Pool ziehen. „Ich will kein Hai sein. Zu viel Arbeit. Haie schlafen nie."

Er machte ein enttäuschtes Gesicht. „Aber wir müssen Haie sein. DeeDee will es so. Und wir sind heute ihre offiziellen Beschützer, weil ihre Brüder sie wegen ihrer Schwimmflügel ärgern."

Gwen schaute zu dem kleinen Mädchen hinüber, das gerade wild paddelte, um drei älteren Jungs zu entkommen, die sie immer wieder nass spritzten und im Chor hänselten.

„Das ist DeeDee?", fragte sie.

Travis nickte. „Und die anderen sind DeeDees Brüder. Die drei sind einfach zu dämlich. Natürlich können sie nichts dafür. Sie sind elf, zwölf und dreizehn."

Gwen seufzte. „Und wieso kennen wir DeeDee?"

Travis lächelte hinreißend. „Ich habe sie vor zehn Minuten kennengelernt – als ich auf dich wartete."

„Ach, jetzt ist es also meine Schuld?" Aber sie sah noch einmal zu DeeDee hinüber. Das kleine Mädchen war den Tränen nah. Das Haar klebte an ihren geröteten Wangen, während sie den Wasserschwaden ihrer Brüder auszuweichen versuchte. Gwen kniff die Augen zusammen und musterte die drei johlenden und pfeifenden jungen Rüpel.

Und dann erwischte es sie. Genau wie es Travis erwischt hatte. Er schien es gewusst zu haben, denn er lächelte zufrieden. Sie holte tief Luft. „Okay. Jetzt pass mal gut auf, Mr. Hai. Ich erledige das."

Sie marschierte zu den Jungs hinüber. „He, du."

DeeDees böse Brüder hoben verblüfft die Köpfe, und ihre Augen wurden groß, als sie die blonde Lady in dem Millionen-Dollar-Bikini sahen. Gwen schmunzelte. Offenbar zahlte sich der neue Zweiteiler doch noch aus. Der Dreizehnjährige errötete sogar. Vermutlich hatte er an seiner Kinderzimmertür das Poster einer Schauspielerin, die etwas ganz Ähnliches trug.

Nervös sah er sich um. „Ich?"

„Ja, du." Sie lächelte. „Ich suche jemanden, der meinem Freund dort drüben zeigt, wie man einen richtigen Kopfsprung vom obersten Brett macht. Und als ich dich sah, habe ich mir gesagt, das ist ein junger Mann, der es kann." Sie strahlte ihn an. „Du kannst es doch, oder? Ich meine, du hast keine Angst oder so?"

Der Knabe hatte Angst. Höllische Angst. Aber seine jüngeren Brüder verpassten ihm kichernd Rippenstöße und spornten ihn an. Und natürlich hatte der kleine Feigling, der seine Schwester so unbarmherzig gequält hatte, nicht den Mut zuzugeben, wie sehr ihm vor dem Sprungturm graute.

„Angst? Ganz bestimmt nicht", sagte er und schob

seine Brüder wütend zur Seite. „Haltet den Mund, ihr beide. Ich kann es."

Aber er konnte es nicht. Er kletterte auf den Turm, ging langsam bis ans Ende des Fünf-Meter-Bretts, schaute nach unten, schloss die Augen und erstarrte. Eine geschlagene Minute lang stand er so da, bis seine gebannt nach oben starrenden Brüder die Geduld verloren und zu lästern begannen. Er schaute noch einmal nach unten, gab auf und machte kehrt. Mit hochrotem Kopf kletterte er wieder nach unten.

Keine zwei Minuten später stiegen alle drei Jungs wortlos aus dem Schwimmbecken. Ihre kleine Schwester konnte in Ruhe weiterspielen, unter den wachsamen Augen ihrer Eltern, die bisher gelesen und das Drama offenbar gar nicht mitbekommen hatten. Mit einem selbstzufriedenen Lächeln schlenderte Gwen zu Travis zurück.

Leise lachend stemmte er sich aus dem Pool und begann, sich mit einem Handtuch abzutrocknen. „Das war gemein", sagte er anerkennend. „Absolut teuflisch sogar."

Sie polierte sich die Fingernägel an der Brust und pustete anschließend darauf. „Nur ein kleiner Trick, den ich im Internat aufgeschnappt habe", erklärte sie bescheiden. „Pass auf, der Trick ist ganz einfach. Wenn man von einer Horde wild gewordener Typen drangsaliert wird, nimmt man sich den größten und fiesesten von allen vor und macht ihn genüsslich zu Hackfleisch. Danach wird man in Ruhe gelassen, denn keiner traut sich mehr, einen auch nur schief anzusehen."

Travis stieß einen anerkennenden Pfiff aus. „Wo warst du denn auf dem Internat? Alcatraz?"

„Eine Art Filiale davon." Gwen drapierte sich so auf einem Liegestuhl, dass ihre Kurven zur vollsten Geltung kamen. „Daddy war es ziemlich egal, wohin er mich schickte. Hauptsache, er hatte keine Zuschauer, während er versuchte, seine gefriergetrocknete Braut aufzutauen."

Travis setzte sich ebenfalls und legte neugierig den Kopf schief. „Damit meinst du Lacy?"

Gwen setzte ihre Sonnenbrille auf. Manchmal fingen ihre Augen an zu brennen, wenn sie über dieses Thema sprach, und sie wollte nicht, dass er auf falsche Gedanken kam.

Sie nickte. „Genau. Lacy, die hübsche Dame des Hauses. Sie wollte keine Kinder um sich haben – erst recht keins, das genau wusste, dass sie eigentlich gar keine Dame war. Sie war einfach nur eine kleine Verkäuferin aus Daddys Kaufhaus, die sich als Lady verkleidete."

Dieses Mal lächelte Travis nicht. Im Gegenteil. Sein Blick wurde sehr ernst.

„Das klingt verdammt herablassend“, stellte er ruhig fest. „Und ehrlich gesagt, für so versnobt hätte ich dich nicht gehalten.“

Zu ihrer Überraschung tat seine Kritik ihr weh. Richtig weh. Sie hatte keine Ahnung, warum das so war. Normalerweise ging sie abends besonders zufrieden ins Bett, wenn sie jeden, dem sie am Tag begegnet war, gekränkt hatte.

Aber Travis war anders. Für ihn schien sie nicht nur ein sexy Mädchen, ein rebellischer Wirbelwind oder eine Superversagerin zu sein, die ihren Vater zutiefst enttäuscht hätte. Er steckte sie nicht in eine Schublade, sondern akzeptierte sie so, wie sie war, und schien sie trotzdem zu mögen.

Plötzlich wurde ihr bewusst, dass sie auch weiterhin von ihm gemocht werden wollte.

„Du hast recht“, sagte sie schließlich. „Ich weiß wirklich nicht, warum ich das gesagt habe. Mit ist völlig egal, dass sie mal arm war. Ich glaube auch nicht, dass sie Daddy seines Geldes wegen geheiratet hat. Von dem, was sie geerbt hat, gibt sie so gut wie nichts aus. Es ist nur, dass …“

Sie verstummte. Sie hatte Dinge sagen wollen, die sie nie gesagt hatte. Nicht einmal zu sich selbst. Was war mit ihr los?

„Es ist nur, dass es schön gewesen wäre, eine Freundin im Haus zu haben, weißt du?“ Sie atmete tief durch und schaute an ihm vorbei. „Ich hätte es sehr gern gehabt, dass sie mich mag. Aber sie mochte mich nicht. Das tut sie noch immer nicht. Und sie wird es auch nie tun.“

Erst jetzt sah sie Travis wieder an. Seine Miene war nicht mitleidig oder wissend, sondern ganz einfach verständnisvoll.

„Ja, so war es, schätze ich.“ Gwen zuckte mit den Schultern. „Keine große Sache. C’est la vie, richtig? Du solltest nur wissen, dass es nicht um Geld ging.“

„Okay. Zur Kenntnis genommen.“ Er lächelte. „Also ... willst du Lehrerin werden?“

Der abrupte Themenwechsel verwirrte sie. Sie legte die Stirn in Falten. „Was?“

„Ich habe gefragt, ob du Lehrerin werden willst. Der Animationschef im Country Club sucht jemanden, der den kleinen Kindern Schwimmunterricht gibt. Ich habe ihm gesagt, dass du ideal dafür bist. Du bist um drei mit ihm verabredet – zu einem Bewerbungsgespräch.“

Sie nahm die Sonnenbrille ab, damit er sehen konnte, wie verärgert sie war. „Du hast vielleicht Nerven, Travis. Glaubst du etwa, du könntest mir vorschreiben, welchen Beruf ich ergreife? Du kennst mich doch nicht einmal.“

Lachend ließ er sich auf den Liegestuhl zurückfallen. So wütend sie auch war, sie musste anerkennen, dass er einen tollen Körper hatte.

„Oh doch, das tue ich", beharrte er. „Du bist Moira, mit einer Prise Kelly und einem Schuss Elly."

„Was zum Teufel soll das denn heißen?"

„Das soll heißen, dass du mit dem Meckern aufhören und zu dem Bewerbungsgespräch gehen sollst." Noch immer lächelnd schloss er die Augen. „Und es soll heißen, meine widerspenstige blonde Amazone, dass du die geborene Lehrerin bist."

Lacy suchte in den Katalogen auf Tillys Bett nach dem der verchromten Wasserhähne mit Einhebelmischer. Es war ein Uhr am Samstagnachmittag, und am Montag wollte der Verwaltungsrat des Krankenhauses über die Sanitäranlagen im neuen Flügel entscheiden. Tilly war Mitglied und wollte sich auf die Abstimmung vorbereiten. Wäre Lacy nicht zu ihr gekommen, wäre sie in die Klinik gefahren, um sich die Muster anzusehen.

Tilly war noch viel zu schwach, also hatte Lacy einen großen Stapel Kataloge die Treppe hinauf in ihr Schlafzimmer getragen.

„Du siehst irgendwie … jünger aus. Glücklicher", sagte die alte Lady lächelnd. „Hat das zufällig mit dem Abendessen im Lost Horizon zu tun?"

„Unsinn“, erwiderte Lacy, ohne den Blick von den Katalogen zu nehmen. Tilly konnte unmöglich wissen, dass sie eine Stunde lang in Adam Kendalls Armen geweint hatte. Seit Jahren hatte sie an das Baby denken können, ohne auch nur eine einzige Träne zu vergießen. Aber dann, ganz plötzlich, allein mit Adam, hatte sie ihrer so lange unterdrückten Trauer freien Lauf gelassen.

Er hatte nicht gefragt, warum sie weinte, sondern sie einfach nur gehalten.

Und danach hatte sie sich jünger gefühlt. Lebendig. Befreit. Als hätte jemand ihr eine Riesenlast von den Schultern genommen.

Tilly musterte sie. „Du siehst … klar aus. Ja, es klingt komisch, aber das ist das richtige Wort. Klar – wie der Himmel nach einem Gewitter.“

Lacy spürte, wie sie errötete. „Matilda Hortense Barnhardt, wenn du nicht sofort …“

„Klopf, klopf.“ Adam stand in der Tür, einen Strauß gelber Gänseblümchen in der Hand. „Störe ich?“

„Überhaupt nicht!“ Tilly streckte die Hand nach ihren Lieblingsblumen aus. „Wie schön! Finden Sie nicht auch, dass Lacy heute klar aussieht, Adam?“

„Nun … ja“, erwiderte er verwirrt. „Ich wollte Ihnen nur die Blumen bringen und gleich wieder gehen. Lacy, bringst du mich zum Wagen?“

Lacy sah Tilly an, die triumphierend lächelte. Sie ignorierte es. „Natürlich“, sagte sie und ignorierte auch den Schmetterlingsschwarm in ihrem Bauch. „Ich bin gleich zurück.“

„Keine Eile“, erwiderte Tilly.

Adam schwieg, bis sie das Haus verlassen hatten. „Mr. Frennick hat sich wieder gemeldet. Er hat Neuigkeiten.“

„Welche denn? Tillys Tochter ist tot, oder hat er sich geirrt?“

Adam schüttelte den Kopf. „Leider nicht.“ Er nahm Lacys Hand. „Aber ihre Enkelin lebt.“

Von Mr. Frennick wussten sie, dass Tillys Enkelin einunddreißig und frisch von ihrem untreuen Mann geschieden war. Claire Scott Tyndale war Reporterin bei einer Bostoner Fernsehstation, wohnte in einem schicken Stadthaus, fuhr einen BMW und hatte kürzlich einen Cockerspaniel namens Winston adoptiert.

Außerdem war sie – laut Mr. Frennick – im siebten Monat schwanger.

Aber selbst die gründlichen Nachforschungen des Detektivs konnten Lacy nicht auf den Anblick der hübschen Frau vorbereiten, die ihnen die Haustür öffnete.

„Ja? Kann ich Ihnen helfen?“, fragte Claire Tyndale.

Ihre braunen Augen glichen Tillys so sehr, dass es

Lacy für einen Moment die Sprache verschlug.

„Sie sehen nicht aus wie Vertreter. Das ist gut, denn ich kaufe nichts."

„Wir sind keine Vertreter", versicherte Adam ihr. Er lächelte, und sofort entspannte sich das Gesicht der Frau. „Ich bin Adam Kendall, und dies ist Lacy Morgan. Wir sind Freunde von Tilly Barnhardt. Sagt der Name Ihnen etwas?"

Claire schüttelte den Kopf. „Nein."

„Es ist eine längere Geschichte", sagte Lacy. „Dürfen wir hereinkommen?"

„Natürlich."

Als sie im Wohnzimmer saßen, erzählte Adam Tillys Enkelin alles über ihre Herkunft. Sachlich, behutsam, ehrlich. Lacy ertappte sich dabei, wie sie den Atem anhielt, bis er fertig war.

„Wow", entfuhr es Claire. Und dann schwieg sie.

„Wir wollen Sie zu nichts drängen, Ms. Tyndale", sagte Adam nach einer Weile. „Sie sollten nur wissen, dass Sie eine Großmutter haben und dass sie nach Ihnen gesucht hat." Er gab ihr eine Visitenkarte und stand auf. „Was Sie mit dieser Information anfangen, liegt allein bei Ihnen." Er ging zur Tür. „Lacy? Wir sollten gehen, sonst verpassen wir die Fähre."

Lacy ergriff Claire Tyndales Hände. „Es ist schwer, Menschen zu vergeben, die einem wehgetan haben.

Aber Tilly ist alt und krank. Wenn Sie zu lange warten, wird Sie vielleicht nicht mehr da sein. Und dann werden Sie möglicherweise feststellen, dass man sich selbst am allerschwersten verzeiht."

Auf der Fähre zurück nach Pringle Island hatten Adam und Lacy das Aussichtsdeck fast für sich allein. Sie standen an der Reling und sahen zu der Insel hinüber, die am Horizont langsam größer wurde.

„Ich möchte mich für Freitagabend entschuldigen", sagte Lacy unvermittelt. Sie hatte es schon den ganzen Tag tun wollen, aber bisher hatten sie fast nur über Tillys Enkelin gesprochen.

„Unsinn", erwiderte Adam. „Du brauchst dich nicht dafür zu entschuldigen, dass du geweint hast."

„Ich weiß nicht, was mit mir los war. Vielleicht war ich nur schrecklich müde."

„Natürlich warst du das. Du hast dir große Sorgen um Tilly gemacht und sehr hart gearbeitet", sagte er.

„Trotzdem war ich sicher, dass mir so etwas wie am Freitagabend nie passieren würde." Hilflos schüttelte sie den Kopf. „Irgendwie macht es mir Angst. Ich erkenne mich kaum wieder."

Er sah ihr in die Augen. „Aber ich tue es, Lacy. Zum ersten Mal seit langer Zeit erkenne ich dich wieder."

Sie hielt sich an der Reling fest, als die Fähre in unruhiges Wasser geriet und das Deck sich leicht neigte.

„Ja“, sagte sie leise. „Vielleicht macht mir gerade das am meisten Angst.“

Der Verwaltungsrat des Krankenhauses hatte beschlossen, den erfolgreichen Abschluss der Spendenkampagne im 1924 eröffneten Vergnügungspark von Pringle Island zu feiern. Der Park war vor fünfzig Jahren stillgelegt und erst kürzlich vom Geschichtsverein aufwendig restauriert worden.

Als Lacys Telefon zum wiederholten Mal läutete, schüttelte sie unwillig den Kopf. Leute, die keinen Cent für die Neugeborenenstation gespendet hatten, überschlugen sich plötzlich vor Eifer und wollten unbedingt am Samstag einen Stand auf dem altmodischen Jahrmarkt errichten, Essen mitbringen oder in der Stadt Plakate aufhängen. Oder es war wieder ein Reporter. Sämtliche Fernseh- und Radiosender der Umgebung wollten über das Fest berichten.

Aber es war kein Journalist, sondern Adam.

„Hi“, sagte er, und die kurze Silbe reichte aus, ihr Herz schneller schlagen zu lassen. Seit sie in Boston gewesen waren, hatte sie nicht mehr mit ihm gesprochen. Zehn Jahre lang hatte sie seine Stimme nicht gehört, und jetzt erschienen ihr fünf Tage wie eine Ewigkeit.

„Selber hi“, erwiderte sie. Was war los mit ihr? Sie

war kein junges Mädchen mehr. Wenn sie nicht aufpasste, würde sie bald wieder Zöpfe tragen und wie ein Teenager flirten.

„Ich rufe nur an, um zu fragen, ob du Hilfe brauchst“, sagte er und lächelte. Sie hörte es ihm an.

„Danke für das Angebot, aber ich schaffe es allein. Noch hat es hier keine Krisen oder Katastrophen gegeben.“

„Keine Blätterteigschwäne? Ich backe tolle Blätterteigschwäne.“

Lacy schmunzelte. „Ich weiß.“

„Ich rufe auch an, weil ich dich um einen Gefallen bitten möchte.“

„Gern. Ich bin dir einen schuldig. Was kann ich für dich tun?“

„Eine Verabredung.“

Sie lachte, spürte jedoch, wie sie immer nervöser wurde. „Du brauchst doch keine Hilfe, um zu einem Rendezvous zu kommen. Jennifer Lansing würde sich am liebsten in Geschenkpapier wickeln und vor deine Tür legen. Und wie ich höre, ist das Restaurant im Cartwright Hotel zum beliebten Treffpunkt der jungen Schönen von Pringle Island geworden. Außerdem interessieren sich selbst die unsportlichsten Damen der Gesellschaft plötzlich für Golf …“

„Lacy.“ Noch immer lag ein Lächeln in seiner

Stimme. „Ich will nicht, dass du mir ein Date arrangierst. Ich will, dass du mein Date bist.“

„Oh.“ Sie wollte sich nicht darüber freuen. Es wäre viel einfacher, Nein zu sagen. Nein, nein, nein. „Wann?“

„Samstag. Auf dem Jahrmarkt.“

„Ich werde den ganzen Tag dort sein“, wich sie aus. „Du kannst mich nicht verfehlen.“

„Das reicht mir nicht. Es gibt nichts Traurigeres, als allein auf einen Jahrmarkt zu gehen. Wer sagte mir, wie toll ich bin, wenn ich am Schießstand alle Enten abschieße? Wer tröstet mich, wenn ich es nicht schaffe, den Ring um die Flasche zu werfen? Wer hält meine Hand, wenn mir im Riesenrad schwindlig wird?“

Sie musste lachen. „Du weißt genau, dass du meine halten müsstest. Ich habe schreckliche Höhenangst.“

„Ja, das weiß ich. Und deshalb will ich, dass du meine Verabredung bist. Wenn ich mich recht erinnere, habe ich dich im Riesenrad immer schützend an mich gedrückt.“

Schlagartig stiegen in Lacy Erinnerungen auf – an bunte Lichter, eine schwankende Gondel, kalten Wind und wärmende Arme. Sag Nein, befahl ihr Verstand. Mach einfach den Mund auf und sag Nein.

„Einverstanden“, sagte sie. „Aber das mit dem Riesenrad kann ich dir nicht versprechen.“

Lacy hatte kaum den Hörer aufgelegt, als sie die Haustür knallen hörte.

Gwen. Sie warf einen finsteren Blick in die Küche und wandte sich ruckartig ab. Dann rannte sie die Treppe hinauf, verschwand in ihrem Zimmer und warf auch diese Tür hinter sich zu.

Lacy ließ sich nicht aus der Fassung bringen. Sie hatte schon vor Jahren gelernt, Gwens Launen zu ignorieren. Ihre Stieftochter würde ihr nicht erzählen, was los war, und Lacy würde sie nicht fragen.

Aber sosehr ihre Stieftochter und sie versuchten, sich wie Fremde zu behandeln, sie waren keine Gäste in einer Hotelpension. Sie waren eine Familie, wenn auch keine heile.

Lacy zögerte. Gwen brauchte sie. Der laute Auftritt war eine Botschaft gewesen. Ein Hilferuf.

Langsam ging sie die Treppe hinauf und klopfte an die geschlossene Tür. „Darf ich hereinkommen?" Sie bekam keine Antwort, also öffnete sie leise die Tür. „Gwen?"

Gwen saß im Schneidersitz auf dem Bett, das zerknüllte Kissen auf dem Schoß. Tränen liefen ihr über das Gesicht.

Lacy erkannte sie kaum wieder. Das lag nicht nur am verweinten Gesicht. Gwen trug Rosa. Kein Neonrosa, kein Punkerrosa. Einfach nur Rosa. Ihr Kleid hatte kleine Knöpfe, vom Kragen bis zum Rocksaum, und Puffärmel, die bis über die Ellbogen reichten. Es war ein Kleid, wie ein Mädchen es trug, wenn es mit ihrem Verlobten seine Großmutter besuchte.

Außerdem hatte sie ihr wildes Haar mit einem weißen Band zu einer Art Zopf gebändigt. Und sie trug flache weiße Pumps. Und eine Strumpfhose. Wo um alles in der Welt war sie gewesen?

„Was ist los?“ Lacy blieb in der Tür stehen.

„Das kann dir doch egal sein.“ Gwen drückte die geballten Fäuste ins Kissen und wehrte sich gegen die Tränen. „Lass mich einfach in Ruhe.“

Lacy gab nicht auf. Sie hatte nicht erwartet, dass es einfach sein würde. „Kann ich irgendetwas für dich tun?“

Gwen lachte bitter. „Oh, du hast schon genug für mich getan, liebe Stiefmutter. Mehr als genug.“ Sie funkelte Lacy an. „Als du mich bei Tina Seville schlecht gemacht hast, wusstest du da schon, dass ich mich bei ihr bewerben wollte?“

Lacy antwortete nicht gleich. Offenbar hatte Gwen sich um eine Stelle als Lehrerin in Tina Sevilles privater Grundschule bemüht. Das allein war schon eine Überraschung. Aber es musste mehr sein. Anscheinend hatte Tina ihr von etwas erzählt, das Lacy gesagt hatte. Etwas Negatives über Gwen …

Lacy errötete. Sie hatte Tina in der letzten Woche angerufen, weil die sich über Gwens Verhalten auf der Strandparty entrüstet hatte. Sie hatte sich für Gwen entschuldigt. Plötzlich schämte Lacy sich dafür. Sie hätte der alten Spießerin gehörig die Meinung sagen sollen, anstatt um Verständnis zu bitten.

„Wenigstens hast du den Anstand, verlegen auszusehen“, sagte Gwen. „Nicht, dass es jetzt noch hilft. Tina Seville will kein Mädchen einstellen, dessen eigene Stiefmutter es für ein Flittchen hält.“

Lacy wollte sich nicht verteidigen. Ihr schlechtes Gewissen ließ es nicht zu. Sie hatte nicht gesagt, dass Gwen sich wie ein Flittchen benahm, aber sie hatte zugelassen, dass Tina Seville es in ihrer Gegenwart behauptete. Das hätte sie nicht tun dürfen. Gwen war kein Flittchen.

Sie hatte Teddy Kilgore einige Mal in aller Öffentlichkeit geküsst und sinnlich mit ihm getanzt. Und einmal hatte sie Dalton Seville zugezwinkert und dabei einen scherzhaft übertriebenen Kussmund gemacht. Das war alles. Nur ein Moralapostel wie Tina würde sich darüber aufregen.

„Das tut mir leid“, sagte Lacy. „Ich hatte keine Ahnung, dass du dich bei ihr bewerben wolltest. Ehrlich gesagt, ich bin erstaunt. In Tinas Schule gehen die Sprösslinge all der snobistischen Aufsteiger, die du immer verachtet hast.“

„Die Eltern interessieren mich nicht“, erwiderte Gwen hitzig. „Mir geht es um die Kinder. Du verstehst das nicht, weil du Kinder nicht ausstehen kannst. Du hast keine Ahnung von Kindern.“

„Es tut mir leid“, sagte Lacy ein zweites Mal. Gwen hatte recht. Sie hatte wirklich keine Ahnung von Kindern. Sie hatte sich immer eingeredet, dass sie nie die Chance bekommen hatte, etwas über Kinder zu lernen. Jetzt wurde ihr klar, dass das eine Ausflucht gewesen war. Gwen war ihre Chance gewesen, und sie hatte sie nicht genutzt.

„Ich wünschte, ich könnte es dir heimzahlen“, fuhr Gwen fort. „Ich wünschte, ich könnte dir einen Traum verderben, nur damit du weißt, wie sich das anfühlt. Aber das kann ich ja nicht. Denn du hast gar keine Träume. Dich interessieren nur Geld und dein Ansehen als größter Snob auf dieser versnobten Insel.“

„Gwen …“

„Verschwinde“, fuhr Gwen sie mit tränenerstickter Stimme an. „Und komm nie wieder in mein Zimmer.“

Sie hasst mich, dachte Lacy voller Entsetzen und machte einen Schritt nach hinten, als hätten Gwens harsche Worte sie wie ein Schlag ins Gesicht getroffen.

„Es tut mir wirklich leid“, versicherte sie Gwen zum dritten Mal. „Ich hatte keine Ahnung, dass du bei

Tina arbeiten wolltest."

„Doch, das wollte ich", schluchzte Gwen und verbarg das Gesicht hinter dem Kissen. „Ich wollte es wirklich. Wie konnte ich nur so dumm sein?"

Den ganzen Samstagnachmittag hielt Lacy nach Gwen Ausschau. Seit der Vergnügungspark am Mittag seine Pforten geöffnet hatte, strömten Touristen vom Festland und die feine Gesellschaft von Pringle Island aufs Gelände. Lacy war Kartenabreißerin beim Kinderkarussell und sah von dort aus fast jeden, den sie auf der Insel kannte.

Jeden bis auf Gwen.

Adam kam um sechs, als Lacys Schicht endete und ihr Date beginnen sollte. Während der letzten Stunde hatte sie immer wieder auf die Uhr gesehen, und dann war er auch noch siebenundfünfzig Sekunden zu spät erschienen. Sie hätte nicht gedacht, dass sie so lange den Atem anhalten konnte.

Sie half gerade Becky Jared auf ein großes blau geblümtes Pferd, als sie ihn entdeckte. Er lächelte ihr zu, und es war, als hätte das Karussell sich zu drehen begonnen.

Gefahr. Ihr Instinkt schlug Alarm. Beherrsch dich. Aber sie konnte es nicht. Ihr emotionaler Winterschlaf war endlich vorüber.

Sie strich Becky über die roten Locken, reichte ihr die Zügel und ging dorthin, wo Adam mit zwei Hotdogs und einer Riesencola mit zwei Strohhalmen wartete.

„Hi“, sagte er. „Ich hoffe, du hast Hunger.“

Sie starrte auf den Hotdog, den er ihr hinhielt. Viel Senf. So, wie sie sie immer gemocht hatte. Ihr lief das Wasser im Mund zusammen. „Ich habe seit zehn Jahren keinen Hotdog mehr gegessen.“

„Das sieht man.“

„Wie meinst du das?“

Lächelnd ließ er den Blick an ihr hinabwandern. „Du wiegst bestimmt weniger als in der Schule. Das ist nicht normal. Iss jetzt.“

Wie gut er sich an meinen Körper erinnert, dachte sie, bevor sie in die Wurst biss und genussvoll aufstöhnte. „Das hier ist mein Abendessen. Und danach werde ich auf die Kalorienbremse treten müssen. Bis August. Es wird ein billiges Date für dich.“

Er schmunzelte. „Da bin ich aber froh. Du glaubst nicht, was mich am letzten Wochenende eine Verabredung zum Abendessen gekostet hat.“

Der Snack schmeckte himmlisch. „Ungefähr … fünfzigtausend Dollar?“

„Genau. Ich habe es ausgerechnet – etwa dreihundert Dollar pro Minute.“

Lacy nahm einen Schluck Cola. „Wow“, sagte sie. „Ein Schnäppchen.“

Er sah ihr tief in die Augen. „Eigentlich war es unbezahlbar.“

Das Karussell hatte angehalten. Becky Jared weinte. Lacy bemerkte, dass Silas Jared nicht auf seine Enkelin achtete, sondern Adam anstarrte.

„Hallo, Silas“, begrüßte sie ihn freundlich. „Du erinnerst dich an Adam Kendall, nicht wahr?“

Der alte Mann runzelte die Stirn. „Allerdings. Und ich hoffe, er erinnert sich an mein Gewehr. Und an mein Messer.“ Er drohte Adam mit dem Zeigefinger. „Behandeln Sie unsere Lacy ja gut, Mr. Kendall. Ich werde nicht zulassen, dass jemand sie unglücklich macht.“

Bevor Adam antworten konnte, eilte Jared zu seiner Enkeltochter. Er seufzte. „Ich glaube wirklich, ich bin noch nie im Leben so oft ermahnt worden, mich brav zu benehmen.“

„Doch.“ Sie leckte sich den letzten Senf vom Finger. „Hast du schon vergessen? In der Schule hattest du einen festen Termin beim Direktor.“

Lachend nahm er ihre Hand, um loszugehen, doch dann blieb er stehen, hob die Hand, drehte sie hin und her und hob sie an, als würde er seinen Augen nicht trauen.

„Wo ist dein Ring?“

„Ich habe ihn abgenommen.“ Sein Blick wurde noch fragender. „Ich hatte Angst, ihn zu verlieren“, erklärte sie. „Hier auf dem Jahrmarkt, zwischen all den Menschen. Ich würde ihn nie wiederfinden und …“ Sie verstummte.

„Gut“, sagte er und strich über die weiße Haut, bevor er sie mit sich zog – zur Geisterbahn. Er ging immer schneller und drängte sich durch die Menge.

Es war ein vertrautes Gefühl. Ihre Hand in seiner, während sie ihm folgte, wohin er auch eilte. Sie spürte, wie sie Herzklopfen bekam.

Dann sah sie plötzlich Jennifer Lansing, die sie und Adam über ein Hotdog hinweg aufmerksam beobachtete. Jennifers Augen waren schmal, der Mund gespitzt. Sie wirkte zutiefst verbittert und verkniffen.

Lacy zuckte zusammen. Hatte sie selbst auch einmal so ausgesehen? Was für ein grauenhafter Gedanke. Sie hörte auf, sich bei den langsameren Besuchern zu entschuldigen, die sie in der Hast streifte. Das hier war ein Jahrmarkt. Es war ein herrlicher Sommertag. Es war kein Verbrechen zu drängeln.

Als sie die Geisterbahn erreichten, trat Tina Seville gerade ins Freie. Lacy zögerte keine Sekunde.

„Tina“, rief sie laut. So laut, wie sie ihre Stimme in der Öffentlichkeit noch nie erhoben hatte. Selbst

Adam drehte sich erstaunt zu ihr um.

Tinas Augenbrauen zuckten hoch. „Lacy“, sagte sie mit einem tadelnden Blinzeln. „Geht es dir gut?“

„Ja. Ich muss mit dir reden“, erwiderte Lacy.

„Jetzt sofort?“

„Jetzt sofort“, bestätigte Lacy. „Es ist wichtig. Es geht um Gwen. Ich möchte dir sagen, dass mir nicht gefällt, wie du Gwen bei ihrem Bewerbungsgespräch beleidigt hast.“

Tina legte die Stirn in zarte Falten. „Habe ich das?“

„Ja, das hast du. Und noch schlimmer, du hast mir etwas in den Mund gelegt. Du hast ihr erzählt, ich hätte etwas sehr Grausames gesagt – etwas, das ich nie sagen würde.“

Tina wirkte empört. Derartige Dinge besprach man nicht in aller Öffentlichkeit. Man besprach sie am besten überhaupt nicht.

„Meine Liebe“, begann Tina spitz. „Ich habe lediglich gesagt, dass Gwen sich wie ein …“

„Genau“, unterbrach Lacy sie. „Du! Du hast es gesagt, Tina, nicht ich. Mein einziger Fehler war, dir das durchgehen zu lassen. Aber das wird sich ändern. Du wirst meine Stieftochter in meiner Gegenwart nie wieder beleidigen. Zufällig halte ich Gwen nämlich für eine sehr intelligente, sehr tapfere junge Frau. Ich bin sicher, du wirst es noch bereuen, dass du sie nicht eingestellt hast."

Tinas Entrüstung wirkte schon fast komisch. „Lacy, hast du den Verstand verloren?"

Lacy lächelte. „Den Verstand verloren?" Sie fühlte Adams Wärme, als er aufmunternd ihre Hand drückte. „Nein, Tina, ganz im Gegenteil. Ich habe ihn endlich gefunden."

Sie hörte Adam schmunzeln, als Tina Seville mit hochgerecktem Kinn davonstolzierte.

„Gut gemacht", lobte er leise.

„Danke. Es hat sich gut angefühlt."

„Natürlich." Er lächelte. „Ich denke, wir sollten die Geisterbahn auslassen. Wenn man einem solchen Ungeheuer gegenübergestanden hat, kann einen so leicht nichts mehr erschrecken."

Drei Stunden später wusste Lacy, dass Adam sich geirrt hatte. Sie fühlte sich verletzlicher als je zuvor. Zwar hatten Jennifer und Tina mit ihren verstaubten Ansichten über korrektes Verhalten keine Macht mehr über sie. Aber an ihre Stelle war eine neue Angst getreten – die vor ihren eigenen Gefühlen.

„Komm schon. Es ist die letzte Fahrt", drängte Adam und führte sie zum Riesenrad. „Ich passe schon auf, dass du nicht herausfällst."

Also stieg sie mit ihm in eine Gondel und ließ sich nach oben in den abendlichen Himmel fahren. Der Wind war kühl, und er legte beide Arme um sie.

Sie sah nach unten, bis ihr schwindlig wurde. Und sie sah etwas, das sie nicht erwartet hatte.

Sie sah sich mit Adam schlafen – hier oben in der schwankenden Gondel, dort unten auf einem kreisenden Karussellpferde und drüben im Irrgarten, wo die vielen Spiegel ihre nackten Körper endlos reflektieren würden.

Und dann, so plötzlich, wie sie gekommen waren, verschwanden die Bilder wieder. Das Riesenrad drehte sich weiter und brachte sie auf die Erde zurück. Als sie mit wackligen Knien aus der Gondel stieg, wusste Lacy, was ihr am allermeisten Angst machte.

Dass sie dabei war, sich zum zweiten Mal in Adam Kendall zu verlieben.

„Du musst wirklich nicht bleiben“, sagte Lacy zu Adam, als sie das Riesenrad hinter sich ließen, während überall um sie herum die Lichter ausgeschaltet wurden. „Es sind genug Wartungskräfte hier. Und ein Wachmann. Mir wird schon nichts passieren.“

Er legte den Arm noch fester um ihre Schultern. „Ich möchte aber bleiben.“

Sie protestierte nicht. Gemeinsam machten sie sich auf einen Kontrollgang über das Gelände des Vergnügungsparks. Vom Atlantik her zog Nebel auf, aber Lacy ließ selbst die Picknicktische nicht aus. Sie fanden vergessene Pullover, verlorene Uhren, Sonnenbrillen und Schlüssel und legten alles in den Kasten mit den Fundsachen.

Aber zwischendurch fanden sie immer wieder zueinander. Eine Berührung der Hände, wenn sie sich über einen Tisch beugten. Ein Kuss, wenn sie sich unter einem Baum begegneten. Ein kurzer Walzer, als sie am Kettenkarussell und seiner noch immer spielenden Orgelmusik vorbeikamen.

Jedes Mal dauerte es ein wenig länger. Jeder Kuss wurde leidenschaftlicher, jede Berührung intimer. Lacys Verlangen wuchs beständig, und sie wusste nicht, wie sie so weitermachen sollten, ohne irgendwann …

Als sie den Irrgarten erreichten, wäre sie am liebsten hineingegangen, so sehr fesselte sie das Bild, das ihr auf dem Riesenrad durch den Kopf gegangen war. Der Gedanke, von ihrer endlos widergespiegelten Sexualität umgeben zu sein, war erregend.

Aber Adam zog sie weiter zum Ausgang. Der Nebel war fast undurchdringlich.

„Adam“, sagte sie.

Er sah sie an. „Was denn?“

„Ich will dich“, flüsterte sie. „Ich will mit dir schlafen. Jetzt.“ Sie atmete tief durch. „Hier.“

Er streichelte ihr Gesicht. „Ich weiß, Liebling.“ Seine Stimme war heiser. „Ich weiß.“

Dann führte er sie einen schmalen, von Ulmen überhangenen Weg entlang. Winzige weiße Lichter funkelten an den Zweigen. Es war still, und der Nebel dämpfte ihre Schritte.

Lacy war nicht sicher, wohin er wollte. Doch dann drang ein rötlicher Schein durch die milchigen Schwaden – und sie wusste, wo sie waren.

Es war das leuchtende Herz am Eingang zum Tunnel der Liebe. Es war aus Neon und nicht besonders schön, aber in diesem Moment erschien es wie ein magisches Zeichen in der Dunkelheit.

Adam blieb darunter stehen. „Lacy.“ In seiner Stimme mischten sich Anspannung und Zärtlichkeit.

„Bist du ganz sicher? Wenn man uns erwischt ...“

„Ich bin ganz sicher.“

„Man könnte uns sehen“, warnte er. „Einen Streit mit Tina Seville kann man überleben, aber das hier ...“ Er schüttelte den Kopf. „Dein Ruf als unantastbares Heiligtum der Stadt wäre hinüber.“

„Das ist mir egal.“ Es stimmte. In diesem Moment war sie keine Statue mehr. Nicht heute Abend. Nicht bei Adam. Und sie gehörte nicht Pringle Island, sie gehörte Adam Kendall. Das hatte sie immer getan.

„Es ist mir egal“, wiederholte sie. „Ich will, dass du mit mir schläfst.“

„Dann komm.“

Er ging mit ihr in den Tunnel und folgte einem von kleinen rosafarbenen Lampen erhellten Weg, der sie zum Steg mit den Ruderbooten brachte. Dunkel und rätselhaft lagen sie da und schienen auf sie zu warten.

Diese Attraktion des Vergnügungsparks kannte Lacy noch nicht, denn seit sie denken konnte, war er immer geschlossen gewesen. Jetzt sah sie, dass die Boote am Heck ein herzförmiges Dach hatten und die Sitzbänke gepolstert und mit rotem Samt überzogen waren.

Ihre Knie wurden weich, und sie umklammerte Adams Hand.

Sie spürte, wie er sie fragend ansah.

„Ich bin sicher“, sagte sie zum dritten Mal. „So sicher, dass ich kaum noch Luft bekomme.“

Als Antwort hob er ihre Hand an den Mund und küsste sie. Seine warmen Lippen streifte die Stelle, an der sie Malcolms Ehering getragen hatte.

Dann half er ihr in ein Boot. Es schwankte, und das rastlose Wasser plätscherte an der Bordwand. Adam schob sie auf die Bank, kniete sich vor sie und zog sie aus – zum Teil jedenfalls. Er ließ sich Zeit, wie früher, obwohl damals jedes Treffen heimlich und riskant gewesen war.

Sie trug ein langes Sommerkleid mit Knöpfen vom Kragen bis zum Rocksaum. Langsam öffnete er es. Er fing oben an und arbeitete sich bis zum Bauch vor, dann ließ er die Hände daran hinabgleiten, begann ganz unten und knöpfte den Rock bis zur Taille auf. Danach schob er ihr das Kleid von den Schultern und löste zwischen den Brüsten den Verschluss des weißen Spitzen-BHs. Schließlich schlug er den Rock auseinander und streifte ihr Höschen an den Beinen hinab und über die Füße.

Nur eine Handbreit ihres Körpers blieb verhüllt, der Rest gehörte ihm.

Langsam strich er über ihre Brust. „So weich“, flüsterte er mit belegter Stimme. „Ich wusste es. Ich habe es nicht vergessen. Du bist so weich wie ein Engel.“

Das Verlangen raubte ihr den Atem, aber er überstürzte nichts, als müsse er ihren Körper ganz neu erkunden. Langsam streichelte er sie von den Schultern bis zu den Brüsten. Manchmal machte er einen Ausflug zu ihrem Hals, manchmal unter ihr Kleid den Rücken hinab. Sie bog sich ihm entgegen, erleichtert, dass ihr Körper noch reagierte.

„Entspann dich“, flüsterte er. „Lehn dich zurück.“

Sie tat es und legte ihre nackten Schultern an den roten Samt der Rückwand. Kraftlos ruhten ihre Hände an den Hüften, als er behutsam ihre Schenkel spreizte. Dann legte er ihre Beine auf seine Schultern und senkte den Kopf.

War es dunkel gewesen? Obwohl ihre Augen geschlossen waren, sah sie helles Licht und leuchtende Farben. Sein Mund war warm, seine Lippen unglaublich sanft, seine Zunge fest und zielsicher. Sie fühlte, wie ihre Hände nach dem Sicherheitsbügel griffen, um Halt zu finden.

Im letzten Moment zog er sich zurück. Sie protestierte stumm, spannte die Beine an, wollte ihn festhalten. Sie war so kurz davor gewesen – vor einer perfekten, nahezu vergessenen Erfüllung, die sie in zehn einsamen Jahren nicht erlebt hatte. Er durfte sie ihr jetzt nicht versagen …

Adam strich ihr das Haar aus der Stirn. Sie streckte

die Arme nach ihm aus und merkte, dass er sich die Jeans ausgezogen hatte. Selbst ein Kondom hatte er bereit. Offenbar war er in all den Jahren vernünftiger geworden.

Sie auch? Hätte sie ihn – und sich selbst – jetzt noch bremsen können? Oder hätte sie getan, was sie vor zehn Jahren getan hatte? Sich im Hier und Jetzt verloren und nicht an die Zukunft gedacht?

„Adam, beeil dich", sagte sie verzweifelt. „Ich brauche es. Ich brauche dich."

Er war bereit. Er zog sie zu sich hinab, hielt sie fest und drehte sich mit ihr, bis sie über ihm war. Das Boot schwankte heftig, und dann saß sie auf ihm.

Er schob die Hände unter ihr Kleid, hob sie an, aber obwohl seine Muskeln zitterten, ließ er sie nicht auf sich sinken, sondern erlaubte ihr, selbst zu bestimmen, wann es geschehen, wann sie ihn in sich aufnehmen würde.

Sie ließ den Kopf nach hinten fallen und genoss es, seine Finger an ihren Knospen zu fühlen. „Es ist so lange her … So viele Jahre …"

„Und wenn es ein Leben gewesen wäre." Er legte die Hände um ihre Taille. „Halt dich an mir fest, Lacy. Lass mich dir zeigen, wie leicht es sein kann."

Woher nahm er die Kraft? Sie war nicht sicher, ob er ihre Hüften mit seinen Händen bewegte oder ob es sein Körper war, der diesen herrlichen Rhythmus erzeugte. Sie wusste nur, dass eine ungehemmte Wildheit sie erfasste und mit sich riss.

So hoch. So hoch, dass es nicht andauern konnte. Doch das tat es. Mit seiner erstaunlichen Kraft nahm er sie mit in eine schwindelnde Höhe, bis sie aufschreien wollte und sich nach dem Absturz sehnte.

Sie packte seine Schultern. Ihre Brüste streiften seine Haut, und zum ersten Mal wurde sein Rhythmus ungleichmäßig. Er flüsterte ihren Namen, und sie half ihm, indem sie die Hüften bewegte und ihre Kraft mit seiner verband. Unter ihnen schwankte das Boot immer heftiger. Die ganze Welt schien zu schwanken.

Und dann gab es nichts als den langen berauschenden Fall, und als er vorbei war, sank Lacy auf Adam. Es dauerte einige Minuten, bis sie wieder ruhig atmen und unter sich sein Herzklopfen hören konnte.

„Danke“, wisperte sie, als sie ihre Stimme wiederfand. Sie tastete unter sein Hemd und strich über die glatte feuchte Haut. „Danke, dass du mir das zurückgegeben hast.“

Er streichelte ihr Haar. „Ich habe dir nichts zurückgegeben, Lacy. Du hast es immer gehabt. Selbst mit achtzehn hast du es gehabt – diese natürliche, ungekünstelte Sinnlichkeit … Eine Frau wie dich habe ich noch nie erlebt.“ Er stöhnte auf. „Du hast mich um den Verstand gebracht und tust es auch jetzt, mehr denn je."

Sie wollte nicht darüber nachdenken, wie viele Frauen er gekannt hatte, während sie in einer kalten lieblosen Ehe gefangen war. Stattdessen schmiegte sie sich fest an ihn. Einmal würde nicht reichen. Mit Adam war einmal nie genug gewesen.

„Schäm dich nie dafür, dass du mehr willst", hatte er damals gesagt. „Ich liebe es, mit dir zu schlafen, Lacy. Wie immer und wie oft du es willst. Verstehst du das? Es gibt nichts, um das du mich nicht bitten darfst."

Die Erinnerung gab ihr den Mut, sich auf ihm zu bewegen und zu hoffen, dass er noch immer so fühlte. Sie wollte mehr. Viel mehr. Sie hatte so viele Jahre nachzuholen.

Er lächelte. „Ich bin keine achtzehn mehr", sagte er, aber sein Körper strafte ihn Lügen. Er war so bereit wie sie.

Doch dann hörten sie Stimmen. Sie schienen vom Eingang des Tunnels zu kommen.

Lacy ließ den Kopf sinken. „Oh nein", murmelte sie. „Mach, dass sie weggehen!"

Adam lachte leise. „Hoffentlich ist es nicht Silas Jared mit seinem Messer."

Ein Mann kam pfeifend näher, vermutlich um die Boote festzumachen und das Licht auszumachen. Hastig zog Lacy ihr Kleid hoch, das Adam ihr klugerweise nicht ganz ausgezogen hatte, und schloss mit zitternden Fingern die Knöpfe.

Plötzlich wurde es im Tunnel hell. Sie warf Adam einen nervösen Blick zu. Er machte seinen Gürtel zu, bevor er ihre Unterwäsche aufsammelte und sie ihr reichte.

„Was meinst du?", fragte er. „Lassen wir uns erwischen, oder willst du dein Gesicht wahren?"

Sie nagte an der Unterlippe. „Geht das überhaupt noch?"

„Vielleicht. Du gehst zuerst. Wenn er ein Gentleman ist, wird er dich zu deinem Wagen begleiten. Ich komme später nach. Wenn wir Glück haben, wird er nie erfahren, dass ich hier war."

Lacy zögerte. Sie wollte Adam nicht verlassen, nicht einmal, um ihren Ruf zu retten. Aber die Stimme kam immer näher.

„Geh schon." Adam küsste sie. Kurz, leidenschaftlich, voller Versprechen. „Bis morgen."

Sie nickte und lächelte tapfer. „Bis morgen."

Und dann lugte sie um die Kante des herzförmigen Aufbaus, sehr zur Überraschung des Wartungsarbeiters. Mit offenem Mund starrte er sie an, als sie auf den Bootssteg kletterte.

„Hallo", sagte sie freundlich. „Darf ich Sie bitten, mich zu meinem Wagen zu begleiten?"

Als Adam auf dem Hotelparkplatz aus dem Wagen stieg, überlegte er, ob er von der Halle aus Travis anrufen sollte. Er wollte noch nicht schlafen, sondern in der Bar noch ein paar Runden Billard zu spielen.

Aber wenn Gwen bei Travis war? Vielleicht war es besser so, denn er würde ohnehin nur über Lacy reden können. Er würde seinem Freund von Booten und Engeln und Hot Dogs und Wundern erzählen, und der arme Kerl würde ihn vermutlich für betrunken halten.

Also ging Adam zur Rezeption und ließ sich seine Post geben. Dann holte er sich aus der Bar einen Scotch mit Wasser und setzte sich in den Innenhof. Der Pool wurde um Mitternacht geschlossen, und außer ihm war niemand mehr dort. Er machte es sich auf einer der Liegen bequem und starrte auf das wie magisch leuchtende Blau, bis er davon träumte, in dem warmen Wasser mit Lacy zu schlafen.

Die Vorstellung war so herrlich, dass er das Klick-Klack hoher Absätze als Störung empfand. Außerdem wollte er allein sein und nicht mit irgendeiner zum Flirt aufgelegten Frau plaudern.

„Da sind Sie ja! Endlich!"

Er drehte sich zu ihr um. Es war Gwen.

„Der Typ an der Rezeption hat mir erzählt, dass Sie hier draußen sind. Ich habe zwei Stunden auf Sie gewartet. Wo waren Sie denn? Dieser dämliche Jahrmarkt hat doch um zehn zugemacht, oder?“

Sein innerer Geigerzähler schlug heftig aus. Gwen war aufgebracht. Adam kannte sich mit Frauen aus, und diese hier war kurz vor dem Explodieren.

Mit einem stummen Seufzer lehnte er sich zurück. „Tut mir leid. Ich wusste nicht, dass Sie mich sprechen wollten. Ich habe Lacy noch auf einem Kontrollgang begleitet.“

Offenbar hatte er genau das Falsche gesagt. Denn Gwen kniff die Augen zusammen und schnaubte abfällig. „Kontrollgang? Nennt man das jetzt so? Ist ja krass.“

Was hatte sie da in der Hand? Sie umklammerte es, als wäre es eine Bombe. So unauffällig wie möglich sah Adam hin. Es war ein dicker Umschlag.

Und warum schien sie vor Wut zu kochen? Hatte sie getrunken?

Sie funkelte ihn an. „Gott, was für eine Enttäuschung Sie doch sind“, zischte sie. „Sie kamen hier an wie der große böse Exfreund, der Lacy durchschaut hat und ihr endlich sagen will, was er von ihr hält. Aber ich wusste, dass Sie das nicht lange durchhalten. Sie sind erst einen Monat auf der Insel, und sie hat Sie schon zu einem ihrer sabbernden Schoßhündchen gemacht.“

„Ich protestiere“, erwiderte er lächelnd. „Ich bin

mir ziemlich sicher, dass ich nie sabbere."

„Oh doch, das tun Sie. Alle tun es." Sie ließ sich auf den Liegestuhl neben seinem fallen und legte den Umschlag auf den Tisch. „Aber ich wette, Ihr Mund wird trocken, wenn Sie sich das hier ansehen."

„Was ist es denn?"

„Das Testament meines Vaters." Sie schlug die Beine übereinander. „Ich glaube, Sie werden es sehr interessant finden."

„Warum?"

„Weil es Ihnen viel über Lacy verrät. Wer sie wirklich ist."

„Ich weiß, dass sie viel Geld geerbt hat, Gwen." Er machte ein Pause. „Genau wie Sie. Und das macht Sie doch auch nicht zu einem bösen Menschen, oder?"

Sie zog eine Augenbraue hoch. „Wissen Sie auch, wie sie an das Geld gekommen ist?"

Adam wollte das alles gar nicht hören. Es würde ihm nie gefallen, dass Lacy Malcolm Morgans Frau gewesen war, aber er hatte sich damit abgefunden. Er wollte es hinter sich lassen.

„Natürlich wissen Sie es nicht", fuhr Gwen fort. „Weil Sie das Testament nicht kennen." Sie schob ihm den Umschlag zu. „Wie gesagt, Sie werden es sehr interessant finden."

„Es geht mich nichts an", entgegnete er kühl. „Das

einzig Interessante ist, warum Sie unbedingt wollen, dass ich es lese."

Gwens bitteres Lachen hallte vom Wasser wider. „Oh, es geht Sie etwas an, Adam. Das Testament ist etwas kompliziert, aber ich habe es verstanden und kann Ihnen erklären, was darin steht." Sie faltete die Hände auf dem Schoß.

„Also … Lacy war schwanger, als sie meinen Vater heiratete. Er wollte nicht, dass sie das Baby bekam. Erst sagte sie Nein, aber dann hat er sein Testament geändert. So, dass sie keinen Cent erbt, wenn sie innerhalb des ersten Jahres ihrer Ehe ein Kind zur Welt bringt."

Mit schief gelegtem Kopf musterte sie ihn. „Keinen Cent. Verstehen Sie, was ich meine? Daddy ändert sein Testament – und plötzlich gab es auch kein Baby mehr."

Adam sah sie an. Ihre Augen glitzerten, und er fragte sich, ob es nicht nur die Wut war, die Gwen antrieb. Vielleicht war es der Schmerz. Vielleicht hasste sie Lacy, weil sie sie einmal hatte lieben wollen.

Das kannte er nur zu gut. Unerfüllte Liebe verwandelte sich in Verbitterung. Er hatte es selbst durchgemacht.

„Gwen", begann er. „Hören Sie doch endlich auf damit. Meinen Sie nicht, dass Sie vielleicht nur etwas falsch verstanden …"

„Falsch verstanden?“ Sie stand auf. „Ich war dabei. Ich war noch klein, und sie haben mir nichts erzählt, aber ich habe gehört, wie sie sich stritten. Sie werden es nicht glauben, aber damals hat Lacy viel geweint.“

Obwohl er es nicht wollte, gab er einen Laut von sich.

„Ja, es war hart“, sagte sie. „Mein Vater verstand es, seinen Willen durchzusetzen. Zuerst war es nur ein Vorschlag, dann übte er Druck aus. So machte er es immer. Er versuchte, einen zu überreden, und wenn das nicht funktionierte, wurde er gemein.“

Adam schwieg.

„Sie müssen mir nicht glauben. Lesen Sie das Testament. Und falls Sie denken, dass ich es gefälscht habe, gehen Sie zum Nachlassgericht. Die haben es in den Akten. Schwarz auf weiß.“

Sie ging davon – offenbar zufrieden, dass sie ihren Fisch an der Angel hatte und er jetzt am Haken zappelte.

Nach ein paar Schritten blieb sie stehen und drehte sich um. „Los, Adam, zählen Sie eins und eins zusammen. Hätte sie ein Baby bekommen, hätte sie gar nichts geerbt.“ Sie zuckte mit den Schultern. „Und jetzt sehe ich ein verdammt reiche Witwe, aber ich sehe kein Baby. Sie etwa?“

14. KAPITEL

Lacy war im Garten und pflückte Margeriten und Rittersporn für den Strauß, der immer im Eingangsbereich stand. Hamlet lag neben ihr im Gras, spielte die große Raubkatze und starrte auf eine gar nicht vorhandene Beute im Steinkraut.

Eigentlich hätte sie ins Krankenhaus fahren müssen. Seit Jahren arbeitete sie selbst am Sonntagnachmittag, weil sie in den ruhigen Stunden mehr bewältigte als an den fünf hektischen Werktagen zusammen.

Aber heute war das Wetter einfach zu schön, um im Büro zu sitzen. Die Sonne schien vom strahlend blauen Himmel herab, und in der Luft lag der frische salzige Geruch des Ozeans. Wenn man leise war, konnte man fast glauben, dass man die Brandung an der zwei Meilen entfernten Küste hörte.

Ja, heute hielt sie es im Haus einfach nicht aus. Sie fühlte sich auf wunderbare Weise lebendig und freute sich über jeden Schmetterling, der die Butterblumen umschwirrte.

Und außerdem war sie sicher, dass Adam anrufen würde. Sie schaute zur Veranda hinüber, wo sie das schnurlose Telefon auf das Geländer gelegt hatte. Bestimmt würde es bald klingeln. Bis dahin würde sie genügend Blumen in ihren Korb legen, um einen besonders schönen Strauß zu machen.

Sie überlegte gerade, ob sie sie erst einmal ins Wasser stellen sollte, da hörte sie, wie die Pforte geöffnet wurde. Sie hob sofort den Kopf und sah Adam auf sie zukommen.

„Adam!“ Sie spürte, wie ihr warm wurde, als hätte selbst der Klang seines Namens etwas zutiefst Erotisches. Sie lächelte ihm entgegen. „Ich habe gehofft, dass du kommst.“

Er blieb zwei Schritte vor ihr stehen. Irgendetwas stimmt nicht, dachte sie verwirrt. Sie hatte fest damit gerechnet, dass er sie umarmen würde. Aber er machte keine Anstalten dazu, sondern stand steif und starr da.

„Ich bin gekommen, um mich von dir zu verabschieden.“ Auch seine Stimme klang steif.

Hatte sie richtig gehört? Sie runzelte die Stirn. „Du reist ab? Wohin?“

„Ich muss zurück nach New York. Ich war länger hier, als ich sollte. Länger, als ich vorhatte.“

„Nach New York“, wiederholte Lacy leise. „Du meinst ... für immer?“

„Ja.“ Er sah ihr in die Augen, aber sein Blick war ausdruckslos. Sie las nichts darin, was ihr helfen könnte, ihn zu verstehen. „Oder wenigstens für eine Weile. Ich lebe seit zwei Jahren dort, länger, als ich an irgendeinem anderen Ort gelebt habe, seit ich von Pringle Island fort bin. Vielleicht ist es an der Zeit, mal wieder umzuziehen."

Der Rittersporn fiel zu Boden. Sie musste ihn so fest gepackt haben, dass der Stiel brach. „Aber gestern Abend … Ich …" Sie setzte neu an. „Wir …"

„Gestern Abend tut mir leid, Lacy", unterbrach er sie mit plötzlich rauer Stimme. Und zum ersten Mal spiegelte sich in seinen Augen etwas Erschöpfung. So, als hätte er nicht viel geschlafen. „Ich hätte es nicht geschehen lassen dürfen."

Angst flackerte in ihr auf. Er klang so ernst. So unglücklich. Warum war er plötzlich so traurig? Warum war er nach gestern Abend nicht genauso unbeschwert und voller Leben wie sie?

„Warum nicht?" Sie ging zu ihm und legte eine Hand auf seinen Arm. „Adam? Was zwischen uns passiert ist, war doch wunderschön, oder nicht?"

Er wich ihrem Blick aus. „Es war ein Fehler."

Sie erstarrte. Sie wollte es nicht tun, aber es war eine alte Gewohnheit. Sie fühlte, wie ihre Gesichtszüge zu gefrieren schienen.

„Das ist keine Antwort", sagte sie. „Warum war es ein Fehler?"

Er kniff kurz die Augen zusammen, als würde der Sonnenschein ihm wehtun. „Ich schätze, es war ein Fehler, denn ich reise ab. Weil es, ob es nun schön war oder nicht, ein One-Night-Stand bleiben wird."

Ein One-Night-Stand? Was für ein hässliches Wort. Aber so hatte es sich gestern Abend nicht angefühlt. Gestern Abend hatte sie sich geborgen und geschützt gefühlt – etwas, das sie seit Jahren nicht mehr erlebt hatte. Sie hatte sich geliebt gefühlt.

Hatte sie sich so sehr täuschen können? War sie wirklich so naiv?

Sie zwang sich, ruhig zu bleiben. „Willst du mir damit sagen, dass du nur deshalb nach Pringle Island gekommen bist, weil du mich verführen wolltest? Und dass du jetzt, nachdem du es geschafft hast, zufrieden abreisen kannst?"

„Okay", erwiderte er müde. „Belassen wir es dabei. Belassen wir es dabei, dass ich ein Mistkerl bin. Und dann sagen wir uns Lebewohl."

Noch vor einem Monat hätte Lacy genau das getan. Sie hätte kühl genickt, ihren Korb genommen und wäre ins Haus gegangen, um sich in ihre Arbeit zu flüchten und nicht mehr an Adam denken zu müssen. Sie hätte eine weitere Million Dollar für einen anderen wohltätigen Zweck gesammelt. Diesmal vielleicht für verlassene Frauen.

Aber jetzt nicht mehr. Sie war kein gehorsames Modell mehr, das die verschiedensten Posen einnahm, um ihrem Publikum zu gefallen. Sie war nicht mehr bereit, ihre Gefühle zu verbergen, um es allen so leicht wie möglich zu machen. Nein, sie konnte eine Erklärung verlangen. Sie würde ihn nicht gehen lassen, ohne dass er ihr zuvor die Wahrheit gesagt hatte.

Sie holte tief Luft. „Das glaube ich dir nicht, Adam. Gestern Abend hat es sich nicht nach einem Ende angefühlt, sondern nach einem Anfang. Es muss irgendetwas passiert sein, sonst würdest du nicht so reden. Ich habe ein Recht zu erfahren, was es ist."

Er antwortete nicht. Ihr Schmerz und ihr Zorn taten sich zusammen und gaben ihr den Mut, seinen Arm zu packen. „Verdammt, Adam. Erzähl es mir."

„Ich habe Malcolms Testament gelesen", sagte er leise. „Ich weiß es, Lacy. Ich weiß von dem Baby."

Der Schock war so gewaltig, dass einen Moment lang ihr Herz auszusetzen schien. Dann schlug es wieder, schnell und schmerzhaft. Sie nahm die Hand von seinem Arm.

„Ich wollte es dir nicht sagen", fuhr er fort. „Ich wollte dieses Gespräch niemals führen. Wozu auch? Es ist vorbei. Es ist schon so lange vorbei. Ich wollte es nur nicht begreifen." Seine Stimme klang brüchig. „Bitte, zwing mich nicht dazu, Dinge zu sagen, die ich bereuen werde. Ich weiß, du musst Gründe gehabt haben … und damit meine ich nicht nur das Geld. Ich weiß auch, dass ich nie wirklich verstehen werde, was du damals durchgemacht hast. Ich verurteile dich nicht, Lacy, Ich war fort, und du warst allein, und …"

Er schloss die Augen. „Ich verurteile dich nicht dafür, aber ich glaube nicht, dass ich damit leben kann."

Sie wusste nicht, ob sie sprechen konnte. Ihre Kehle war wie zugeschnürt und bot keinen Platz für Worte. Aber irgendwie brachte sie sie dennoch heraus. „Wie bist du an Malcolms Testament gekommen? Hast du Nachforschungen über mich angestellt?"

Er schüttelte den Kopf. „Gwen hat es mir ins Hotel gebracht. Sie meinte, ich sollte es wissen."

Gwen. Lacy sank noch tiefer in den Abgrund, als ihr einfiel, was Gwen zu ihr gesagt hatte. *Ich wünschte, ich könnte dir auch einmal einen Traum verderben, nur damit du weißt, wie es sich anfühlt.*

„Sie hasst mich", sagte sie zu Adam. „Siehst du das denn nicht? Sie würde alles tun, alles sagen, alles erfinden, um mir wehzutun."

„Aber das Testament hat sie nicht erfunden." Er fuhr sich mit gespreizten Fingern durchs Haar. „Sie hat die Schwangerschaft nicht erfunden. Oder etwa doch, Lacy?"

Irgendwie gelang es ihr, ihm in die Augen zu schauen. Sie hätte es ihm gestern Abend erzählen sollen. Könnte sie doch nur die Zeit zurückdrehen und es ihm sagen, während sie in seinen Armen lag. Dann hätte sie niemals erfahren, dass er fähig war, sie so gnadenlos zu verurteilen.

„Nein“, flüsterte sie. „Sie hat die Schwangerschaft nicht erfunden. Die hat es wirklich gegeben. Für kurze Zeit.“

Für so kurze Zeit. Der Schmerz und die Trauer jener letzten Stunden kehrten in ihr zurück, und mit ihnen kam die Enttäuschung darüber, wie ungerecht Adam sein konnte. Wie konnte er es wagen, sie so zu behandeln? Sie brauchte sein Verständnis nicht, sie wollte seinen Trost nicht. Und erst recht verlangte sie nicht, dass er ihr verzieh.

Er hatte kein Recht, sie zu verurteilen. Damals wäre seine Meinung ihr vielleicht wichtig gewesen, aber jetzt nicht mehr. Nicht, wenn er sie zehn Jahre zu spät äußerte.

Sie straffte die Schultern und sah ihn an.

„Du sagst, du hast es nie gewusst. Aber du hättest es wissen können, Adam. Wenn du angerufen hättest. Wenn du geschrieben hättest. Du hättest daran denken sollen, dass es passiert sein könnte, findest du nicht? Bevor du weggegangen bist. Du warst nicht so naiv. Du wusstest, woher die Babys kommen.“

„Ich weiß, dass ich mitschuldig bin, Lacy. Ich weiß es wirklich. Ich habe dir doch gerade gesagt, dass ich dich nicht verurteile.“

Fast hätte sie gelacht. Aber es hätte schrecklich geklungen, also beherrschte sie sich.

„Oh doch, das tust du“, widersprach sie. „Es ist ganz offensichtlich, dass du mich verurteilt hast, ohne mich vorher auch nur ein einziges Mal zu fragen, was damals passiert ist. Weißt du was, Adam? Ich denke, du hast vollkommen recht. Du solltest tatsächlich gehen. Schließlich ist das doch deine Spezialität, oder?“

Er hob die Hand, aber sie wich zurück. „Das ist nicht fair“, protestierte er. „Als ich vor zehn Jahren gegangen bin, wollte ich zurückkommen. Du wusstest, dass ich es wollte.“

„Nein, das wusste ich nicht.“ Ihr Stimme klang nicht richtig, sie war viel zu scharf und schneidend, also senkte sie sie und begann noch einmal. „Ich hatte dich angefleht, bei mir zu bleiben, aber das war dir egal. Dir war nur wichtig, dass du endlich zu Geld kommst.“

„Ja, für uns“, sagte er. „Verdammt, Lacy. Für uns.“

„Ich wollte kein Geld, Adam, ich wollte dich. Aber das konntest du mir nicht glauben, was? Du hast mir übel genommen, dass ich dich zurückhalten wollte.“

„Nein, so war es nicht. Wir haben damals beide Dinge gesagt, die wir nicht wirklich meinten. Aber du wusstest, was ich für dich fühlte. Du wusstest, dass ich wiederkommen würde.“

„Aber wann?“, fragte Lacy atemlos. „Wann, Adam?

Nach einem Jahr? Fünf? Zehn? Du hattest mir ja nicht einmal genau gesagt, wohin du wolltest …“

„Weil ich es nicht konnte. Ich wusste es erst später. Und da warst du schon …“

„Sei ehrlich zu dir, Adam, wenigstens dieses eine Mal. Du wolltest einfach nur nicht, dass ich dich anrief, dir schrieb, dich bat, nach Hause zu kommen. Du warst eisern entschlossen, erst dann nach Pringle Island zurückzukehren, wenn du alle mit deinem neuen Reichtum beeindrucken konntest.“ Betrübt schüttelte sie den Kopf. „Du wirfst mir vor, für Geld schlimme Sünden begangen zu haben, Adam? Und was ist mit dir?“

Er runzelte die Stirn, als würde ihr unbändiger Zorn ihn überraschen. Sie selbst überraschte er auch. Zehn Jahre lang hatte sie ihre Emotionen unterdrückt. Wie bequem für alle! Aber das würde sie nie wieder tun, und was sie jetzt empfand und herausließ, war Wut.

„Es steht dir nicht zu, mich zu verurteilen, Adam. Du hast das Recht dazu vor zehn Jahren verloren, als du auf die Fähre gestiegen bist und diese verdammte Insel verlassen hast. Ich musste zurückbleiben und die Folgen tragen. Verdammt!“

„Lacy …“

Sie wollte nichts mehr hören. Unsanft riss sie ihren Korb hoch. Margeriten fielen auf den Rasen. „Fünf

Jahre lang habe ich mir von Malcolm sagen lassen müssen, ob ich gut oder schlecht, wertvoll oder wertlos war. Das lasse ich mir nie wieder bieten. Auch nicht von dir. Erst recht nicht von dir.“

„Lacy, du …“

„Geh“, unterbrach sie ihn und hoffte inständig, dass der Zorn ihr helfen würde, den Schmerz im Zaum zu halten, bis sie im Haus war. „Nimm deine selbstgerechte Art mit und geh dorthin, wo du herkommst.“

Gegen Mittag betrat Gwen leise das Haus. Sie war hundemüde, denn sie hatte die Nacht auf der Couch in Teddy Kilgores Wohnzimmer verbracht – was bedeutete, dass sie so gut wie gar nicht geschlafen hatte. Das lag auch an ihrem Gewissen, das sie nicht zur Ruhe hatte kommen lassen. Und dann hatte Mrs. Kilgore, eine notorische Frühaufsteherin, auch noch im Morgengrauen begonnen, in der Küche mit Geschirr zu klappern.

Also hatte sie sich nach Hause geschleppt, obwohl sie nicht die geringste Lust hatte, der Stiefhexe zu begegnen. Vielleicht würde sie sich besser fühlen, wenn sie in ihrem eigenen Bett lag. Vielleicht würde sie sogar das ungute Gefühl abschütteln können, dass sie etwas wirklich Schlimmes getan hatte.

Aber nein. Kaum hatte sie die Haustür hinter sich

geschlossen und sich umgedreht, war das Erste, was sie sah, Lacy. Verblüfft runzelte Gwen die Stirn. Was war los? Lacy stand auf der Treppe, auf halbem Weg nach oben, und hielt sich mit beiden Händen am Geländer fest, als hätte sie einen Herzinfarkt oder so etwas.

Gwen ging hinüber und sah hoch. Lacys Gesicht war halb hinter dem offenen braunen Haar verborgen, aber was davon zu erkennen war, konnte einem Angst machen. Es war aschfahl, angespannt ... vollkommen verzweifelt.

Gwens Gewissen regte sich so heftig wie noch nie zuvor. Adam musste hier gewesen sein. Und es musste eine ziemlich unschöne Szene gegeben haben. Und wenn schon. Das war doch genau das, was sie gewollt hatte, oder? Sie sollte ihren Triumph auskosten, aber Lacys schönes Gesicht so schmerzverzerrt zu sehen, ging ihr irgendwie ans Herz.

Ihre Stiefmutter war immer vollkommen beherrscht und makellos gewesen. Gwen hatte nicht gedacht, dass Lacy überhaupt in der Lage war, richtig zu leiden. Aber das hier war echt, kein Zweifel, so echt, dass sie es nicht mit ansehen konnte.

„Lacy?“ Sie legte die Hand auf das Geländer. „Bist du in Ordnung?“

Lacy hob den Kopf ein wenig. „Ja“, sagte sie mit gedämpfter Stimme. „Ich gehe nur nach oben.“

Gwen umklammerte das glatte Holz. Ihr Hals war unerwartet trocken. „Ist Adam hier gewesen?“

Lacy nickte. Aber ganz langsam, als wäre die Bewegung schmerzhaft.

Oh Gott. Gwen kam sich plötzlich vor wie eine Verbrecherin. So hatte sie sich diesen Augenblick in ihren Racheträumen nicht vorgestellt.

„Lacy, ich …“

Aber was sollte sie sagen? Dass es ihr leidtat? Sie sagte nie, dass ihr etwas leidtat – egal, was es war. Außerdem würde es sich ziemlich dumm anhören. Dass es ihr leidtat, änderte nicht das Geringste. Der Schaden war angerichtet.

Und es war nicht nur ein Schaden. Es war ein absolutes Desaster.

„Es ist schon gut, Gwen“, sagte Lacy. Sie sah auf und versuchte zu lächeln, aber es wirkte so gequält, dass Gwen zusammenzuckte.

„Ich weiß, dass du Adam das Testament gebracht hast. Und ich glaube, ich weiß sogar, warum du das getan hast.“ Sie atmete schwer, und ihre Worte klangen fast ausdruckslos. „Ich weiß, dass du mich hasst. Wie solltest du auch nicht? Ich habe dich im Stich gelassen. Ich bin hergekommen und habe die Sicherheit und das Ansehen genommen, das dein Vater mir bieten konnte, aber nicht die Verantwortung. Ich hätte darauf vorbereitet sein müssen, dir eine Mutter zu sein, doch das war ich nicht."

„He, ich habe dich ziemlich deutlich merken lassen, dass ich keine Mutter wollte", wandte Gwen ein.

„Ich weiß. Aber ich hätte mich dadurch nicht abschrecken lassen dürfen. Jeder Mensch will geliebt werden. Ich war zu sehr in meine eigenen Probleme vertieft, um das zu sehen. Und dann, als ich die Fehlgeburt hatte …" Ihre Stimme versagte. „Als ich das Baby verlor …"

Das bisschen Kraft, das sie mühsam aufgebracht hatte, schien zu versiegen, als sie dieses eine Wort aussprach. Sie gab einen erstickten Laut von sich und ließ den Kopf wieder sinken.

Ohne es zu merken, war Gwen um das Geländer herumgegangen und stand jetzt auf der untersten Treppenstufe.

„Du hast das Baby verloren?" Sie ging zwei Stufen nach oben, bis nur noch drei zwischen Lacy und ihr lagen. „Du hattest eine Fehlgeburt?" Sie starrte Lacy an und versuchte, sich an den Tag zu erinnern, an dem sie ins Krankenhaus gefahren war, aber sie konnte es nicht. Alles war verschwommen.

„Oh mein Gott", entfuhr es ihr. „Ich habe immer geglaubt … Lacy, warum hast du mir nie erzählt, wie es wirklich war?"

Lacy schüttelte den Kopf. „Ich habe es niemandem erzählt. Dein Vater wollte nicht, dass jemand davon erfuhr, erst recht nicht du. Ich hatte keine Ahnung, dass du es mitbekommen hast …"

Langsam, als würde ihre Beine nachgeben, sank sie nach unten, bis sie auf der Treppe saß. „Aber das alles spielt keine Rolle mehr. Es ist vorbei. Das war es schon eine lange Zeit. Ich wollte mich nur einfach nicht damit abfinden."

„Oh, Lacy", sagte Gwen. „Es tut mir leid." Ohne zu überlegen, ging sie zu ihr und hockte sich vor sie, um ihre Schulter zu berühren – zaghaft, als wäre sie nicht sicher, ob Lacy es zulassen würde. Sie wusste nicht mehr, wann sie ihre Stiefmutter zuletzt angefasst hatte.

Zu ihrem Erstaunen wich Lacy nicht zurück. Behutsam legte Gwen den Arm um sie und stellte überrascht fest, wie zart und schmal sie war. Lacy war ihr immer so stark, so überlegen erschienen.

Aber sie hatte sich in so vielen Dingen getäuscht. Sie spürte, wie ihre Augen feucht wurden. Sie war so dumm gewesen.

„Es war nicht nur deine Schuld", sagte sie leise. „Ich war unausstehlich und habe dir das Leben noch schwerer gemacht, als es ohnehin schon war. Oh, Lacy. Es tut mir schrecklich leid."

„Ich weiß“, erwiderte Lacy fast unhörbar. Sie ließ den Kopf auf die Arme sinken. Sie weinte nicht, aber Gwen wusste, dass ihr Schmerz zu groß für Tränen war. „Schon gut, Gwen. Das weiß ich doch.“

Behutsam legte Gwen auch den anderen Arm um sie. Lacy protestierte nicht, sondern drehte sich nach vorn, bis sie den Kopf an Gwens Brust legen konnte. Deutlicher hätte sie nicht zeigen können, dass sie ihr verzieh.

Gwen schloss die Augen und nahm Lacys Wärme und Güte in sich auf – wie ein Kind, das in der Nähe und Liebe der Mutter Trost fand. Das Gefühl durchströmte sie und vertrieb die Verbitterung, die sie so lange beherrscht hatte. Oh, wie sehr sie sich danach gesehnt hatte, gehalten zu werden. Angenommen zu werden. Zu einer Familie zu gehören.

Und dann weinte jemand, aber es war nicht Lacy. Es war Gwen, die endlich den ersten Schritt auf dem weiten Weg nach Hause gemacht hatte.

15. KAPITEL

„Also ehrlich gesagt“, begann Gwen, während sie in die Hocke ging, um Lacy das Klebeband zu reichen. Lacy befand sich auf der anderen Seite des Pakets, das sie gerade versandfertig machten. „Ich verstehe beim besten Willen nicht, warum du dir all die Arbeit machst, nur um dieses Bild zu verschenken.“

Lächelnd verklebte Lacy das dick wattierte Packpapier. „Nun ja, ebenso ehrlich gesagt, ich bin heilfroh, dass ich es verschenken kann. Mich wundert, dass jemand es haben will.“

„Wer hat es denn genommen? Das Blindenmuseum von Neu-England?“

Lacy schmunzelte. Gwens unverwechselbarer Humor hatte an den letzten zwei Tagen das Zusammensein beträchtlich erleichtert. Als Gwen und sie erst einmal angefangen hatten, ernsthaft und ehrlich miteinander zu reden, war bald klar geworden, dass sie viele Gemeinsamkeiten besaßen. Zum Beispiel, dass sie beide *Samstagmorgen: Nach dem Paradies* nicht ausstehen konnten. Gwen hatte gestanden, dass sie das Wohnzimmer immer gemieden hatte, um das Ding nicht sehen zu müssen.

Als sie fertig war, ließ Lacy sich auf die Absätze zurückfallen und schaute sich um. Das Porträt von Malcolm und ihr war bereits auf den Dachboden verbannt worden, und seit die beiden wuchtigen Gemälde nicht mehr die Wände beherrschten, sah das Zimmer irgendwie größer aus.

„Willst du es dir nicht doch noch anders überlegen?“, fragte Gwen. Sie saß auf der Kante von Malcolms Schreibtisch und kaute Sonnenblumenkerne, während sie Lacy zusah. „Du weißt, dass du meinetwegen nicht wegmusst. Wir beiden könnten uns hier eine tolle Zeit machen. Schließlich sind wir beide Singles. Natürlich müssten wir unsere Dates miteinander absprechen, damit wir uns nicht gegenseitig ins Gehege kommen …“

„Nein, Gwen.“ Lacy legte das Klebeband auf den Tisch und erhob sich langsam. „Ich bin mir sicher, dass ich die richtige Entscheidung getroffen habe. Sie war längst überfällig.“

Sie freute sich darüber, wie zuversichtlich sie klang. Hoffentlich würde sie es irgendwann auch sein.

Vor zwei Tagen hatte sie sich entschieden, gleich nach dem letzten Zusammentreffen mit Adam. Sie würde nach Boston ziehen, denn sie hatte sich lange genug auf dieser unwirklichen kleinen Insel versteckt.

Jetzt, da Malcolm tot war, hielt sie nichts mehr auf Pringle Island. Und jetzt, da Adam …

Nein, es wäre nicht sehr hilfreich, an Adam zu denken. Sie musste sich jetzt auf ihre Zukunftspläne konzentrieren.

Natürlich würde sie Tilly vermissen. Und seltsamerweise sogar Gwen. Aber Boston war nicht weit und durch die Fähre mit der Insel verbunden. Sie würden sich regelmäßig besuchen können.

Sie würde das Haus und Malcolms Vermögen Gwen überlassen. Es war nicht schwer gewesen, einen neuen Job zu finden. Ihre Arbeit für das Krankenhaus war so erfolgreich gewesen, dass man ihr vor etwa einem Jahr angeboten hatte, die PR-Abteilung eines staatlichen Fernsehsenders in Boston zu leiten. Dummerweise hatte sie abgelehnt – wie jedes andere Angebot, das sie im Laufe der Zeit bekommen hatte.

Damals hatte sie es sich nicht eingestanden, doch jetzt wusste sie, warum sie jedes Mal Nein gesagt hatte. Sie hatte hier auf der Insel bleiben wollen, falls Adam doch noch nach Hause kam. Sie hatte gelebt wie die Kapitänsfrauen von Pringle Island, die einst an den Turmfenstern ihrer Häuser gesessen und nach den Segelschiffen ihrer Männer Ausschau gehalten hatten.

Aber damit war endgültig Schluss. Sie würde nicht noch ein Jahrzehnt hier aushalten und ihr gebrochenes Herz mit Erinnerungen füttern. An den Pferdestall, in dem Adam und sie zum ersten Mal miteinander geschlafen hatten. An den Fähranleger, an dem sie sich schluchzend an ihn geklammert und ihn angefleht hatte, nicht wegzugehen. Die Kapelle, in der sie Malcolm geheiratet hatte, das Herz voller Tränen. Das Krankenhaus, in dem sie das Baby verloren hatte.

Und natürlich an den Tunnel der Liebe, wo sie ihren schönsten Traum ein allerletztes Mal geträumt hatte.

Genau das war Pringle Island jetzt für sie – ein Mausoleum der Vergangenheit. Wenn sie nicht fortging, würde sie für immer mit den Geistern leben müssen. Also wollte sie fort von hier. Sie hatte ihre Freundin in Boston angerufen – der Job war noch frei. Sie hatte ihn auf der Stelle angenommen.

Hatte sie Angst? Ja. Freute sie sich darauf? Noch nicht. Aber die Vorfreude würde kommen, wenn die Wunde, die Adam ihr zugefügt hatte, nicht mehr blutete. Wenn sie nicht mehr so wehtat.

„Lacy, ich habe nachgedacht." Gwen schwang die Füße vom Schreibtisch und bewunderte dabei ihre dunkelgrünen Sandaletten, die sie zu einem sexy hellgrünen Strandkleid trug. Sie ist fast wieder die Alte, dachte Lacy, obwohl Gwens Miene seit kurzem ein wenig reifer wirkte. Es stand ihr.

„Wenn du nicht aufpasst, wirst du noch eins der Buddelschiffe umwerfen", warnte Lacy.

Gwen legte die Stirn in Falten. Gereift oder nicht, sie ertrug es noch immer nicht, ermahnt zu werden.

Also hob Lacy beschwichtigend die Hände. „Okay, okay. Es sind deine Schiffe. Mach sie alle kaputt, wenn du möchtest. Worüber hast du nachgedacht?“

Lacys Stieftochter zögerte. „Bist du sicher, dass ich nicht mit ihm reden soll? Ich meine, ich bin doch an dieser ganzen Sache schuld. Ich könnte ihm erklären, dass ich …“

„Nein.“ Lacy stellte das verpackte Bild an den Türrahmen. Ein Kurierdienst würde es nachher abholen. „Es ist mein Ernst, Gwen. Ich möchte nicht, dass du mit Adam darüber sprichst. Was zwischen uns geschehen ist, war nicht deine Schuld. Es hat mir bewiesen, dass die Beziehung zwischen Adam und mir nicht in Ordnung war. Nie. Und jetzt ist sie vorbei. Punkt. Ich bin bereit, ohne ihn weiterzuleben.“

„So?“ Mit einer knappen Kopfbewegung warf Gwen ihre Lockenpracht hinter die Schulter. „Du schläfst nicht. Ich höre doch, wie du dich die ganze Nacht im Bett herumwälzt.“

Lacy seufzte. „Ich schaffe es schon“, sagte sie. „Es wird nur eine Weile dauern. Außerdem verzichte ich lieber auf ein wenig Schlaf, als einen Mann um Vergebung für etwas anzuflehen, das ich nie getan habe. Siehst du das etwa anders? Vermutlich ist er sowieso schon längst wieder in New York.“

„Ist er nicht“, erwiderte Gwen mit einem hoffnungsvollen Lächeln. „Travis hat mir erzählt, dass er erst am Freitag abreist. Also …“

„Nein.“ Lacy warf Gwen den strengsten Blick zu, den sie fertigbrachte. „N.E.I.N.“

Gwen erwiderte nichts, sondern schien nach einem guten Argument zu suchen. Doch dann läutete das Telefon. Hastig streckte sie den Arm nach dem Hörer aus und stieß eins der Buddelschiffe um, wie Lacy vorhergesagt hatte.

Lacy machte einen Satz auf den Tisch zu, um die Flasche aufzufangen, aber sie war nicht schnell genug. Das Schiff krachte zu Boden, und Glassplitter flogen durch die Luft.

„Oh mein Gott“, rief Gwen entsetzt und starrte auf das, was sie angerichtet hatte. Dann schaute sie ängstlich zur Tür, als würde sie damit rechnen, dass ihr Vater wutschnaubend hereingestürmt kam. „Oh mein Gott“, wiederholte sie flüsternd.

Aber Malcolm war fort. Niemand würde sie wegen ihrer Ungeschicklichkeit tadeln.

Mit einem tröstenden Lächeln bückte Lacy sich nach den Splittern. Obwohl die Flasche in tausend Stücke zerborsten war, war das Schiff auf wundersame Weise heil geblieben. Vorsichtig hob Lacy es auf, und ihr wurde bewusst, dass sie zum ersten Mal bewundern konnte, was für ein zartes und schönes Kunstwerk es war.

Zum ersten Mal war es frei.

Wie symbolisch, dachte Lacy und strich mit einer Fingerspitze über die winzigen aufwendig gestalteten Masten und die naturgetreuen Segel, die sich im Wind bauschten. Die Flasche hatte das Schiff nicht geschützt. Sie hatte es nur gefangen gehalten.

Das Telefon läutete noch immer. Über Gwen hinweg, die die Glassplitter aufsammelte, griff Lacy nach dem Hörer.

„Hallo?"

„Spreche ich mit Mrs. Morgan?"

Lacy erkannte die feine wohlklingende Stimme sofort. Es war Claire Scott Tyndale. Sogar Winston, ihr Cockerspaniel, war im Hintergrund zu hören.

„Ja." Vorsichtig stellte sie das Segelschiff auf den Kaminsims, den Bug nach vorn. „Hallo, Claire. Ich bin sehr froh, dass Sie anrufen."

Es gab eine kurze Pause. Die Leitung knackte mehrmals. „Fast hätte ich es nicht getan", gestand Claire schließlich so offen, wie es ihre Art war. Sie war Tilly sehr ähnlich. „Ich war mir nicht sicher, ob ich es tun sollte. Ich bin mir noch immer nicht sicher. Aber ich habe lange nachgedacht. Und falls Sie es immer noch für eine gute Idee halten, würde ich Mrs. Barnhardt gern kennenlernen."

Ob sie es für eine gute Idee hielt? Es war die beste.

Lacy wusste, wie sehr Tilly sich freuen würde.

„Mrs. Morgan? Glauben Sie, dass Mrs. Barnhardt mich noch immer sehen möchte?"

„Tilly", verbesserte Lacy aufmunternd. Zum ersten Mal seit zwei Tagen breitete sich in ihr ein echtes Glücksgefühl aus. „Niemand nennt sie Mrs. Barnhardt, Claire. Schon gar nicht ihre eigene Enkeltochter."

Lacy war nicht in ihrem Büro im Krankenhaus. Von Kara Karlin erfuhr Adam, dass er sie knapp verfehlt hatte. Sie wollte kurz zu Tilly und sich dann etwas zu essen besorgen.

Als er wenig später bei der alten Lady eintraf, erklärte Tilly ihm, dass Lacy hier gewesen, aber schon wieder fort war. Offenbar wusste sie, was zwischen ihm und Lacy geschehen war, denn sie war ungewöhnlich frostig. Es dauerte eine ganze Weile, bis sie ihm verriet, dass Lacy zur Druckerei wollte.

Es kostete Adam weitere fünf Minuten, bis er Tilly davon überzeugt hatte, dass er nichts Böses im Sinn hatte. Endlich taute sie auf und erzählte ihm, dass die Druckerei an der Hauptstraße lag. Und dass Lacy sich oft im Geschäft nebenan einen Salat holte. Es sei denn, es war nach neun und das Geschäft schon geschlossen. In dem Fall probierte sie es meistens beim Chinesen, und der befand sich …

Adam schaute auf die Uhr. Halb neun. Er dankte Tilly, küsste sie auf die Wange und eilte zu seinem Mietwagen, der mit laufendem Motor in der Einfahrt stand. Wenn er Seitenstraßen nahm, würde er sie vielleicht noch erwischen.

Um diese Uhrzeit wirkte die Stadt besonders malerisch. In den Schaufenstern gingen die ersten Lichter an. Die altmodischen Straßenlaternen flackerten vor dem tiefblauen Himmel, und die untergehende Sonne tauchte das Kopfsteinpflaster in einen goldenen Schimmer.

Viele Geschäfte waren bereits geschlossen. Nur wenige Leute waren noch unterwegs, die meisten davon Jogger oder Paare auf dem Weg zum Abendessen in der Lost Horizon Tavern.

Adam fuhr langsamer, um sich jeden Passanten genau anzusehen. Alte Ladys saßen auf den gusseisernen Bänken und ließen sich ein Eis schmecken. Zwei Teenager küssten sich leidenschaftlich in einem Hauswinkel. Ein Vater schob einen Kinderwagen mit zwei Babys. Drei Frauen, die den Feierabend wahrscheinlich mit eisgekühlten Drinks eingeläutet hatten, schlenderten fröhlich lachend heim.

Aber wo war Lacy? Konnte Tilly sich geirrt haben? Was, wenn Lacy auf der anderen Seite der Insel war, oder bei sich zu Hause, und nicht ans Telefon ging? Frustriert schlug er mit der flachen Hand aufs Lenkrad. Tilly würde ihn doch nicht absichtlich auf eine falsche Fährte schicken, oder? Zur Strafe? Sie musste doch wissen, dass er nur …

Und dann sah er sie.

Sie stand allein vor dem Reisebüro und betrachtete die Poster mit Skiläufern, die Berghänge hinabrasten, und großen roten Kreuzfahrtschiffen vor exotischen Inseln. Sie trug ein locker sitzendes blaues Sommerkleid. Ihr Haar war offen und fiel ihr auf die Schultern. Selbst von hinten war Lacy die schönste Frau, die Adam jemals gesehen hatte.

Einen Moment lang saß er reglos am Steuer, mitten auf der Straße, fasziniert von ihrem Anblick. Fragen über Fragen schossen ihm durch den Kopf. Wie sollte er es schaffen, die Dinge auszusprechen, die ihm auf der Seele brannten? Würde sie bereit sein, ihn auch nur anzuhören – geschweige denn ihm zu glauben?

Hinter ihm hupte jemand, weil sein Wagen die Straße versperrte. Lacy drehte sich um und sah ihn. Hastig fuhr er in die nächste Parklücke. Würde sie vor ihm davonlaufen?

Sie tat es nicht. Obwohl er endlose zwei Minuten brauchte, um einzuparken und zurückzulaufen, stand sie noch immer vor dem Reisebüro, den Plastikbehälter mit ihrem Salat in den Händen. Er hatte sich mindestens ein Dutzend überzeugende Einleitungen überlegt, doch als er in ihre großen graublauen, von tiefen Schatten umgebenen Augen schaute, fiel ihm keine einzige mehr ein.

„Hi“, sagte er nur und starrte verlegen auf die Poster im Schaufenster. „Willst du verreisen?“

Ihr Blick war ausdruckslos. „Ja. In ein paar Tagen gehe ich von hier weg.“

Er spürte, wie sich in ihm etwas zusammenkrampfte, als er sich ausmalte, wie er es von Tilly erfahren hätte. „Sie ist fort“, hätte Tilly gesagt. „Gestern. Und niemand weiß, wo sie ist.“ Er stellte sich die Panik, den Zorn auf sich selbst und die Verzweiflung vor, mit der er nach ihr gesucht hätte.

Hatte sie sich vor zehn Jahren genauso gefühlt?

„Wohin willst du denn?“, fragte er.

Sie sah ihn an. Das geht dich nichts an, sagte ihr Schweigen, auch wenn sie es nicht aussprach.

„Lacy.“ Das durfte er nicht zulassen. Welches waren die Zauberworte, mit denen er sie daran hindern konnte? „Lacy, ich habe dich gesucht, weil ich dir sagen will, dass es mir leidtut.“

„Was tut dir leid?“

„All die dummen grausamen Dinge, die ich dir an den Kopf geworfen habe.“ Er schüttelte den Kopf, als könne er es ungeschehen machen. „Es tut mir so leid, Lacy. Wirst du mir jemals verzeihen können?“

„Es gibt nichts zu verzeihen“, erwiderte sie kühl.

„Doch, es gibt etwas.“ Voller Entsetzen stellte er fest, dass sie, abgesehen von den tiefen Schatten an den Augen, wieder der Eisprinzessin glich, der er vor einem Monat bei der Versteigerung begegnet war. „Sehr viel sogar“, fügte er hinzu.

Oh nein. Hatte sie sich etwa wieder in ihren Panzer zurückgezogen? Dieses Mal war er bestimmt dicker und undurchdringlicher als zuvor.

„Ich war … schäbig. Alles, was du gesagt hast, ist wahr. Ich war selbstgerecht und scheinheilig. Ich hätte dir vertrauen sollen.“

„Unsinn.“ Ihr Griff um die Salatbox lockerte sich ein wenig. „Wir haben miteinander geschlafen, Adam, das ist alles. Das verpflichtet dich nicht dazu, mir zu vertrauen.“

„Nein. Aber die Tatsache, dass ich dich liebe, tut es.“

Sie gab einen leisen zynischen Laut von sich, bevor sie sich zum Gehen wandte. Verzweifelt griff er nach ihrer Hand.

„Es ist wahr“, beteuerte er. „Bitte, hör mir zu, Lacy.“

Sie riss sich nicht los, aber sie sah ihn auch nicht an. Es glich einem Waffenstillstand, mehr war es schließlich nicht. Aber es brachte etwas mit sich, das er dringend brauchte. Zeit.

„Du musst mir glauben", sagte er, obwohl er wusste, dass es nicht stimmte. Sie musste ihm keineswegs glauben. Wenn sie es vorzog, konnte sie einfach davongehen und für immer verschwinden. „Ich liebe dich, Lacy. Ich habe dich immer geliebt. Ich werde mir nie verzeihen, dass ich dich damals im Stich gelassen habe. Du bist durch die Hölle gegangen. Ganz allein. Und das war meine Schuld."

Sie sagte nichts, aber sie blieb stehen, und das machte ihm Hoffnung. Ihr Haar schimmerte in der Sonne. Vielleicht lag es nur am Abendrot, aber plötzlich erschien sie ihm nicht mehr ganz so kalt.

Er konnte sich nicht an seine vorformulierten Verteidigungsreden erinnern, und das, was ihm einfiel, hätte nicht richtig geklungen. Vielleicht sollte er es trotzdem versuchen, Wort für Wort, Satz für Satz, je nachdem, wie sie reagierte. Vielleicht würde sie spüren, dass er es ehrlich meinte und alles von Herzen kam.

„Es war dumm von mir, dich vor zehn Jahren zu verlassen", fuhr er fort. „Schlimmer noch, es war egoistisch und rücksichtslos. Ich war so sehr damit beschäftigt, meinen eigenen Träumen nachzujagen. Ich schätze, ich dachte, du würdest notfalls für immer auf mich warten – bis ich die Träume verwirklicht hatte. Auf die Idee, dass ich dadurch meinen größten Traum zerstöre, bin ich nie gekommen."

Seine Stimme klang leidenschaftslos, dennoch drehten die anderen Passanten sich neugierig nach ihnen um. Aber das war ihm egal. Wenigstens hörte Lacy ihm zu.

„Aber jetzt bin ich nicht ganz so dumm, Lacy. Als ich gestern meine Koffer packte, um nach New York zurückzukehren, merkte ich plötzlich, dass ich es nicht konnte. Allein der Gedanke, dich hier zurückzulassen und ohne dich fortzugehen, hat mich fast umgebracht. Und dann wurde mir klar, wie ich wirklich fühle."

„Und wie ist das?", fragte sie und klang nicht besonders beeindruckt.

„Mir ist gleichgültig, was geschehen ist, als ich nicht hier war. Es spielt einfach keine Rolle mehr. Ich will keine Einzelheiten wissen. Ich will keine Erklärung hören. Weil ich dich kenne, Lacy. Ich weiß, dass du sanftmütig und liebevoll bist. Und mehr Ehrgefühl und Mut hast als jeder andere Mensch, den ich kenne. Was immer du getan hast, du hast es getan, weil du glaubtest, keine andere Wahl zu haben. Die einzige Wahl, die ich dir gelassen hatte."

Sie schluchzte leise auf, und er zuckte zusammen. Hatte er das Falsche gesagt? Hektisch suchte er nach einer anderen Formulierung. Irgendwo in ihm musste doch der Satz stecken, der sie überzeugen, ihren Eispanzer zum Schmelzen bringen würde …

„Lacy, können wir denn die Vergangenheit nicht einfach vergessen?“, beschwor er sie. „Irgendwie. Was du getan hast, was ich …“

„Ich habe nichts getan“, unterbrach sie ihn.

Besorgt sah er sie an. Ihre Hände hatten zu zittern begonnen. Ihre Augen schimmerten.

„Lacy.“ Er würde es nicht ertragen, ihre Tränen zu sehen. Hatte sie denn nicht genug geweint – genug für ein ganzes Leben? Wenn sie es zuließ, würde er alles dafür tun, dass sie nie wieder weinte. „Lacy, es ist gut. Ich schwöre dir, es ist nicht mehr wichtig.“

„Ich habe nichts getan“, wiederholte sie, als hätte sie ihn gar nicht gehört. Plötzlich sah sie so verloren aus, mit großen verletzlichen Augen, als wäre sie dazu verurteilt, dass die Vergangenheit sich unaufhörlich wiederholte. „Ich will es dir erzählen, Adam. Hältst du es aus, mir zuzuhören?“

„Natürlich“, antwortete er und hoffte inständig, dass er es wirklich konnte. „Natürlich halte ich es aus.“

Vorsichtig stellte sie die Salatbox auf den Absatz unter dem Schaufenster. Dann zog sie die Hand langsam aus seiner und setzte sich daneben, ganz in die Ecke, als hätte sie Angst, nicht mehr stehen zu können, wenn sie ihre Geschichte erzählte.

Oben in der Box lagen rote und grüne Paprikastückchen, die im dunkler werdenden Abendrot langsam immer grauer aussahen. Sie strich mit den Fingern über den durchsichtigen Deckel. Schließlich holte sie tief Luft und begann.

„Es war nicht meine Entscheidung, unser Kind nicht zur Welt zu bringen, Adam. Es war eine dieser schrecklichen unvorhersehbaren Katastrophen." Sie schluckte mühsam. „Ich war erst im vierten Monat. Noch so früh. Trotzdem fühlte sich das Baby schon so wirklich an. Ich konnte mir genau vorstellen, wie es aussehen würde. Wie du, hoffte ich. Mit deinen blauen Augen."

Sie schüttelte den Kopf. „Mehr wollte ich ja gar nicht – eines Tages wollte ich wieder in deine blauen Augen sehen."

Er ging näher an sie heran, in den Schatten, der auf sie fiel. Er war nicht sicher, ob er sprechen konnte.

„Sie konnten mir nie sagen, woran es lag. Sie wussten es wohl einfach nicht. Ich fing einfach an zu … bluten." Sie schloss die Augen. „Und es tat so weh."

„Lacy." Ihm wurde kalt. „Lacy, nicht."

„Malcolm brachte mich ins Krankenhaus, sobald er konnte. Er hat alles getan, was in seiner Macht lag, obwohl er das Baby nie gewollt hatte. Das hat er wirklich. Aber die Ärzte konnten nichts machen. Die Schmerzen wurden immer schlimmer."

Wieder schüttelte sie den Kopf, als könne sie es noch immer nicht fassen. „Und dann war es vorbei. Einfach so. Das kleine Wesen, das Einzige, was mir von dir noch geblieben war …"

Adam stieß einen erstickten Laut aus, ging vor ihr die Knie und zog sie an sich.

„Oh mein Gott", flüsterte er heiser. „Mein Liebling …"

Einige Sekunden lang saß sie reglos da, und dann fühlte er, wie sie aufhörte, sich zu wehren. Sie beugte sich vor und berührte sein Gesicht.

„Danach war mir alles egal. Ich habe Malcolm angeboten, mich von ihm scheiden zu lassen. Er hatte mich geheiratet, um unser Kind zu beschützen – und dann gab es plötzlich kein Kind mehr." Ihre Hände zitterten noch stärker.

„Aber er wollte keine Scheidung, nicht wahr?" Adam kannte die Antwort bereits. Malcolm Morgan hatte Lacy von Anfang an gewollt. Der Mann hatte nur auf seine Chance gewartet und sie ergriffen, als sie sich ihm bot. Und Adam Kendall, dieser Idiot, hatte sie ihm verschafft, indem er Lacy allein auf Pringle Island zurückließ.

„Nein, er wollte keine Scheidung. Er meinte, ich müsse ihm dankbar sein – schließlich war er bereit gewesen, dem Kind eines anderen Mannes einen Namen, ein Zuhause und finanzielle Sicherheit zu geben. Und damit hatte er recht. Also blieb ich bei ihm. Ich empfing seine Freunde, führte ihm das Haus und ließ mich wie ein abgerichtetes Schoßhündchen vorführen. Ich habe sogar noch studiert, um genau das zu werden, was er aus mir machen wollte." Sie schluckte mühsam. „Nur eine Mutter bin ich nicht geworden. Das habe ich ihm verweigert."

Adam wollte nicht daran denken, was für traurige fünf Jahre sie als Vorzeigefrau von Malcolm Morgan verbracht hatte.

Aber wenn sie die Realität ertragen hatte, sollte er wenigstens die Vorstellung ertragen können. Er malte sich aus, wie sie an jedem Morgen erwacht war und gewusst hatte, dass sie gefangen war. Er dachte an das schöne Haus, die teure Garderobe, die ganze Stadt voller Leute, die Malcolm Morgan um seine perfekte Ehefrau beneideten.

Lacy hatte ihre Rolle ohne jeden Fehler gespielt. Malcolm Morgan hatte ihr eingeredet, dass er sie ‚gerettet' hatte. Und weil ihr Ehrgefühl grenzenlos war, hatte Lacy ihm ihre Schulden tausendfach zurückgezahlt.

„Es tut mir leid", sagte er mit einer Stimme, die so belegt war, dass er sie kaum wiedererkannte. „Es tut mir leid, dass ich dich hier zurückgelassen habe, sodass du bei einem Mann Hilfe suchen musstest, der dir einen schrecklichen Preis dafür abverlangt hat."

Sie schwieg. Es war, als hätte es sie all ihre Kraft gekostet, die tragische Geschichte zu erzählen. Es war, als müsste sie sich an Adam festhalten, an ihm und seiner Kraft, bis sie die eigene wiederfand.

„Du hast jedes Recht, mich zu hassen. Ich kann dich nicht um Verzeihung bitten, Lacy, weil ich sie nicht verdiene. Aber du sollst wissen, dass ich dich liebe. In den letzten zehn Jahren habe ich in jeder Minute an dich gedacht, selbst nachdem ich erfahren hatte, dass du einem anderen Mann gehörst."

Sie legte ihr Gesicht an seinen Hals, und ihr Griff um seine Schultern festigte sich, aber sie sagte noch immer nichts.

Er strich ihr über das weiche Haar. „Es ist nicht genug, das weiß ich. Meine Liebe kann dir nicht die zehn Jahre zurückgeben, die du verloren hast. Ich kann dir unser Kind nicht zurückgeben. Aber ich will, dass du eines weißt. Ich werde dich immer lieben. Selbst wenn du mir sagst, dass ich weggehen soll. Selbst wenn ich dich niemals wiedersehe, werde ich …"

Endlich hob sie den Kopf, und was er in ihren Augen wahrnahm, machte ihm Angst. Es war Panik.

Was hatte sie zu bedeuten? Er legte die Hände um ihr Gesicht. „Ich werde tun, was du von mir verlangst, Lacy. Ich werde gehen, wenn du es mir sagst. Für immer. Ist es das, was du willst?“

Sie schwieg, und atemlos wiederholte er die Frage. „Willst du das?“

Sie betrachtete sein Gesicht, als würde sie darin die Antwort finden. Und genau dort steht sie geschrieben, dachte er. Die Antwort war seine Liebe. Sie musste nur hinsehen und sie ihm ablesen.

„Ich habe dich schon einmal verloren und es überlebt“, sagte sie leise. „Und jetzt bin ich stärker. Vielleicht könnte ich es ein zweites Mal überleben.“

Er hielt den Atem an und machte sich auf das Allerschlimmste gefasst. Er hatte ihr versprochen, dass er gehen würde, wenn sie darauf bestand. Aber jetzt, da es aussah, als wolle sie ihn genau darum bitten, fragte er sich, ob er dieses selbstlose Versprechen wirklich halten konnte.

„Du bist die stärkste Frau, die ich jemals gekannt habe“, sagte er. „Ich glaube nicht, dass du mich brauchst, Lacy. In Wahrheit bin ich es, der dich braucht.“

„Ja, ich bin stark. Aber ich …“ Sie zögerte, und er glaubte, den Hauch eines Lächelns an ihren Lippen sehen zu können. „Aber ich weiß nicht, ob ich stark genug bin, den Mann, den ich liebe, wegzuschicken.“

Sein Körper schien es zu verstehen, bevor sein Verstand es tat. Die Erleichterung traf ihn wie ein Stromschlag. Und dann, als ihre Worte endlich sein Gehirn erreichten, stieß er den Atem aus, den er eine Ewigkeit lang angehalten hatte.

Sie wollte nicht, dass er ging. Er zog sie an sich, bis ihre Lippen nur noch eine Handbreit voneinander entfernt waren. Er wollte sie. Er liebte sie über alles.

„Wie stark bist du, Lacy?“, flüsterte er. „Bist du stark genug, um mich zu bitten, dass ich bleiben soll?“

„Ich weiß es nicht“, gestand sie, und er hörte das sanfte Lachen in ihrer Stimme. Es versetzte ihn zehn Jahre zurück, in eine Zeit, in der das Leben immer gut zu ihm gewesen war. In der er Lacy gehabt hatte. Lacy und ihr Lachen.

„Versuch es.“ Er strich mit dem Mund über ihren. „Versuch es einfach, Lacy. Ich möchte hören, wie du es sagst.“

Langsam schloss sie die Augen. Sie beugte sich zu ihm, bis ihre Lippen auf seinen lagen und ihr warmer Atem sich mit seinem vermischte.

„Bleibst du bei mir, Adam?“ Er fühlte ihre Worte. „Und dieses Mal für immer?“

„Ja.“ In dem kurzen Moment, bevor die überwältigende Freude ihm die Sprache raubte und er sie küsste, wusste er, wie seine Antwort lautete. „Ja, ich bleibe für immer bei dir. Für immer und einen Tag.“

EPILOG

Gwen war natürlich zu spät dran, also nahmen Lacy und Adam Lacys alten Schlüssel, als sie vor dem Haus auf Pringle Island standen. Adam, der die Koffer trug, stieß einen anerkennenden Pfiff aus, als er eintrat. Lacy brachte es nicht fertig, über die Schwelle zu treten. Es sah alles so anders aus.

Offenbar waren die Schlösser das Einzige, was Gwen in diesem historischen Haus nicht ausgewechselt hatte. Verschwunden waren die antiken Möbel, die in Flaschen eingesperrten Miniaturschiffe, die Ölgemälde mit Meeresansichten, die kastanienbraun getäfelten Wände.

Jetzt waren die Wände in einem lebendigen und zugleich beruhigenden Grün und die Türen weiß gestrichen. Die Bilder waren modern und farbenfroh, die Bodendielen aus naturbelassenem Pinienholz, das die wenigen Möbel voll zur Geltung brachte.

Die neue Atmosphäre im Haus war leicht, elegant und sehr modern. Lacy fand sie herrlich. Sie atmete tief durch, als wolle sie sie in sich aufnehmen. Ja, die Luft war sauber. Frisch. Und sie roch nach Unbeschwertheit. Nach Glück.

Das war kein Wunder, denn in dem Jahr, seit sie mit Adam verheiratet war, hatte sie fast überall, wohin sie ging, Glück gefunden. Auf den Kanälen von Venedig, wo sie ihre Flitterwochen verlebt hatten. In ihrem neuen Büro in der Fernsehstation. In jedem Zimmer ihres Stadthauses in Boston.

Und vor allem im Kinderzimmer. In dem kleinen blauen Kinderzimmer mit dem Schaukelstuhl aus hellem Holz und der weißen spitzenverzierten Wiege, in dem, in etwa sechs Wochen, ihr neugeborener Sohn liegen würde. Lacy legte eine Hand auf den Bauch und teilte ihre Freude mit ihm. Schläfrig bewegte er sich in ihr, als würde er verstehen, was sie ihm sagen wollte.

Adam hatte das Wohnzimmer inspiziert und kam jetzt lächelnd zu ihr. „Wenn sie beschließt, etwas zu verändern, macht sie es gründlich, nicht wahr? Ich glaube, sie hat keinen Quadratzentimeter dieses Hauses so gelassen, wie er war."

Lacy nickte. Aber er täuschte sich. Sie sah etwas, das noch so war wie früher. Auf dem Kaminsims, direkt vor den bunten Pinselstrichen eines sehr teuren modernen Meisters, stand das winzige Segelschiff, das vom Tisch auf den Boden gefallen war und dort die Freiheit gefunden hatte.

Adam stellte sich hinter sie, schob ihr Haar aus dem Nacken und küsste sie auf den Hals. „Bereust du es, Liebling? Dass du Gwen das Haus überlassen hast?"

„Natürlich nicht“, erwiderte sie leise und griff nach hinten, um mit den Fingern durch sein Haar zu streichen. „Ich könnte nicht glücklicher sein.“

Er legte die Arme um sie und strich mit beiden Händen über ihren gewölbten Bauch. „Das ist gut“, murmelte er und knabberte an einem Ohrläppchen. „Wir beide betrachten es nämlich als unsere Lebensaufgabe, dafür zu sorgen, dass du immer glücklich bist.“

Ein lautes Knattern zerriss die friedliche Stille, und ein Motor heulte auf, bevor es ein knirschendes Geräusch gab. Der Motor ging stotternd aus, gefolgt von einer weiblichen Stimme, die einen leisen Fluch ausstieß. Adam und Lacy eilten ans Fenster und schauten hinaus. Gwens Motorrad hatte die hintere Stoßstange ihres Wagens gerammt.

Adam schmunzelte. „Wie ich sehe, ist unsere Rocker-Lehrerin angekommen.“

Gwen nahm den Helm ab, und die wilden Locken fielen ihr auf die Schultern. Dann klappte sie den Ständer herunter, schwang sich recht anmutig herunter und stellte das Motorrad ab.

„Sie wird schon besser“, stellte Lacy lächelnd fest. Sie wusste, dass Adam die Delle in seiner Stoßstange nichts ausmachte. Er hatte die schlaksige junge Frau so sehr lieb gewonnen, wie sie es getan hatte.

Gwen rannte zum Haus, in der einen Hand den

Helm, in der anderen den Rucksack voller Klassenarbeiten. Als sie ihre Besucher sah, stieß sie einen lauten Freudenschrei aus.

„Sieh an, wie rund du geworden ist!“, rief sie, bevor sie Lacy umarmte und den Bauch tätschelte. „Jetzt dauert es nicht mehr lange, bis ich Junior auf meiner Harley mitnehmen kann!“

„Nur etwa hundert Jahre“, sagte Adam trocken.

Gwen streckte ihm die Zunge heraus, aber das hinderte sie nicht daran, ihn ebenfalls an sich zu drücken. Lacy spürte einen Kloß im Hals, als sie sah, wie offen und herzlich Gwen von Natur aus war. Kein Wunder, dass sie immer so rebelliert hat, dachte sie. So viel Liebe und niemand, den sie damit überschütten konnte.

Gwen schaute um die Ecke und in die Küche. „Wo ist Travis?“, fragte sie.

Adam zuckte mit den Schultern. „Vermutlich noch draußen auf dem Golfplatz. Er ist heute Morgen angekommen, glaube ich, und er meinte, er wolle noch ein paar Löcher spielen, bis du von der Arbeit kommst.“

Gwen verzog das Gesicht. „Oje. Wenn er seine Technik noch nicht verbessert hat, können ein paar Löcher den ganzen Tag dauern.“ Sie legte den Helm auf den Tisch im Eingangsbereich. „Ich habe euch beiden mein altes Zimmer zurechtgemacht. Ist das für euch in Ordnung?“

„Natürlich“, erwiderte Lacy. „Und ehrlich gesagt, ich glaube, ich werde mich gleich ein wenig hinlegen. Ich bin so faul geworden. Dauernd schlafe ich.“

„Das ist völlig normal“, beruhigte Gwen sie. „Die Körper muss gegen Ende der Schwangerschaft eine Menge Zusatzarbeit leisten. Nimmst du deine Vitaminpräparate? Du weißt ja, das Baby nimmt sich alles, was es braucht, ohne dich zu fragen. Und dann bleibt dir nicht genug für dich selbst.“ Sie lächelte verlegen. „Entschuldigung. Merkt man etwa, dass ich gerade einen Kurs zu dem Thema gemacht habe?“

„Darauf wäre ich nie gekommen“, log Lacy fröhlich. Gwen erstaunte sie immer wieder. Sie arbeitete nicht nur Vollzeit bei Tina Seville – die auf wundersame Weise aufgehört hatte, die plötzlich begüterte Morgan-Erbin zu verachten. Sie belegte auch noch im Internet Kurse, um sich auf die Prüfung als Grundschullehrerin vorzubereiten. Eines Tages würde sie ihre eigene Schule leiten, da war Lacy ganz sicher. Und Gwen würde ihre Begabung gewiss nicht in dieser snobistischen Stadt verschwenden.

„Ach, übrigens, irgendwo hier liegt eine Ansichtskarte für dich“, sagte Gwen zu Lacy. „Von Tilly. Sie verspricht, dass sie zurück sein wird, wenn das Baby zur

Welt kommt.“ Sie warf einen Blick auf Lacys Bauch. „Ich kann nur sagen, sie sollte sich besser beeilen.“

„Sag ihr das bloß nicht“, befahl Lacy. „Ich will, dass sie so viel Zeit wie möglich mit Claire verbringt.“ Einige Monate, nachdem Claires Baby geboren worden war, waren Tilly und ihre Enkeltochter nach Florida gereist, um sich im Urlaub besser kennenzulernen. Noch waren sie nicht zurück. Lacy freute sich riesig für die beiden.

„Außerdem war ich gestern beim Arzt, und er hat mir gesagt, dass es mindestens noch einen Monat dauert“, fügte sie hinzu.

Adam zog sie von hinten an sich und strich mit der Wange über ihr Haar. „Vielleicht hat Gwen recht, Liebling. Möglicherweise unterschätzt der Doktor, wie wild unser Sohn darauf ist, endlich in den Armen seiner wunderschönen Mutter zu liegen.“

Er küsste sie auf den Hals. Lacy drehte sich zu ihm um und schlang die Arme um ihn, als ihr die Liebe zu ihm plötzlich den Atem verschlug.

„Ich liebe dich, Adam Kendall“, sagte sie und lächelte in seine strahlend blauen Augen.

„Nicht so sehr, wie ich Sie liebe, Mrs. Kendall“, erwiderte er und senkte den Kopf, um sie auf den Mund zu küssen.

„Oh, bitte“, rief Gwen mit gespieltem Entsetzen.

„Könntet ihr beide euch vielleicht lange genug beherrschen, um nach oben zu gehen?“

Adam zwinkerte ihr zu und hob Lacy auf die Arme. „Es wird uns ein Vergnügen sein“, sagte er. „Wir dachten schon, du würdest nie fragen.“

– ENDE –

Nora Roberts
Fänger des Glücks
Band-Nr. 25238
6,95 € (D)
ISBN: 978-3-89941-388-5
304 Seiten

Mary Alice Monroe
Sweetgrass – Das Herz der Erde
Band-Nr. 25219
7,95 € (D)
ISBN: 978-3-89941-336-6
464 Seiten

Diane Chamberlain
Das geheime Leben der CeeCee Wilkes
Band-Nr. 95003
7,95 € (D)
ISBN: 978-3-89941-365-6
496 Seiten

Emilie Richards
Das Land unter dem Regenbogen
Band-Nr. 25229
7,95 € (D)
ISBN: 978-3-89941-346-5
608 Seiten

Emilie Richards
Sehnsucht nach Neuseeland
Band-Nr. 25203
6,95 € (D)
ISBN-10: 3-89941-296-6
ISBN-13: 978-3-89941-296-3
304 Seiten

Emilie Richards
Das Geheimnis des Opals
Band-Nr. 25214
6,95 € (D)
ISBN: 978-3-89941-331-1
304 Seiten

Emilie Richards
Das Geheimnis des Priesters
Band-Nr. 25141
7,95 € (D)
ISBN-10: 3-89941-180-3
ISBN-13: 978-3-89941-180-5
480 Seiten

Emilie Richards
Irische Ballade
Band-Nr. 25174
7,95 € (D)
ISBN-10: 3-89941-232-X
ISBN-13: 978-3-89941-232-1
656 Seiten

Alison Kent
Weiber after work

Band-Nr. 25225
6,95 € (D)
ISBN: 978-3-89941-342-7
496 Seiten

Carly Phillips
Hochzeit auf griechisch

Band-Nr. 25226
6,95 € (D)
ISBN: 978-3-89941-343-4
336 Seiten

Nora Roberts
Die Sehnsucht der Pianistin

Band-Nr. 25227
6,95 € (D)
ISBN: 978-3-89941-344-1
304 Seiten

Spencer / McMahon / Darcy
Liebesreise in die Karibik
Band-Nr. 15010
8,95 € (D)
ISBN-10: 3-89941-374-1
ISBN-13: 978-3-89941-374-8
448 Seiten

Reid / Graham / Marton
Liebesreise in 1001 Nacht
Band-Nr. 15011
8,95 € (D)
ISBN: 978-3-89941-375-5
432 Seiten

Mortimer / Ker / Peters
Liebesreise nach Mallorca
Band-Nr. 15008
8,95 € (D)
ISBN: 978-3-89941-368-7
400 Seiten

Mather / Reid / Graham
Liebesreise nach Griechenland
Band-Nr. 15012
8,95 € (D)
ISBN: 978-3-89941-376-2
416 Seiten